Ich Robbe Du Möwe

Beatrice Meyer

driftwood

1. Auflage | Februar 2020

Verlag
Driftwood | The Content Company
Chur
www.driftwoodverlag.ch

Satz: Driftwood | The Content Company
Covergestaltung: Anna Schönholzer
Druck und Bindung: CPI
Printed in Germany

Driftwood Bücher, Hörbücher und eBooks
im Internet: www.dbooks.ch

ISBN 978-3-907178-05-8

Für Katharina
Meine grosse Schwester

In der Nacht
Ein Ballon aus Seide
Schwebend meine Seele
Darin zu den Wolken steigt
Doch
Über all den Dächern dieser Stadt
Hält der Riese seine Hand

E. F.

«Esther ist tot.»

Ich stehe auf dem Balkon des Hotelzimmers, in der Hand mein Telefon. Eine Sturmmöwe fliegt der Küste entlang, streift beinahe die Wasseroberfläche.

«Sie ist beim Joggen zusammengebrochen», ertönt Tonis Stimme an meinem Ohr. Im Hintergrund redet noch jemand. Paula, seine und Esthers Tochter? Was sagt sie? Ich verstehe sie nicht.

«Das Herz wollte nicht mehr.»

Die Möwe zieht einen grossen Kreis zwischen Himmel und Wasser.

«Rina, bist du noch dran?»

«Ja, ich ...»

«Wir fahren jetzt in die Klinik.»

Wie mechanisch stelle ich Fragen. Die Antworten erreichen mich nur bruchstückhaft.

«Allein ..., zu spät ..., wir kommen klar ...»

«Die Beerdigung?»

«Wir warten, bis du zurück bist.»

Die Verbindung bricht ab. Die Möwe ist weg.

Der kleine Ehrensperger, ein Klassenkollege, den ein paar Jungs in der Achten im Treppenhaus an einem Seil baumeln liessen, sagte einmal, Esther sei eine Möwe. Er hat uns allen Tiernamen gegeben. Aber keiner von uns, ausser Esther, erhielt Flügel.

«Eine Möwe hat ein klares Gesicht und harte Augen und sie lässt sich nicht fangen», sagte er.

Esther ist mehr als fünfzig Jahre lang geflogen. Ihre Augen haben jedes Detail aufgesogen. Klar und deutlich. Was hat sich aber hinter ihren Augäpfeln abgespielt?

Das Meer ist nicht blau. Man kann ihm nicht trauen, würde Esther sagen. Ich musste es immer blau malen. Azurblau. Das ist meine Farbe. Mein Meer ist azurblau.

Ich liege auf dem Bett. Wie stirbt eine Möwe? Im Flug? Der Tod überfällt sie wie ein Blitz, der in einen Baum schlägt. Sie fällt wie ein flacher, weisser Stein auf den Sand. Gebrochene Flügel. Gebrochene Augen. Warum? Warum jetzt?

Was tue ich hier in diesem verlassenen Nest? Allein. Ohne Martin, ohne Kinder. Ohne Esther. Der kleine Ehrensperger hat mir die Robbe zugeteilt. Eine Robbe, allein auf einer Insel. Wenn ich die Augen schliesse, schaukelt das Bett. Noch drei lange Tage, drei lange Nächte werde ich auf die Rückkehr warten.

Bis zu Tonis Anruf hatte alles seine Richtigkeit. Ich war ein Mädchen unter dem Hüpfseilbogen. Hoch und runter. Ganz leicht. Jetzt ist mein Körper schwer, der Kopf ein Stein.

Ich muss Toni hören. Was ist genau passiert? Kein Kontakt möglich. Also Martin. Er wird mich trösten.

«Du weisst es?»

«Ja – Toni hat mich soeben angerufen.»

Weshalb hat Toni meinen Mann angerufen? Die zwei haben keinen Kontakt. Warum tröstet Martin mich nicht? Warum schweigt er?

«Weisst du Genaueres?», frage ich ihn.

«Sie muss in der Frühe losgelaufen sein. Bei der Rückkehr, gegen Mittag, ist sie im Klinikpark zusammengebrochen. Ein Herzinfarkt. Mehr weiss man noch nicht.» Einen Moment schweigt er. «Ich weiss, es ist schlimm für dich.» Seine Stimme ist sehr leise.

Er will wissen, was ich tue. «Auf dieser Insel», sagt er, als hätte sie keinen Namen. Ich mag nicht erzählen. Frage zurück. Er mag auch nicht. Lassen wir es bleiben.

Esther sagt: «Man muss in Bewegung sein. Bewegung ist Medizin.»

Ich mache einen Spaziergang. Der Weg längs der steilen Küste ist schmal. Ich laufe, beginne zu schreien, mit den Armen zu fuchteln. Eine Frau und ein Kind kommen mir entgegen. Ich schaue schnell weg.

Esther liegt tot auf dem Sandboden. Nicht tout à coup. Sie war schon auf dem Sinkflug. Sie hat sich gesagt: «Wenn Rina weg ist, wenn Rina, die Robbe, ihren Brutplatz verlassen hat, kann ich endlich landen.»

Wieder stehe ich auf dem Balkon. Die Dämmerung zieht auf. Keine Möwen. Das Wasser leckt an den Felsen. Graues Wasser, graue Felsen. Das Display meines Telefons blinkt auf. Eine SMS von Toni.

«Bitte schreib etwas über Esthers Leben. Für die Abdankung. Du kennst sie am besten.»

Schreiben? Robben sind zu faul zum Schreiben! Möwen schreiben. Sie schreiben ihre Sätze in den Himmel. In Schnörkelschrift.

Ich esse einen Happen im Restaurantbereich. Robben müssen fressen. Fett isoliert, Fett wärmt. An der Bar trinke ich einen Whisky. Eine Reisegruppe ist angespült worden. Männer und auch ein paar Frauen. Auch sie trinken Whisky, lachen, reissen Witze in einem britischen Dialekt. Ich verstehe die Hälfte und lache mit. Prost. Noch einen Whisky. Noch einen Witz. Ich erinnere mich an die Thurgauer-, die Pfaffen-, die Manta-, die Blondinen-Witze. Alle wollen erzählt werden.

Eine der Frauen ruft mir zu: «Didn't know that a Swiss woman can be so funny!»

«That's because I'm sad», erwidere ich.

«Welcome sister», meint sie und umarmt mich.

Mir ist schlecht. Möwen kreisen in meinem Kopf, schlagen mit ihren Schnäbeln auf mich ein. Gegen vier Uhr kann ich mich in die Kloschüssel übergeben. Endlich schlafe ich ein.

Eine Frau. Esther. Sie steht am Strand und trägt ein rotes Kleid. Sie ruft mir etwas zu. Die Wellen brausen. Ich kann sie nicht verstehen. Ich will auf sie zugehen, aber meine Füsse sind Muscheln, die sich am Boden festsaugen. Eine Stimme ruft: «Der Wind, der Wind, das himmlische Kind.»

Der Morgen. Es ist kühl im Zimmer, aber meine Stirn fühlt sich schweissig an. Mein Kopf ist eine Wüste. Ich muss Wasser trinken. Das Telefon zeigt mir an, dass ich zwei Anrufe verpasst habe. Einen von Martin und einen von Margo, Esthers Mutter.

Unter der Dusche zähle ich die Sekunden. Esther sagt, dass sie sich immer genau vier Minuten dafür gibt. Vier Minuten sind 240 Sekunden. Bei 102 höre ich auf, lasse mich auf den Wannenboden gleiten. Ich kauere unter dem Prärieregen.

Im Frühstücksraum sitzt ein Mann am Fenster. Er ähnelt Toni! Dieselbe Art, wie er die Kaffeetasse hält, der Schwung des zurückgekämmten, auf der Stirn ausgedünnten Haares. Ich setze mich ans Fenster, mit Sicht auf das Meer, drehe den Kopf ein wenig und schaue dem Mann zu, wie er sein Ei köpft. Mein Spiegelei sunnyside down mit etwas Paprika. Der Milchschaum auf meinem Kaffee ist kalt geworden, das Meer von stahlblauer Schwere. Wie soll ich diesen Tag ausfüllen? Liegenbleiben. Träge wie die Robbe?

Wenn Esther hier wäre, sie würde sich, mit vom Duschen noch feuchten Haaren, an den Tisch setzen. Sie würde einen schwarzen Kaffee bestellen und ein Müsli am Buffet holen. Ich würde mir ein Hörnchen dick mit Butter bestreichen, in den Mund stopfen und ihre Falte zwischen den Augenbrauen anstarren.

Ich suche einen Stift in meiner Handtasche und schreibe auf die Serviette: «Liebe Esther. Du bist eine Sturmmöwe. Du bist vom Himmel herunter in mein Leben gestochen. Die Mädchen in der Schule gingen dir aus dem Weg. Sie wichen deinen Augen aus. Sie sahen das Unnahbare, das Fremde in ihnen. Du hast mich erspäht. Mich aus meinem Robbenlandleben gescheucht. Mir vorgekämpft hast du, mit Blitzaugen und Donnerworten. Gegen Ungerechtigkeiten. Du hast sie in allen Winkeln aufgespürt.»

Der Herr, der Toni gleicht, steht auf und verlässt den Speisesaal. Beim Vorbeigehen nickt er mir zu. Auf seinem T-Shirt ist ein gelblicher Fleck. Ein kleiner Sonnenpunkt.

Ich war zwölf. Man hatte mich zu meinem Erstaunen fürs Gymnasium empfohlen. Es befand sich in einem neo-klassizistischen Bau mit hohen Räumen und einer bronzenen Ritter-Statue vor dem Eingang.

Ich wandelte die ersten drei Jahre durch die breiten Gänge, ohne wirklich anzukommen. Ausser für Bildnerisches Gestalten konnte ich mich für kein Fach erwärmen. Die Unterrichtsstunden langweilten mich. Ich fertigte Porträts meiner Mitschüler an, manchmal forderte mich auch das Profil eines Lehrers heraus. Zuhause hatte ich aufgehört zu malen. Ich lag stundenlang auf meinem Bett und hörte Musik. Meine Eltern hatten mir zum Geburtstag einen Plattenspieler geschenkt, der sich mit den beiden Boxen zu einem Koffer zusammenbauen liess. Er war mein Heiligtum, zusammen mit meinen zerkratzten Supertramp- und Genesis-Platten.

Dann kam Esther. Sie kam aus der Parallelklasse. Aus Spargründen wurde ihre Klasse, die nur noch aus zehn Schülern bestand, aufgelöst und auf andere Klassen verteilt. Mit Esther kam auch Christian. Er war ein Fussballstar und wurde gefeiert. Esther hingegen wurde misstrauisch gemustert. Man hielt Distanz zu ihr und in den Pausen tuschelten die Mädchen über sie.

Zwei Eigenschaften an ihr waren rasch offensichtlich: Sie verachtete alle, die den Unterricht schwänzten und sie verteidigte alle, die zu Unrecht verurteilt wurden. Ein paar von uns fehlten oft ein bis zwei Nachmittage in der Woche. Leni zum Beispiel. Sie besass ein Mofa und ein Pferd. Wenn sie da war, hatte sie einen coolen Schlafzimmerblick drauf. Aber Bock auf Schulstoff hatte sie nicht. Im Gegensatz zu mir liess sie es die Lehrer spüren. Ihre Fehlzeiten entschuldigte ihr älterer Bruder, der gleichzeitig unser Schullieferant für Gras und Hasch war. Schon zwei Wochen nach ihrer Ankunft legte sich Esther mit Leni an. Die war wieder einmal nicht anwesend. Ein Lehrer fragte nach, ob jemand wisse, was denn mit ihr sei. Da streckte Esther den Finger in die Höhe.

«Ich wette, sie reitet gerade ihr Pferd aus.»

Im Raum wurde es totenstill. Der Lehrer fuhr ohne Kommentar mit der Lektion fort. In der Pause hörte ich Lenis Anhängerinnen über Esther herziehen.

Am Nachmittag erschien Leni und stellte Esther.

«Du bist nicht nur eine verdammte Streberin, sondern auch eine scheiss Petzerin. Dich krieg ich. Warts nur ab.»

Esther zuckte bloss mit den Schultern.

Da rempelte Leni beim Vorbeigehen Esthers Schulter, drehte sich nochmals zu ihr um und sagte: «Guck dich mal im Spiegel an. So eine Fresse möchte ich nicht haben.»

Da knallte es. Leni hatte von Esther eine Ohrfeige eingefangen. Und Leni haute zurück. Wie auf Kommando stürzten sich die beiden aufeinander, verkeilten sich ineinander, traten einander, rissen sich gegenseitig an den Haaren. Aus den Schulzimmern stürzten die Gaffer. Endlich war mal etwas los.

Im Gerangel fiel Esthers Brille zu Boden und segelte vor die Toilettentür, aus der gerade eine Schülerin aus der Vierten rauskam. Es knackte. Esther drehte sich suchend um. Leni kickte ein letztes Mal nach ihr, liess dann von ihr ab und zog sich mit einem Schwall von Flüchen in ihre Anhängertruppe zurück. Esther kroch tastend dem Boden entlang.

Das war der Moment, in dem ich in ihr Leben trat. Ich tat es, ohne nachzudenken. Ich fischte nach der kaputten Brille und hockte mich zu Esther hin.

Von diesem Zeitpunkt an waren wir zusammen. Das heisst, vorerst nur in der Schule.

Esther machte aus mir einen Bücherwurm. Sie schleppte mich in die Schulbibliothek, sie dozierte über Schriftsteller und ihre Werke. Ich sass da und hörte zu, wie Worte aus ihrem Mund sich zu schön klingenden Sätzen formten.

Meine Eltern waren erfreut über Esthers Einfluss auf mich. Sie wollten sie kennenlernen. Als sie zu uns zum Abendbrot kam, war mein Bruder Johannes, ich nenne ihn Tamtam, in Quasselstimmung. Ein Kollege füttere seinen Hund mit Marshmallows, erzählte er. Der Roxi habe einen ganzen Sack davon gefuttert, erst einen wilden Tanz vollführt und dann rosa Schaumwolken gefurzt. Papa lachte. Tamtam stimmte ein. Aber dann wurde er misstrauisch, als Papa ihm über den Kopf strich und immer noch lachte.

«Du glaubst mir nicht?», schrie er. Mama versuchte, ihn mit beschwichtigenden Worten zu dämpfen. Wie immer aber ging der Schuss nach hinten los. Tamtams Gesicht begann rot zu werden. Ein Zeichen, dass er kurz vor einem Tobsuchtsanfall stand. Mama wollte ihren Arm beschützend um seine Schulter legen. Tamtam wehrte sich und stiess die Weinflasche um. Papa reagierte gelassen, Mama holte Salz, um die Rotweinflecken zu tilgen. Ich stocherte im Salat herum und mied Esthers Blick. Am liebsten hätte ich sie vom Tisch gezogen und wäre mit ihr in mein Zimmer gegangen.

Nach einer Weile beruhigte sich Tamtam und schaufelte schmatzend in kürzester Zeit zwei Teller Nudeln in sich hinein. Mama bemühte sich, das Gespräch wieder in Gang zu bringen. Sie stellte Esther Fragen zu ihrer Familie. Esther antwortete in knappen Sätzen. Oft nur mit Ja oder Nein. Mir war das alles mehr als peinlich. Erst nachdem Tamtam vom Tisch gegangen war, wie er es immer tat, wenn ihm die Gespräche zu langweilig wurden, taute Esther ein wenig auf.

Nach dem Essen wollte sie gehen. Ich begleitete sie bis zur Strassenecke. Wir sprachen kein Wort. Zum Abschied sagte sie: «Interessante Familie.»

Ihr Lächeln konnte ich nicht deuten. Ich rannte nach

Hause, mit der schrecklichen Ahnung, dass dies schon das Ende unserer Freundschaft bedeuten konnte.

In jener Nacht hatte ich einen Traum. Es war dunkel. Ich ging mit Esther eine Strasse lang. Sie war immer zwei Schritte vor mir. Ich gab mir Mühe, sie einzuholen, es gelang mir aber nicht. Dann war da plötzlich ein grosser See. Esther verschwand hinter einem Felsen, der am Ufer stand. Als ich hinter den Felsen sah, war niemand da. Einige Meter vom Ufer entfernt gab es Wellen. Esther musste reingesprungen sein. Ich stürzte mich ins Wasser, um sie zu retten. Ich tauchte ab, aber es war so dunkel, dass ich nichts erkennen konnte. Als ich wieder hochkam, sah ich sie am Ufer stehen. Sie stand an einen Baum gelehnt und rauchte Pfeife.

Mit einem Rumoren im Magen wachte ich auf. Ich knipste meine Nachttischlampe an, nahm den «Schimmelreiter» und las ein paar Seiten. Das Brodeln verstärkte sich. Ich legte das Buch wieder weg, löschte das Licht und lag mit offenen Augen einige Zeit da. Meine Hände legte ich unter dem Pyjama auf meinen Bauch. Irgendwann erlöste mich der Schlaf.

Am anderen Morgen stand Esther im Schulhof und winkte mir zu. Mein Magen beruhigte sich.

Neben dem Aufzug hängt in einem Rahmen ein Gedicht. Es fällt mir erst jetzt auf. Wer es wohl ausgewählt hat?

> wolken, rauch und asche wallen,
> und am strand die robben winseln,
> und die rothen steine fallen
> nieder auf entfernten inseln.
> FREILIGRATH ged. (1841)

Zurück im Hotelzimmer. Ich schaue wieder aufs Meer. Die Wellen kräuseln sich. Der Tag wird schön. Ich ziehe mir die helle Bluse mit dem weiten Ausschnitt über, die Martin an mir mag. Ich will ihn anrufen. Stattdessen lasse ich mich aufs Bett fallen und blicke zur Decke. Sie hat feine Risse, die sich wie ein Spinnennetz über die ganze Fläche verteilen.

Weshalb schaffe ich es nicht, ihn anrufen? Aber meine Kinder schon?

Leonie sagt: «Warum hast du nicht auf meine WhatsApp geantwortet?» In ihrer Stimme klingt Angst. «Geht es dir gut? Wann kommst du nach Hause?» Ich zwinge mich zu einer Antwort, die sie beruhigt.

Max versucht, mir Mut zu machen. «Du hast die Anzeichen gesehen. Du hast immer wieder gesagt, dass es ihr schlecht geht. Du hast es irgendwie geahnt, dass es so kommen könnte, nicht wahr?»

«Ja», antworte ich. «Nein», denke ich.

«Ich habe Papa gesagt, er müsse die nächste Maschine nehmen. Du kannst jetzt nicht allein sein», sagt Till.

«Ich bin in drei Tagen zurück.»

«Ich hole dich vom Flughafen ab. Wann kommst du an?» Schweigen. «Ich habe mich mit Paula getroffen. Sie war erst ganz gefasst, aber dann habe ich Depp tausend Fragen gestellt und sie hat zu weinen angefangen.»

«Das hat ihr bestimmt gut getan.»

«Meine blöden Fragen?»

«Nein, das Weinen.»

«Ich weiss nicht. Ich habe mir vorgestellt, wie es sich anfühlt, wenn du tot wärst. Dann habe ich auch zu weinen begonnen und du weisst ja, wenn ich weine … sie musste mich trösten.»

«Ach Till, der Herzöffner.»

Er lacht.

WhatsApp, Tweet, Instagram. Die Wörter rattern an mir vorbei. Ich kann sie nicht greifen. Unsere gemeinsame Welt ist geschrumpft. Leonie, Max, Till: Sie fliegen in einem neuen Schwarm. Ein rasches Tempo, ein pulsierender Rhythmus. Und ich? Ich bin zwischen die Beats gefallen.

Meine Tochter ist die Letzte, die mich verlassen wird. Fünf Jahre sind Leonie und Sven ein Paar. Dienstag und Donnerstag sind ihre gemeinsamen Abende und das Wochenende gehört ihnen sowieso. Sven mit dem weichen Bubengesicht. Sven, der Fussballspieler. Leonie hat nichts für Fussball übrig, aber fast jedes Wochenende steht sie am Rande eines Fussballplatzes und feuert ihn an. Sie träumt von einer Hochzeitsfeier in Weiss. Sie wird mir nichts mehr von ihren Plänen erzählen. Ich habe gelacht, als sie mir ein Prinzessinnenkleid in einem Internetshop gezeigt hat. Ich wollte sie nicht kränken. Sie will ihren Prinzen heiraten.

«Du verstehst das nicht», sagte sie. Stimmt. Ich habe meinen Prinzen nicht geheiratet. Vielleicht, weil er nicht mein Prinz war.

Leonie und Sven streiten nie. Sie meckert an ihm herum, er nennt sie seine Zicke. Er krault ihr den Nacken und sie enthaart ihren Körper für ihn. Liebe kostet etwas, dafür darf man etwas zurückverlangen!

Schreiben über Esther. Ich versuche es auf der Terrasse. Vielleicht hilft ein vierter Kaffee. Ich schreibe: Wir zwei teilen uns eine Schulbank. Dein Blick zur Wandtafel, mein Blick hinaus auf die Allee, wo der Hausmeister die Blätter zusammenwischt, im Mundwinkel der kalte Stumpen. Dein

Gesicht, damals noch runder, die Augen von einem Brillenrahmen umfasst. Sie dringen in mich ein. Als sei ich schuldig. Ich zerknülle das Blatt Papier und werfe es Richtung Abfalleimer.

Ein Spaziergang durchs Dorf bringt mich zum Marktplatz. Es riecht nach Fisch und Blumen. Ich gehe weiter die steile Strasse zur Kirche hoch. Von hier blickt man auf den Hafen. Ein Schiff läuft aus. Esther schrieb in ihr Tagebuch:

Ein Schiff
zerschneidet die
Sonne
ein Schiff
läuft aus und
trägt mich fort

Damals hatten wir einen Plan. Wir waren zwanzig und wollten ein paar Monate hinaus in die Welt. Türkei, Iran, Afghanistan. Wie Annemarie Schwarzenbach und Ella Maillart. Zwei Frauen, ein Abenteuer. Jahre später an einem Abend bei Chianti und Kerzenlicht, ein Schwur darauf. Wenn alle Kinder ausgeflogen sind, dann …

Vor zwei Wochen regnete es zuhause Schnee. Wir sassen im Café der Klinik. Du hattest dir deine Haare kurz geschnitten.

«Steht dir gut.» Ein Zeichen für innere Veränderung – eine positive Wendung vielleicht, dachte ich.

«Wie geht es dir?»

«Gut.»

Deine Augen flackerten. Du erzähltest mir kleine Geschichten. Die Klinik ist Nährboden für Geschichten. Auf deiner Stirn sammelte sich Schweiss an, obwohl der Raum kühl war. Die Sonne zeigte sich. Ich wollte dich zu einem Spaziergang überreden.

«Zu kalt», meintest du.

Du sagtest zu kalt. Du Allwetterläuferin, du Adrenalinpumperin, du Kalorienfresserin! Zusammengesunken sassest du da, deine Hände lagen zitternd in deinem Schoss.

«Ich fliege für einige Tage nach Madeira.»

Du reagiertest nicht.

«Ich brauche Frühlingsluft und Zeit für mich.»

Noch immer nichts.

Nichts.

Hattest du gedacht, ich würde dich mitnehmen?

Weshalb hast du es dir anders überlegt? Weshalb bist du allein losgelaufen? In deinem Zustand? Ich sehe dich rennen. Immer weiter, immer schneller. Trotz Schmerzen, trotz Atemnot. Du hast es herausgefordert. Das Leben. Den Tod.

Den Rückweg finde ich nicht auf Anhieb. Die Gassen sehen alle gleich aus. Eine Frau mit einer Warze auf der Nase weist mir den Weg und spuckt zum Abschied auf die Pflastersteine.

An der Oberfläche des Pools treiben tote Insekten. Trotzdem schwimme ich ein paar Runden. Das Wasser ist kalt. Das Meer sei noch kälter, sagt ein verlorener Mann in Hauswartkleidung. Er stochert mit einer Stange, an die ein Netz befestigt ist, den Poolwänden lang. Sein Hut rutscht ihm immer wieder über die Augen.

Als ich aus dem Pool steige, stützt er sich auf seine Stange und starrt mir nach.

Traum Nr. 7
Letzte Nacht war er wieder da: Der Mann ohne Gesicht, mit grossen Händen und einer Stimme wie scheppperndes Blech. Er umarmt mich, er hält mich fest. Ich will mich losreissen, aber mir fehlt die Kraft.
E. F.

Der Sommer war heiss. Esther und ich waren schon einige Monate befreundet, da lud sie mich auf einen Ausflug mit ihrer Familie ein. Fischers hatten einen Volvo, einen aus den Sechzigerjahren, Paul Fischers Stolz. Ziel war ein See, bestimmt eine gute Stunde zu fahren. Die Hitze klebte uns an die Sitze, obwohl wir die Fenster ganz hinuntergekurbelt hatten, um uns wenigstens durch den Fahrtwind etwas kühlen zu lassen. Später, auf der Autobahn, mussten wir die Fenster schliessen. Esthers Mutter wollte keinen steifen Nacken riskieren.

Am Ziel angelangt reihten wir uns in die lange Autoschlange, die zum See tuckerte. Nachdem wir endlich einen Platz auf der Liegewiese ergattert hatten, sprangen Esther und ihr Bruder Toby mit einem Hechtsprung ins Wasser. Ich war zaghafter. Es war warm wie Pisse, und widerliche Algenarme wickelten sich um meine Beine. Dann holten wir das Gummiboot und pflügten den See.

Am Nachmittag schlug Paul Fischer vor, Toby solle mir doch die Biberburg zeigen, die er vor einem Jahr entdeckt hatte. Sie lag eine Viertelstunde weg an einem kleinen Fluss. Daran, dass jemand Esther fragte, ob sie mitkommen wolle, erinnere ich mich nicht. Lustlos zog ich mit Toby in der brütenden Hitze los. Als wir dort ankamen, sah die Burg verwaist aus. Wir sahen nicht einmal Spuren von Bibern. Toby war sauer. Wir trotteten schweigend zurück. Dort fanden wir Margo Fischer vor. Sie lag unter dem Sonnenschirm und schlief. Von ihrem Mann und Esther keine Spur. Das Gummiboot war weg. Wir suchten den See ab und konnten es am anderen Ufer ausmachen. Langsam kam es auf uns zu.

Esthers Vater, das fiel mir auf, war ausgesprochen guter Stimmung. Er witzelte, als er das Boot an Land zog. Esther zog eine Schnute und wollte sofort nach Hause. Wir brachen dann, wegen des zu erwartenden starken Rückreiseverkehrs, auch bald auf. Der Heimweg dauerte endlos, denn wir gerieten in mehrere Staus. Esther blickte zum Fenster hinaus und schwieg. Ich nahm die Schuld auf mich, obwohl mir nicht klar war, weshalb ich mich schuldig gemacht hatte.

Am nächsten Tag in der Schule sprach sie wieder, aber es war das einzige und letzte Mal, dass ich bei einem Fischer-Ausflug dabei gewesen war. Esther fragte mich nicht mehr.

Die Mutter
Sie entzieht sich mir einmal mehr mit tauber Stummheit.
E. F., 8. August

Bis zum Abendbrot dämmere ich auf einer Liege auf der Terrasse. Den Rücken lasse ich durchhängen. Nach acht rufe ich Martin an. Ich sage ihm, dass ich froh bin, ihn zu haben, dass ich ihn liebe. Er schweigt. Ich klicke ihn weg.

Die Nacht ist traumlos. Ich fühle mich bleiern, mag nicht aufstehen und döse vor mich hin. Gegen elf schrecke ich hoch. Es klopft. Das Geräusch eines Schlüssels. Eine junge Frau in weisser Schürze streckt den Kopf herein. Ich wälze mich aus dem Bett und verschwinde ins Badezimmer. Während ich dusche, bringt die Frau das Schlafzimmer in Ordnung. Staub wegsaugen, herumliegende Dinge entsorgen, frische Handtücher hinlegen. Sie müsste Ordnung in mein Leben bringen!

Im Speisesaal kriege ich noch Kaffee und Brötchen. Immer der gleiche Kellner bedient, beim Frühstück, beim Aperitif, beim Abendessen. Hier ist sein Leben. Hat er Familie? Dreht er nach Arbeitsschluss eine Runde auf seinem Rennrad oder schaut er sich allein in seiner kleinen Kammer einen Film an?

Noch einen Tag. Morgen Nachmittag fliege ich. Übermorgen ist die Beerdigung. Mir wird übel. Ich muss eine helle Stimme hören. Leonie.

«Spatz, wie läuft es bei euch?»

«Gut, du brauchst dir keine Sorgen zu machen.»

Im Hintergrund englische Stimmen. Sie schaut eine Serie auf ihrem Laptop.

«Bist du bei der Beerdigung dabei?»

«Ich habe eine Prüfung, kann nicht fehlen. Papa geht mit dir.» Sie redet so, als könnte ich nicht allein hingehen.

Das Wetter hat sich gedreht. Der Himmel ist mit Wolken verhangen. Wind kommt auf. Der Roman, den ich mitgenommen habe, langweilt mich. Ich lege das Buch zur Seite und öffne das Fenster. Möwen kreisen in Schwärmen.

Woher kommt dieser Wind? Er biegt die Bäume, knickt die Blumen im Hotelgarten.

«Von den Bergen, es wird viel Regen geben», meint der Portier am Empfang. Ich will noch ein paar Schritte gehen. Der Wind reisst an meiner Jacke. Ich hätte die Haare zusammenbinden sollen. Sie peitschen mir ins Gesicht. Die Möwen schreien.

Der Weg steigt an, ich ringe nach Atem. Ein Mann kommt mir entgegen. Er hält seinen Hut mit beiden Händen fest.

Er sagt: «No good. Wind will bring danger.»

Ich nicke. Vor mir liegt die Küste. Links der Felsen, der hoch aufragt, rechts, tief unter mir, das wilde Meer. Ich laufe. Da ist Esther. Sie geht voran. Mit ihren langen Beinen. Der Wind reisst an meiner Jacke. Vor mir auf dem Weg ein Steinbrocken. Die Möwen schreien. Esther dreht sich um, ruft mir etwas zu. Ich kann sie nicht verstehen. Ich biege um die Felsnase. Wieder Steinbrocken. Esther ruft. Da höre ich das tiefe Brummen des Bergs. Ein Sprung. Mit aller Kraft gegen die Felswand. Dunkelheit. Rumpeln von Steinbrocken, eine Steinlawine, Erde und Sand im Haar. Der Berg – dein Feind. Mein Herzschlag, sonst nichts. Keine Gedanken, keine Bilder, nur Gewalt.

Dann, Stille. Ich stehe an den Felsen gepresst, heil. Jetzt kommt die Angst. Weg hier. Danger, danger. Ich renne den Weg zurück. Riesige Felsbrocken liegen da. Ich bin ein kleiner Mensch, so schwach, so zart, so verwundbar gegen die Masse des Bergs. Ich renne, im Kopf der Bass des Bergs. Den Gegner im Ohr. Bereit sein. Wenn es wiederkommt. Dieses Dröhnen. Ich renne, ich horche. Ich renne, ich horche. Vor mir die Häuser.

Endlich. Ich lasse mich am Rand des Weges fallen, lehne mich an den Gartenzaun des ersten Hauses. Safe and sound. Ich weine. Esther ist tot. Ich lebe.

Der letzte Abend. Fisch essen in einer Kneipe wäre schön. Mit alten Männern quatschen. Doch draussen wütet noch immer der Sturm. Ich bestelle beim Kellner Eintopf und Rosé. Er stellt mir mein Essen hin. Dann lächelt er.

«Last night?»

«Yes, my flight is tomorrow afternoon.»

«What a pity!»

Ich bin sicher, dies sagt er allen Gästen.

Ich frage ihn, wann er seine Arbeit beende. Er hebt seine linke Augenbraue.

«I would like to invite you for drink. Just a drink.»

Er schenkt mir Rosé nach und scheint dabei nachzudenken. Ich fürchte, er könnte Nein sagen und blicke hinaus auf das schäumende Meer.

«Ten thirty. At the bar.» Sein Gesicht ist ernst. Er dreht sich um und geht zurück zum Tresen. Seine Schritte federn. Ich nenne ihn Ernesto.

Im Badezimmer schminke ich mich. Eine andere Bluse? Die Signale meines Telefons schrecken mich auf. Florence. Jetzt nicht. Ich will nicht über die Arbeit reden. Ich lasse es vibrieren. Weshalb ruft Martin nicht an? Bis jetzt hat er sich jeden Abend gemeldet.

Neun Uhr. Ich bin noch früh. In der Hotellobby gibt es einen weichen Sessel. Herrlich, in ihm zu versinken. Die Rezeption ist noch besetzt, mit einem Gesicht, geschminkt wie eine Puppe. Ein älterer Herr mit einem Regenschirm steht vor dem Tresen. Er scheint aufgeregt. Die Rezeptionistin redet auf ihn ein, während sie den Hörer an ihr Ohr presst. Sein Gesicht läuft rot an.

«Non, ce n’est pas possible. Vous vous trompez.»

Er dreht sich um, nach Unterstützung heischend.

Ich blicke schnell auf meine Hände, betrachte meine Fingernägel. Eine Minute, zwei Minuten lang.

In Zeitlupe schaue ich auf. Ich sehe den Mann zum Ausgang eilen. Die Rezeptionistin ruft ihm nach:

«Monsieur, votre parapluie.»

Aber er ist schon durch die Drehtür verschwunden.

An der Bar ist wenig los. Zwei indische oder tamilische Geschäftsherren sitzen vor einem Glas Weisswein. Sie diskutieren lebhaft. Ich setze mich an ein rundes Tischchen in der Ecke. Mein Kellner erscheint pünktlich. Er stellt sich als Raul vor. Wir schütteln Hände. Als Kellner wirkte er attraktiver. Die beige Bügelfaltenhose und das karierte Hemd machen ihn fade. Er schaut mich unsicher an.

«May I?»

Die Konversation kommt nur schleppend in Gang. Ein Kellner hat doch viel zu erzählen. Ich frage. Er gibt in passablem Englisch Bericht über seine Ausbildung. Das Servieren, das Ausschenken des Weins. Abrupt hält er inne, fährt sich über den Mund, so als hätte er zu viel Preis gegeben.

«What about you?»

Ohne zu überlegen, erzähle ich ihm von meinem Bergsturz-Abenteuer. Ich rede locker, fast heiter, als hätte ich in einem Film mitgespielt.

«Catherina, you are very lucky», sagt er bestürzt. «The ghost of the mountain can be very angry.»

Seine Worte amüsieren mich. Sein Blick straft mich.

«I was careless I know. I'm often careless.»

Sein Blick verändert sich. Er wird milde.

«We are all careless. But God in Nature shows us to be humble.»

«Humble?» Ich nicke. Ich will mehr von der Geschichte der Insel wissen. Er mixt mir einen Poncha und beginnt zu erzählen. Von Atlantis, dem früheren Namen der Insel, von Kolumbus, der sich hier für einige Zeit mit seiner Frau niedergelassen hat, vom Weinbau und von Hungersnöten, welche die Menschen zum Auswandern zwangen. Seine Stimme ist sanft wiegend. Ich wünsche mir, er würde immer weitererzählen.

Eine Hand liegt auf meiner Schulter. Ich blicke in Rauls Augen.

«Time to go to bed.»

Ich scheine eingeschlafen zu sein.

«Sorry.»

«Don't be sorry», sagt er, nimmt meinen Arm und begleitet mich zum Lift.

«Thank you.» Er drückt meine Hand und geht.

Im Lift drängen sich Tränen in meine Augen. Ich lege mich mit den Kleidern aufs Bett und weine.

Wer bin ich denn
Dass man mich quält
Mir Dreck in die Haut reibt
Mich hinter Gitter steckt
Wehe euch
Allein werde ich nicht untergehen.
Ich ziehe euch alle mit
E. F.

Es war früher Abend und wir lagen auf Esthers Bett.

«Hörst du das, dieses Geräusch von nebenan?», fragte ich.

Sie lachte. «Ach – das ist Toby, dieser Spinner. Er würfelt.»

«Ein Spiel?»

«Keine Ahnung. Er schreibt sich die Augenzahlen auf und berechnet irgendwelche Durchschnittswerte für seine Statistiken. Das macht er stundenlang.»

«Weisst du, was mein Bruder macht?», flüsterte ich. «Er sitzt am Fenster und schiesst mit seinem Luftgewehr auf Vögel oder Katzen und onaniert dabei.»

«Das kann er gar nicht gleichzeitig tun!»

Ich lachte. «Nein, natürlich nicht, mal das eine, mal das andere – echt durchgedreht, nicht?»

«Er braucht Hilfe.» Sie krauste ihre Stirn, wie immer, wenn sie mit etwas nicht einverstanden war.

«Er ist, wie er ist. Der lässt sich nicht helfen. Meine Eltern wollten ihn zu einem Psychiater schleppen. Da war er neun. Als mein Vater den Wagen aus der Garage fuhr, fegte er den gedeckten Esstisch leer und warf sich auf den Boden. Er schrie wie am Spiess.»

«Und weiter?», fragte sie.

«Man hat den Termin abgesagt und er hat seinen Lieblings-Schokopudding gekriegt.»

Esther hob eine Augenbraue, als wollte sie sagen: So erzieht man kein Kind!

«Ich weiss, meine Eltern sind in dieser Beziehung schwach. Bei Tamtam können sie nichts durchziehen, der tut ihnen einfach leid.»

«Der weiss bestimmt genau, wie er und wann er seine Show abziehen muss, um etwas zu kriegen.»

«Ich weiss nicht», entgegnete ich. «Tamtam ist eigentlich ein armes Würstchen. Er war drei, als Papa und Mama ihn adoptierten. Er kam verwahrlost und unterernährt zu uns. Ich glaube, der hat einen Schaden fürs Leben abbekommen.»

«Eben deshalb.» Esthers Stimme wurde lauter. «Johannes

braucht eine Therapie oder was weiss ich.» Sie schwieg.

Ich schluckte und sagte: «Weisst du, manchmal spielen Papa und ich mit ihm ‹Schwarzer Peter›. Er mag dieses Kribbeln im Bauch, wenn die böse Karte, so nennt er die ‹Schwarze Peter›-Karte, verdeckt herumgegeben wird. Du solltest ihn sehen. Dann ist er mein kleiner, glücklicher Bruder.» Ich band mein Haar zu einem Pferdeschwanz zusammen.

«Wo ist eigentlich deine Mutter?»

«Weiss nicht, Chemo oder so.»

«Geht es ihr besser?»

«Nicht wirklich. Es ist ihr phasenweise übel, dann liegt sie tagelang im dunklen Schlafzimmer und sagt, dass sie sterben will.»

«Mein Gott, das kann sie doch nicht wirklich meinen?»

«Weiss nicht.»

«Redet ihr denn nicht?»

«Worüber denn? Übers Sterben?» Sie wurde heftig. «Sie soll sich zusammenreissen, sie hat zwei Kinder und einen Mann. Sie soll aufstehen und etwas tun!»

Ich legte ihr eine Hand auf die Schulter. Sie schüttelte sie ab.

«Reden wir über etwas anderes.»

«Worüber denn?»

Sie hob die Brauen. «Zum Beispiel», sie zögerte, «über Martin.»

«Über Martin?» Ich verdrehte die Augen. «Da gibt es nichts Spannendes zu erzählen.»

Wir sassen da und schwiegen. Schliesslich überwand ich mich und fragte: «Was willst du wissen?»

Sie zögerte, suchte nach Worten.

«Ob wir uns lieben?»

Sie nickte.

«Er würde Ja sagen.»

«Und du?» Sie starrte mich an.

«Ich ... ich bin mir nicht so sicher, ob ich ihn liebe.»
Sie nickte, drehte den Kopf weg und starrte zum Fenster hinaus.

Die letzte Nacht ist unruhig. Immer wieder wache ich auf, habe Durst, muss aufs Klo. In einer der kurzen Schlafperioden träume ich von Esthers Beerdigung. Ich bin spät dran und kann den Friedhof nicht finden. Als ich schliesslich ankomme, ist die Feier schon vorbei. Ich zwinge den Friedhofsgärtner, den Sarg nochmals auszubuddeln. Als er ihn öffnet, liegt nicht Esther drin, sondern eine fremde Frau.

Ich wache auf. Wo bin ich? Eine Schrecksekunde lang höre ich Esther im Bad hantieren.

Beim Frühstück bedient mich Raul ein letztes Mal. Ich bin wieder Gast, er Kellner. Hat es ein gemeinsames Rendezvous gegeben? Als ich aufstehen will, legt er ein kleines, in rotes Seidenpapier eingeschlagenes Päckchen auf meine Serviette.

«Farewell, Madame», sagt er. «Be careful with your life. It's precious.» Ein Lächeln, seine federnden Schritte. Weg ist er.

Wiedersehen, Ernesto.

Das Taxi ist da. Der Fahrer zündet sich eine Zigarette an. Ich bitte ihn auch um eine. Er dreht sich zu mir um, schaut mich an, gibt mir Feuer. Es ist der Mann, der mich vor dem Berg gewarnt hat. Er trägt keinen Hut mehr. Am Rückspiegel baumelt aus weissem Plastik ein Jesus am Kreuz. Ich lehne mich zurück, lasse den Rauch aus meiner Nase strömen.

«To the airport?»

Ich nicke.

Im Rückspiegel sehe ich wieder seinen prüfenden Blick. Ob man ihm erzählt hat, dass ich fahrlässig mein Leben aufs Spiel gesetzt habe? Die von der Rezeption wissen es. Vielleicht weiss es jetzt das ganze Dorf. Die Verrückte verlässt die Insel.

Überall sind Spuren des Sturms: Grosse Äste und Steine liegen auf der Fahrbahn. Er umfährt sie geschickt. Während der ganzen Fahrt schweigt er und ich schweige auch.

Beim Einsteigen ins Flugzeug blicke ich nochmals zurück. Als ich ankam, dachte ich: Hier finde ich mein Paradies. Jetzt bin ich sicher, dass es keine Paradiese gibt.

Im Flugzeug sitzt ein schwergewichtiger Mann neben mir. Arme breit wie Oberschenkel liegen auf den Lehnen. Ich bin ein Vögelchen neben ihm. In seinem runden Gesicht versinken zwei kleine, blaue Augen. Sie strahlen.

«Adam.»

Sein Mund ist nur ein Mündchen.

Adam. Ich weiss nicht, ist es sein Vor- oder Nachname. Er spricht Deutsch mit einem nordischen Akzent.

Er sei geschäftlich unterwegs, fliege jetzt nach Zürich und dann weiter nach Kopenhagen. Ich würde gerne erwidern: Schöne Stadt. War aber nie dort.

Der Flugbegleiter bietet Getränke an.

«Nehmen Sie ein Glas Wein? Oder lieber einen Drink? Ich lade Sie ein.»

Ich überlege. Immer diese Entscheidungen. Schon als Kind sind sie mir schwergefallen. Welchen Buntstift soll ich für die Blumen wählen, welches Eis aus der Tiefkühltruhe? Später waren es Aufsatzthemen oder Bücherwahl für einen Vortrag, die mich rotieren liessen. Jede Entscheidung eine Qual. Jede Menü-Wahl im Restaurant eine Überforderung.

«Wählen Sie für mich», höre ich mich sagen. Und es tönt dumm aus meinem Mund.

Der Flight Attendant entkorkt die Weissweinflasche. Ich bedecke mein Glas mit der flachen Hand.

«Doch lieber Bier.»

Adams Augen glitzern fröhlich.

«Skal.»

«Prost.»

«Bitte anschnallen. Wir werden einige Turbulenzen haben.»

Das Flugzeug sinkt durch die Wolken. Blitze zucken. Die Lichter flackern, dann gehen sie aus. Dieses Schütteln, der durchdringende Ton einer kämpfenden Maschine. Ich halte Adams Hand. Hier kann ich nicht rennen. Hier bin ich gefangen. Die Angst fesselt mich. Adam drückt mich an sich. Mein Kopf ist an seiner Brust. Wie das Kind beim Vater. Ich spüre sein Herz schlagen.

Dreieinhalb Stunden Adam. Sein Leben, mein Leben. Zwei Erzählungen, ineinander verflochten. Keine Handynummern, keine E-Mail-Adressen ausgetauscht. Aber Nähe eingesogen, warm und leicht. Eine sanfte Landung.

Die Rolltreppe trägt ihn hoch. Wie ein massiger Fels ragt er in der Menge auf. Einen kleinen, hellbraunen Hut hat er aufgesetzt. Wie einer vom Campingplatz sieht er aus. Er dreht sich nicht um. Langsam wird er kleiner und kleiner und verschwindet in einem bunten Menschenstrom. Beschwingt fühle ich mich. Auf Wiedersehen, Herr Zuversicht.

Leonie steht winkend in der Ankunftshalle. Martin lächelt unsicher. Ich umarme die zwei. Sie drücken mich beide, Leonie fester als Martin. Er nimmt meinen Koffer, steuert voraus zum Ausgang. Leonie und ich hinterher. Sie plaudert, erzählt von einem Patienten, den sie pflegt. Dann setzt sie sich ans Steuer und Martin auf den Beifahrersitz. Sie braucht Fahrübung für die Fahrprüfung. Ich setze mich auf den Rücksitz, fühle mich so, als würde ich nicht mehr zur Familie gehören, als wäre ich nur zu Besuch.

Auch das Haus ist mir fremd. Die Farben habe ich anders in Erinnerung. In der Vase in der Diele lassen vertrocknete Rosen ihre Köpfe hängen. Mischa streicht mir um die Beine, um mich zu begrüssen. Ich streichle ihm über den flauschigen Rücken und spüre seine schmale Wirbelsäule. Es muss leicht sein, eine Katze umzubringen. Man schlägt sie gegen einen Pfosten. Das Genick bricht. Bei diesem Gedanken erschrecke ich.

Die Küche ist aufgeräumt. Ein Apfelkuchen steht auf dem Tisch. Er ist noch warm und duftet. Leonie hat nach Mamas Rezept gebacken.

Heute ist Freitag. Mama wartet auf mich. Mit dem Fahrrad bin ich in zehn Minuten dort. Wenn es nicht gerade regnet, machen wir gemeinsam einen kleinen Rundgang durch den Park. Im hauseigenen Café isst Mama gerne Linzertorte. Früher mochte sie Linzertorte nicht. Heute würde sie drei Stück nacheinander essen, wenn man sie liesse. Manchmal schläft sie auch im Sessel am Fenster. Ich stelle einen Stuhl neben sie und schaue hinaus in den Park, auf die grosse Trauerweide. Ich erzähle von den Kindern. Wenn sie wach und guter Stimmung ist, will sie Gedichte von Storm und Eichendorff vorgelesen bekommen. Ist sie schlechter Stimmung, beschimpft sie mich.

Jetzt sitze ich an ihrem Bett. Sie schläft. Sie habe eine unruhige Nacht gehabt. Dreimal geläutet, einmal aufs Klo gemusst, zweimal schwer geträumt. Geweint habe sie und nicht mehr gewusst, wo sie sei, sagt ein Pfleger. Arme Mama. Dann wacht sie auf. Ich erzähle ihr nicht von der Insel. Sie fragt auch nicht. Ich sitze noch eine Weile bei ihr. Dann gehe ich. Der Klinik-Arzt sagt mir am Telefon, dass Esther in den letzten Tagen ihre Medikamente nicht mehr eingenommen habe. Beim Joggen habe sie sich wohl völlig überfordert. Der Herzmuskel sei schon geschädigt gewesen. Es sei zu einem Infarkt gekommen. Alle Hilfe sei zu spät gewesen.

Esther wurde bei der Maturaprüfung Jahrgangsbeste. Ich kam durch, wenn auch knapp. Mathe und Physik hatten wir gemeinsam gebüffelt. Sie mit viel Energie und ihrer hartnäckigen Art, Dingen auf den Grund gehen zu wollen. Ich lustlos und halbherzig. Wenigstens hatte es sich auch für mich gelohnt. Esther wollte mir ein Studium schmackhaft machen, Soziologie sollte es sein oder Kunstgeschichte. Ich winkte ab, alles zu theoretisch.

Wenn überhaupt, interessierte mich Psychologie, aber ich hatte genug von Lehrbüchern und der ewigen Auswendiglernerei.

An der Maturafeier sollte Esther eine Rede halten. Sie lehnte ab. Gründe dafür gab sie keine an und niemand konnte sie umstimmen. Sie blieb stur.

Am grossen Tag trafen wir uns schon am Nachmittag im Foyer. Esther liess sich nicht blicken. Ich machte mir noch keine Gedanken, die Vor-Party war sowieso nicht ihr Ding. Wir hatten ein paar Streiche auf Kosten der Lehrer ausgeheckt. Anschliessend pflügten wir die Erde im Vorgarten um und pflanzten einen Apfelbaum. Jeder hängte etwas dran:

Eine Fotografie von Che Guevara, ein Cannabis-Säckchen, Gedichte auf bunte Zettel geschrieben, eine Fahrradglocke, eine tibetanische Gebetsfahne, ein Judenstern und eine Halbmondsichel, eine Büffelledersandale und irgendwelchen Krimskrams. Tom hatte ein portables Kassettengerät mitgebracht und wir grölten alle laut mit Pink Floyd:

We don't need no education
We don't need no thought control
No dark sarcasm in the classroom
Teachers leave them kids alone
Hey, teachers, leave them kids alone
All in all we're just another brick in the wall

Wir umarmten uns gegenseitig und die ganze Welt damit. Nur Esther vermisste ich. Bestimmt hatte ihre Mutter wieder einmal eine depressive Phase.

Um sechs Uhr fand in der Aula die offizielle Feier statt. Mama hatte Tamtam herausgeputzt. Esthers Eltern und Toby konnte ich in der Menge ausmachen, aber von Esther keine Spur! Mit Martin hatte ich mich am Vortag gestritten. In meiner Wut hatte ich geschrien, er müsse gar nicht erst aufkreuzen, was er sich offensichtlich zu Herzen genommen hatte. Jetzt tat es mir leid. Jetzt war ich wahnsinnig aufgeregt und schwitzte in meinem Alpaka-Pullover und den hohen Stiefeln.

Der Rektor stand in Kittel und Krawatte auf der Bühne. Er verglich die Zeit des Gymnasiums mit dem Erklimmen eines Berges und brachte Reinhold Messner ins Spiel, der im Juli jenes Jahres mit einem Kollegen den K2 ohne Sauerstoffgerät bezwungen hatte. Auch Misserfolge müsse man im Leben in Kauf nehmen, meinte er und zitierte Messner: «Ich lerne, wenn ich gescheitert bin, und nicht, wenn ich Erfolg habe.»

Endlich wurden die Maturazeugnisse verteilt. Die Reihenfolge verlief nach Klasse und Alphabet. Zweimal wurde «Esther Fischer» aufgerufen. Das erste Mal für die Aushändigung des Zeugnisses und das zweite Mal für die Ehrung als Jahrgangsbeste. Beide Male gab es eine kleine Verunsicherungspause. Köpfe wurden gewendet, suchende Blicke gesendet. Die Eltern Fischer starrten gerade aus. Toby senkte den Blick und fummelte an den Knöpfen seiner Jacke. Was war denn los?

Bevor ich die Fischers abfangen konnte, waren sie weg. Sie mussten sich unauffällig verdrückt haben, ohne den Chorauftritt abzuwarten.

Endlich waren wir unter uns. Ich fragte in meiner Clique herum, aber niemand wusste etwas von Esther. Ich redete mir ein, mit ihr sei alles okay, es gäbe einen plausiblen Grund für das Fernbleiben. Nun wollte ich einfach den Abend geniessen.

Wir feierten wie im Fieber. Drinnen wurde getanzt, draussen geschlotet. Joints machten die Runde. Der immer noch kleine Ehrensperger wurde mit Cola-Rum abgefüllt und kotzte an den Apfelbaum. Ein Mädchen aus der Parallelklasse liess sich zu einem Striptease auf der Bühne ermutigen. Wir waren alle echt durchgeknallt.

Gegen drei Uhr torkelten noch einige wenige im Hof herum, der Rest lag auf den Bänken. Da tauchte Esther auf. Ganz in Schwarz und bleich wie ein Leintuch stand sie da. Sie sagte kein Wort, schaute nur auf dieses Bild von abgefeierten Überlebenden. Dann nahm sie die letzte halbvolle Flasche Rum und setzte sie an die Lippen.

Danach hatte ich einen Filmriss. Keine Ahnung, wie ich nach Hause kam. Meine Kleider waren jedenfalls feucht. Es muss gegen Morgen geregnet haben.

Am nächsten Tag rief ich Esther an. Niemand ging ans Telefon. Erst am Montag erreichte ich sie. Ich wollte wissen, was mit ihr los war. Sie sagte in gleichmütigem Tonfall: «Ich hatte noch etwas zu erledigen, deshalb wurde es etwas später!»

Ich betrachte die Kohlezeichnung. Seit Jahren hängt sie im Atelier. Seit Jahren habe ich sie nicht mehr angeschaut. Sie zeigt das Gesicht einer Frau, einer jungen Frau. Haarsträhnen fallen ihr in die Stirn und verdecken ihr rechtes Auge. Von ihrem linken geht ein eigenartiges Strahlen aus. Ihre Lippen formen einen weichen Mund. «Ich, 1985». Seither habe ich nicht mehr gezeichnet. Auch keine Aquarelle mehr gemalt.

Ich war ein Farbenkind. Meine Kindergartenjahre bestanden aus lauter Blumenbildern. Blau und Gelb. Rot und Grün. Ich habe über die Ränder an die Wände gemalt, am Boden liegend und bis zu den Ellbogen in Farbe getunkt. Kauernd im Gras über Käfer gebeugt. Ich schrie, wenn man mir den Malkasten wegnahm, weil wir zum Turnen sollten. Nur für die Vesperzeit konnte ich weggelockt werden. Für ein Stück Schokolade wusch ich meine farbverschmierten Hände.

Jahre kamen, in denen ich mit dem Malkasten im Rucksack unterwegs war. Erst mit dem Fahrrad, später mit dem Mofa, in der Eisenbahn. Hungrig, eine Stimmung, einen Augenblick, eine Szene aufzufangen und festzuhalten.

Wo sind all die vielen Zeugen meiner damaligen Welt? Irgendwo auf dem Dachboden. Verstaubt in einer Ecke.

Ich sitze da, schaue auf meine Hände. Irgendwann stehe ich auf und suche nach meinem Malkasten. Wie in Zeitlupe beginne ich mit einem Ablauf, der noch in meinen Zellen abgespeichert ist. Der Pinsel rührt die Farbe an, der Pinsel streicht übers Blatt. Ein Blatt saugt sich mit Farben voll. Formen entstehen und weichen zurück. Eine neue, alte Welt beginnt zu leben. Martin ruft. Von weit weg. Ich male.

Der Tag der Beerdigung beginnt mit Grau. Schwere Tropfen fallen von den Bäumen. Die Sonne will sich nicht zeigen. Wir nehmen den Bus, sitzen getrennt, Martin und ich. An der Haltestelle stehen wir nebeneinander, wie zufällig.

«Wieso wurde es gestern spät?»

Das Malen – ein Rausch. Er scheint es nicht zu verstehen, dreht sein Gesicht weg.

Vor der Kirche steht Esthers Familie. Schwarzgraue Figuren zusammengestellt. Wir stellen uns dazu. Bald sind wir umringt von Menschen. Ich erkenne viele und wünsche mir, ich trüge eine grosse, schwarze Sonnenbrille wie Audrey Hepburn. Ich habe nur mein unausgeschlafenes Gesicht.

Die Portale der Kirche öffnen sich. Es riecht nach frisch poliertem Holz und moosigem Stein. Die Kirchenbänke füllen sich. Menschen stehen hinten und in den Seitengängen. Eine Menge Lehrpersonen müssen es sein. Weshalb sind sie alle da? Kollegiale Solidarität? Neugierde? Die engsten Angehörigen teilen sich die ersten beiden Bänke. Ich setze mich zwischen Margo und Paula. Zwischen Esthers Mutter und Esthers Tochter. Ich fürchte mich vor aufgestauten Emotionen, die wie ein Wasserschwall hervorbrechen können, wenn die Schleusen sich öffnen.

Der Pfarrer kennt die Familie. Er leiert eine lange Liste Wörter herunter. Esthers Lebensideale: Gerechtigkeit, Solidarität, Fairplay, Kompromisslosigkeit. Mein Blick sucht etwas, wohin er sich setzen kann. Die Rosetten der Kirchenfenster. Sie leuchten in Gelb und Blau. Faszinierend diese Muster. Ich suche nach den Gesetzmässigkeiten. Esther hat immer

Regeln aufgestellt. Hat sie je welche gebrochen? Der Pfarrer meint, glaubt, fragt sich, wünscht sich, dass ...

Ich sehe Esther laufen. In ihrem Trainingsanzug. Die Haare zu einem Pferdeschwanz gebunden. Sie läuft. Unaufhaltsam. Sie läuft bis dorthin, wo die Welt zu Ende ist. Wo es nichts anderes gibt als Dunkelheit. Keine Farben, Keine Töne. Keine Berührung.

«Urteilsvermögen, Logik, Sprachverständnis waren bei ihr ausserordentlich entwickelt und sie besass ein hervorragendes vernetztes Denken.» Paul würdigt seine Tochter, wie der Professor seine Studentin zu verabschieden hat. An seiner Mimik sind keine Emotionen abzulesen. Erst als er bei ihrer Krankheit ankommt, wird seine Stimme brüchig. Ein nervöses Flackern erkenne ich in seinen Augen.

Hat sich Esther geliebt, gehalten, geborgen gefühlt? Von ihrem Vater? Ihrer Mutter? Von Toni?

Eine weiche Altstimme holt mich zurück. Sie gehört einer Frau in meinem Alter. Sie steht neben der Orgel. Rotes, welliges Haar umrahmt ihr helles Gesicht. Sie singt eine Weise in Moll. Sie singt sie so, als wäre es ihr Lied.

«Meine Grosstante – ist das schön!»

Ich drücke Paulas Hand. Eine junge Hand in meiner nicht mehr jungen Hand. Auch eine Hand verändert sich mit der Zeit.

«Für Sie, liebe Trauergemeinde, ist der Verlust schwer zu tragen, vor allem wenn jemand so plötzlich aus dem Leben scheidet.»

Ein leises Zittern an meiner linken Seite. Margo. Wie kann man diesen Schmerz ertragen, eine Tochter zu verlieren? An den Tod, an die unfassbare Unendlichkeit. Würde Mama den Verlust noch empfinden können, wenn ich vor ihr sterben sollte? Würde sie nicht einfach sagen: «Rina – wer ist das?»

Ich taste nach Margos Hand.

Zum Schluss singen wir «Grosser Gott wir loben dich». Endlich die Erlösung. Die Tränen tropfen auf das Gesangbuch, das ich vor mich hinhalte. Ich wische darüber. Die Seiten bleiben von der Feuchtigkeit gewellt.

Am Ausgang, bei der Treppe, stellt sich die Trauerfamilie nochmals auf, muss Kondolenzbezeugungen entgegennehmen. Ich drücke Hände, drücke Körper, automatisch herzlich. Ich bin eine Kondolenzanlaufstelle. Eine Umarm-Maschine.

Dann fällt mein Blick zur Säule. Paul, Esthers Vater. Er steht wie versteinert da. Plötzlich dreht er sich um und geht mit langen Schritten davon. Ich löse mich aus der Menge, renne ihm nach. Als ich meine Hand auf seine Schulter lege, dreht er sich nach mir um und beginnt zu schluchzen. Es schüttelt ihn, der Rotz fliesst aus seiner Nase. Er stützt sich an der Friedhofsmauer ab. Wir stehen da. Noch ein paar Mal fährt ein Beben durch seinen Körper, dann wird er ruhiger. Ich suche nach einem Taschentuch. Er schnäuzt sich. Es beginnt zu regnen. Wir schauen einander an und gehen zurück.

Die Trauergemeinde trifft sich in einem Lokal. Sandwiches und kleine Kuchen werden in Bergen auf flachen Schüsseln angeboten. Vom einen und anderen Tisch lacht es her. Die Angespanntheit weicht mit einem Glas Weisswein.

Auf der Toilette ziehe ich die Lippen nach. Esthers rothaarige Cousine, die Sängerin, steht neben mir, lächelt mir zu.

«Du musst Catharina, Esthers Freundin, sein.» Sie sagt es zu meinem Spiegelbild, bewegt dabei ihre Hände unter dem Wasserstrahl. «Ich bin Erica, ihre Cousine.»

«Du hast wunderschön gesungen.»

«Freut mich. Vielleicht hätte es sogar Esther gefallen.»

Ich runzle die Stirn. Sie trocknet sich die Hände. Ein quälendes Lächeln erreicht mich.

«Du mochtest sie nicht?»

Sie winkt ab.

«Komm», trinken wir einen Kaffee», schlage ich vor.

Sie dreht am wulstigen Ring an ihrem Zeigefinger.

«Alles, was ich tat, wurde von meinen Eltern mit Esthers Leistungen verglichen. Ich zog immer den Kürzeren, konnte ihr nie das Wasser reichen. Als wir Mädchen waren, habe ich es gehasst, wenn ich gezwungen wurde, mit ihr in mein Zimmer zu gehen. Sie wollte Geschichten spielen. Zuerst erfand sie eine Story. Meist mit einer bösen Hexe oder einem gemeinen Vater und einem Kind, das herumkommandiert wird. Sie wollte immer die böse Figur sein und ich musste das liebe, arme Kind sein. Anfangs wehrte ich mich dagegen. Wir stritten uns. Sie setzte sich immer durch. Ich schmollte und fügte mich in mein Schicksal. Später hatte sie dann immer ein Buch mit dabei, setzte sich in eine Ecke meines Zimmers und sprach kein Wort mit mir.»

«Hattet ihr noch Kontakt?»

«Nein, ich ging auf eine Schule in London und studierte dort. Als ich zurückkehrte, zog ich in eine andere Gegend. Bei einem Verwandtentreffen begegneten wir uns noch einmal. Wir mieden uns gegenseitig. Aber was hat dich an ihr angezogen? Du warst doch viele Jahre mit ihr befreundet, eng, nehme ich an.»

Ich überlege einen Moment. «Ihre Energie, ihr Tempo, ihre Durchschlagskraft ...»

Sie nickt.

«Wie lebst du? Hast du Partner, Kinder?», frage ich.

«Ich bin allein, habe nie jemanden getroffen, mit dem ich

für längere Zeit zusammenleben wollte.»

«Und Kinder, Familie, vermisst du nicht?»

«Doch, manchmal, aber ich habe gute Freunde. Die haben Kinder. Dort kann ich jederzeit hingehen, wenn mir danach zumute ist. Zum Beispiel an Weihnachten.» Sie trinkt ihre Kaffeetasse leer und steht auf. «Zeit zu gehen.»

Das Haus ist leer, als ich heimkehre. Ich packe meine Reisetasche aus. Rauls Päckchen liegt zwischen zwei Wäschestücken. Es fühlt sich weich an. Ich lege es auf den kleinen Tisch neben meinem Bett. Es will noch nicht geöffnet werden.

Esther schrieb. Gedichte, kurze Texte und auch Tagebuch. Lange Zeit wusste ich nichts davon. Mir fiel nur auf, dass sie immer ein kleines Heft bei sich trug, in das sie während der Lektionen schrieb. Ich ging davon aus, dass sie sich Notizen zum jeweiligen Schulstoff machte.

Einmal, in einer Mathestunde, lag es auf dem Pult, halb verdeckt von ihrem Regelheft. Als der Leuthardt sie zur Wandtafel schickte, um eine Formel aufzuschreiben, schlug ich es unauffällig auf. Auf der Seite, die ich erwischte, stand in ihrer gestochenen, geraden Schrift der Satz: «Der Tod ist ein tröstlicher Geliebter.»

Der Satz faszinierte und erschreckte mich zugleich. Als sie sich wieder an ihren Platz setzte, schlug mein Herz. Ich rang mit mir. Schliesslich riss ich eine Seite meines Mathehefts heraus und schrieb darauf: «Das Leben ist ein tröstlicher Freund.» Ich schob ihr den Zettel zu. Aus den Augenwinkeln sah ich, dass sie ihn las. Ich hielt den Atem an. Sie reagierte nicht. Dafür der Leuthardt. Er quälte mich, den Satz des Pythagoras nochmals aufzusagen. Während ich mir mögliche

Splitter zusammensuchte, nahm Esther meine Hand und hielt sie. Ich stammelte irgendetwas. Die Klasse gähnte und der Leuthardt begann zu dozieren.

Meine und Esthers Hand lagen bis zum Ende der Lektion ineinander. Esthers schwarzes Notizheft habe ich aber nie mehr auf ihrem Pult gesehen.

Die Rollbahn ist mit einer grauen Schneeschicht bedeckt. In der Wartehalle stehen Rina, Vater und Toby schön nebeneinander aufgereiht und winken. Mutter fehlt, denn sie muss den Kartoffelgratin überwachen und das Dessert vorbereiten, sagt mir meine Stimme, von der ich aber nicht mehr sicher bin, ob ich ihr glauben kann.

Ein halbes Jahr habe ich mir im gelobten Land gegönnt, im Kibbuz Orangen gepflückt, Teller gewaschen, Böden gefegt und was die Volunteers so alles tun dürfen.

Derweil hat sich in Mutters Brust ein Krebs angesiedelt und ausgebreitet. Vaters Schrift ist schwer entzifferbar, so dass man Hoffnung hatte, die Wörter falsch gelesen zu haben und die Brust sei vielleicht doch nicht amputiert, sondern nur punktiert worden. Aber daran geglaubt habe ich nicht.

Mein Koffer ist voller Geschenke für meine Familie, mein Herz voller Sehnsucht nach dir, Conor, mein Liebster. Wirst du mir schreiben?

Unser Haus ist dunkel, schier abweisend, ohne Licht in den Fenstern, so als wolle es mich nicht zurückhaben. Toby verschwindet, wie immer, in sein Zimmer. In der Küche gibt es keine Mutter, kein Gratin im Ofen und auch keine Pfannen auf dem Herd. Vater deutet auf die Bank am Fenster, macht ein ernstes Gesicht und will mit mir reden, aber ich will nicht, weil ich weiss, was kommen wird. Mit einem Klumpen im Bauch renne ich die Treppe hoch und klopfe an die Tür des Elternschlafzimmers. Aus Tobys Zimmer nebenan dringt der Klang von Würfeln auf Holz. Eine dünne Mutterstimme ruft mich herein. Ein Spalt Tageslicht fällt in den abgedunkelten Raum, als ich die Tür öffne. Ich erkenne einen blassroten Plüschmantel, der über der Bettdecke liegt und ein Paar Pantoffeln vor dem Bett. Unter der Decke sind ein grauer Kopf und zwei grosse Augen. Mutter streckt mir die Arme entgegen. Ihre Haare kleben am Kissen.

«Wie geht es dir?» Ich streichle ihre Hand

Sie sagt, ich solle erzählen, aber ich kann nicht, weil die Welt, aus der ich komme, nicht in diese hier passt. Ich starre auf die Pantoffeln, es sind Altfrauenfinken.

Endlich redet sie, erzählt vom Krankenhaus, von der Operation, von der Angst vor dieser Krankheit und kann nicht mehr aufhören. Ich will die Ohren zu halten und die Stimme von Conor hören, wie er mir aus «Herr der Ringe» vorliest, wie er sagt: «Du bist Arwen, meine Elbe.»

Und ich antworte: «Dann bist du Aragorn, mein König.» Vater ruft zu Tisch, Mutter will nichts essen, weil ihr übel ist. Wir sitzen zu dritt am Tisch.

«Pellkartoffeln und Käse hast du bestimmt schon lange nicht mehr gegessen», meint Papa und ich würge eine Kartoffel hinunter.

In der Nacht träume ich, dass mein Aragorn seine Arme ausbreitet und mich heiraten will, dass ich aber zögere, weil der Preis meine Unsterblichkeit ist und dass er deshalb seine Arme wieder sinken lässt und im Nebel verschwindet.
E. F., 28. Dezember

Die grossen Schmerzen im Unterbauch lassen trotz Tabletten nicht nach. Ich liege in Embryostellung im Bett und es ist Sonntag. Papa schickt nach Doktor Signer, meinem Kinderarzt. Er sagt: «So, Estherlein, dann lass mal sehen» und ich kann die Tränen nicht zurückhalten. Er tastet meinen Bauch ab. Mutter musste auch abgetastet werden. In Mutters Brust war der Krebs und was ist in meinem Bauch?

Doktor Signer fragt: «Könnte es sein, dass du schwanger bist?» Da ist sie wieder, diese Angst in mir, weil Aragorn und Arwen Hochzeit gehalten haben.

«Das muss man abklären», meint er und ich drehe mich zur Wand, in der Hoffnung, dass Doktor Signer endlich geht. Mutter will wissen, was los ist, also hat sie doch mitgehört, aber ich will mit niemandem reden.

«Guten Rutsch, das wird schon werden», sagt Doktor Signer und geht.

E. F., 31. Dezember

Ich erinnere mich an keine Zeit, in der Schnee bei uns so lange liegengeblieben ist. Jeden Morgen fahre ich mit Herrn Lüthi, dem Nachbarn, in seinem Mercedes zur Arbeit. Er hat einen dicken Bauch, der fast das Steuerrad berührt, und ich drücke mich in die weichen Lederpolster, schliesse die Augen und versuche, an nichts zu denken.

In der Kantine esse ich mit meinen beiden Kollegen zu Mittag, mit Urs, dem Bärtigen, der in einem Zimmer mit einem Bett und mehr als tausend Büchern lebt und mit Bertrand, der auf dem Klo seinen Joint dreht, stets pünktlich um zehn. Ich blute immer noch nicht.

Und dann ist er da, dieser Morgen. Um zehn Uhr stehle ich mich, trotz der Kälte mit Schweiss unter den Achseln, zur

Telefonkabine und wähle die Nummer dieses Gynäkologen, der mich untersucht hat. Es geht um Leben oder kein Leben in meinem Bauch, um meine Zukunft, sagt Vater. Mutter sagt nichts dazu, aber das hat sie nie getan. Ich warte das Resultat ab, halte den Hörer krampfhaft an die Ohrmuschel gepresst und starre auf das abgewetzte Telefonbuch. Vom abgestandenen Rauch, vermischt mit süsslichem Parfüm und Käsebrotgeruch, wird mir übel. Endlich dringt das Wort «negativ» an mein Ohr und langsam sinke ich in die Knie, kauere da und blicke in das Grau des Tages. Ich begreife. «Negativ» heisst, dass Arwen und Aragorns Geschichte zu Ende ist.
E. F., 7. Januar

Die Wolkendecke hängt schwer über der Stadt. Ich stehe am Fluss. Noch ein wenig den Kopf lüften. Weshalb habe ich nie in einer anderen Stadt gelebt? In einem anderen Land? Die Männer, die auf der Bank sitzen, unterhalten sich lautstark. In einer melodiösen Sprache. Sie haben sich in ein fremdes Land gewagt. Vielleicht alles zurückgelassen, was ihnen lieb war. Ein neues Leben begonnen. Ich gehe an ihnen vorbei, nicke ihnen zu. Sie heben die Hand zum Gruss.

Zuhause fragt mich Martin, weshalb ich ohne ein Abschiedswort zur Trauerfamilie gegangen sei. So heimlich. Man habe ihn gefragt. Er habe irgendetwas antworten müssen. Ja, dies sei ihm unangenehm gewesen, aber, was ihn mehr beschäftige, sei, weshalb ich mich ihm gegenüber so verhalte. So distanziert.

Was soll ich ihm antworten? Er ist es mir gegenüber auch. Oder stimmt meine Wahrnehmung nicht? Ich blicke ihn nur hilflos an. Er schüttelt den Kopf, nimmt seine Tasse und verschwindet in sein Büro.

Ich setze mich an den Küchentisch, fühle mich müde, kraftlos. Leonie kommt die Treppe herunter.

«Mama, Sina und Marie kommen. Wir kochen etwas. Gibst du mir Geld fürs Einkaufen?»

In meiner Handtasche suche ich nach dem Geldbeutel. Ich seufze leise. Der Sinn steht mir nicht nach Mädchengeschnatter, einer Küche voller schmutziger Pfannen und dem Berlin Tag und Nacht-Geplärre!

Leonie streichelt meine Hand. «Das Leben muss doch weitergehen, nicht wahr?»

Ich nicke nur.

Vor Martins Bürotür bleibe ich stehen, klopfe. Zaghaft öffne ich. Er sitzt am Computer mit dem Gesicht dem Fenster zugewandt, dreht sich zu mir um. Mit einem vorwurfsvollen Blick.

«Wir sollten mal reden.»

«Jetzt nicht, ich arbeite.»

«Wann dann?»

«Weiss nicht, lass mich. Ich will diesen Artikel fertig schreiben.»

Ich trete ins Zimmer und setze mich auf einen Sessel. Er reagiert nicht, hämmert auf die Tastatur. Ich betrachte seinen Hinterkopf. Sind seine Ohren mit den Jahren grösser geworden? In einer Zeitschrift habe ich mal gelesen, dass Ohren und auch Nasen im Alter noch wachsen. Mit einem Ruck dreht er sich um.

«Was willst du von mir?»

«Vielleicht einfach Mitgefühl. Ich habe meine beste Freundin verloren.»

Er starrt vor sich hin.

«Es ist traurig für dich, ich weiss.» Er schluckt. «Aber vielleicht kannst du mein Mitgefühl nicht annehmen.»

«Was redest du?»

«Ach, ich bin einfach gestresst.» Er atmet hörbar ein, dreht sich dann zu seinen Papieren um.

«Verstehe.» Ich ziehe die Tür in Zeitlupe hinter mir zu, warte – nichts geschieht. Ich höre meinen Atem, der mir aus der Nase strömt. Dann reisse ich die Tür auf und schreie in den Raum: «Ich könnte tot sein! Tot! Tot!»

Seine Reaktion warte ich nicht ab. Ich knalle die Tür zu und fühle, wie die Stille mein Selbstmitleid in Tränen zerfliessen lässt.

Irgendwann ist Martins Hand auf meiner Schulter. Ich schüttle sie ab.

Mit Block und Kohlenstiften setze ich mich in den Wintergarten und beginne zu zeichnen. Aus wirren Strichen entstehen die Konturen eines Gesichtes. Mein Gesicht? Esthers Gesicht? Es ist ein Gesicht mit seltsam vertrauten Zügen und dennoch bleibt es mir fremd. In der Küche entkorke ich eine Flasche und schenke mir ein Glas Rotwein ein.

«Hast du heute Nachmittag nicht genug getrunken?» Martin streckt seinen Kopf herein und blickt verärgert auf die Flasche. Aus dem Fernsehzimmer kreischt es.

Ich zucke mit den Achseln, fingere mein Zigarettenpäckchen aus der Handtasche. Mit dem Glas setze ich mich wieder auf meinen Lammfell-Stuhl. Ich mag die Lichter der Stadt. Auf dem Balkon vis-à-vis sitzt eine Person. Auch sie raucht. Ich winke ihr zu. Es ist Anne. Sie winkt zurück. Ob sie wohl immer noch ihren Freund hat? Den Velomechaniker, der zwölf Jahre jünger ist als sie.?

Es ist kühl. Die Küche ist leer. Im Fernsehzimmer ist es still geworden. Wahrscheinlich sind die drei Mädchen eingeschlafen. Ich hole die Weinflasche, betrachte mein Frauenporträt. Dann nehme ich farbige Kreide und fange an zu malen. Irgendwann höre ich Leonie Sina und Marie verabschieden.

«Gute Nacht, Mama.» Sie umarmt mich, was schon einige Jahre selten geworden ist.

«Du malst?» Sie schaut auf mein Porträt. «Bist du das?»

Ich schüttle den Kopf.

Sie grinst. «Weck mich nicht. Morgen habe ich Spätdienst.»

Ich nicke. Sie drückt mir noch einen Kuss auf die Wange.

Wo steckt Martin? Ich klopfe an sein Arbeitszimmer. Keine Antwort. Ich öffne die Tür. Das Zimmer ist leer. Er muss weggegangen sein.

Im Bett versuche ich zu lesen. Es gelingt mir sogar ins Hamburg der Nachkriegszeit zu versinken. Die Haustür. Schritte auf der Treppe. Geräusche im Badezimmer. Ich lege mein Buch zur Seite. Wenn er jetzt hereinkommt, nichts sagt, einfach meinen Nacken krault, den Rücken massiert, dann ...

Die Badezimmertür öffnet sich. Schritte entfernen sich. Die Tür zum Gästezimmer quietscht. Na dann.

Ich kann nicht schlafen. Ich will nicht träumen. Lesen geht auch nicht. Die Kirchenuhr schlägt drei Mal.

Am Morgen gegen elf Uhr wache ich auf, fühle mich matt. Es ist still im Haus. Martins Seite im Bett ist noch immer unberührt. Ich muss von ihm geträumt haben. Von seiner Hand, die da liegt, leblos, wie abgetrennt von seinem Körper. Ich zwinge mich, das Bild auszulöschen und aufzustehen.

Die Espressomaschine brummt, das Haustelefon klingelt. Margo. Sie will Esthers Sachen durchgehen. Sie redet in einem geschäftsmässigen Tonfall. Wozu diese Eile? Sie müsse sich mit etwas beschäftigen. Beim Verlassen des Badezimmers kommt mir ein verschlafener Martin entgegen.

«Morgen», nuschelt er. Ich lege mich nochmals aufs Bett und starre an die Decke. Als Kind habe ich in den Rissen des Farbanstriches Gestalten von Tieren entdeckt. Jetzt sehe ich nichts, nur Spinnweben.

In Esthers Wohnung ist alles blitzsauber aufgeräumt. Wie aus dem Katalog. Paula und ihre Mutter haben einige Zeit wieder zusammengewohnt. Bevor sich Esther selbst in die Klinik eingeliefert hat. Sie sei kaum auszuhalten gewesen. Sie hätte nicht mehr schlafen können, sei herum getigert. «Da war die Angst. Sie wurde immer grösser», meint Paula.

Ich stehe herum, unsicher, ob ich überhaupt hier sein soll.

Paula sitzt im Wohnzimmer und starrt vor sich hin. Margo hat rote Flecken am Hals. Sie läuft von Zimmer zu Zimmer.

Wir wissen nicht, wo wir beginnen sollen.

«Hast du Bier?» Ich frage Paula. Sie erwacht wie aus einer Trance, holt Cider aus dem Kühlschrank.

«Auch okay?» Sie wartet meine Antwort nicht ab, öffnet die Dosen.

«Grossmama?»

Margo schüttelt missbilligend den Kopf. Was denn das nun wieder sei? Paula zieht sie zu uns aufs Sofa und drückt ihr eine Dose in die Hand.

«Auf Mama», sagt Paula.

«Auf Esther», sage ich.

«Auf mein Kind», sagt Margo.

Paula hält ihre Grossmutter, die weint. Sie streichelt ihr über das Haar. Ich rauche eine Zigarette auf dem Balkon. Ein süsslicher Duft von Nelken weht vom Nachbarn herüber. Der Geruch kommt mir vertraut vor. Es muss viele Jahre her sein. Ein verschwommenes Bild einer Frau mit langem Haar und verschmierter Wimperntusche taucht auf. Sie dreht sich eine Zigarette. Sie streicht mir übers Haar, steckt mir eine Muschelhälfte zu. Sie ist gefüllt mit roter Bonbonmasse.

Ich drücke meine Zigarette aus. Paula zerknüllt die Dosen. Margo steht auf und seufzt.

«Jetzt beginnen wir aber.»

Zwei Stunden später sitze ich auf dem Rücksitz von Tonis Auto. Neben mir liegen zwei Bananenschachteln voller Bücher, Schallplatten, Krimskrams aus längst vergangener Zeit. In einem Samtbeutel liegt bedachtsam versorgt ein billiger Fingerring. Einst besass ich denselben. Wir hatten uns die Ringe noch während der Schulzeit in Luino auf dem Markt gekauft. Freundschaftsringe. Ich hatte meinen Ring schon ein paar Wochen danach verloren. Esther hatte ihren bis heute aufgehoben. Der grösste Schatz aber liegt auf meinem Schoss: Ein dickes, schwarzes Buch. Esthers Tagebuch.

Paula hat es mir in die Hand gedrückt. Es fühlt sich so an, als hätte das Buch auf mich gewartet. Ich werde es zu mir nehmen und aufbewahren.

Zwei Monate nachdem Esther aus Israel zurückgekehrt war, erhielt ich von ihr einen Anruf. Ich war hundemüde vom Job in einer Kneipe, in der ich den ganzen Tag alten, fetten Männern Bier ausschenkte, und hatte keine Lust zu reden. Deshalb deutete ich Tamtam, der den Anruf entgegennahm, mit dem Finger, dass ich nicht da sei, aber er grinste nur blöde, sagte zum Hörer: «Ja, sie treibt sich irgendwo herum. Momentchen mal.» Dann schrie er übertrieben laut nach mir.

«Mami hat versucht, sich das Leben zu nehmen», hauchte Esther ohne Begrüssung.

Das war das erste und das letzte Mal, dass Esther ihre Mutter in meiner Gegenwart «Mami» nannte.

«Sie hat Schlaftabletten genommen», erzählte sie stockend. Gestern Abend sei sie um zehn Uhr von der Arbeit nach Hause gekommen, ausgelaugt, deshalb habe sie nicht sofort nach der Mutter geschaut. Erst gegen elf Uhr habe sie dann an ihre Schlafzimmertür geklopft. Esthers Stimme brach.

«Bist du allein? Soll ich zu dir kommen?»

«Nein, Vater ist da und Tante Theresa.»

«Soll ich wirklich nicht kommen?»

«Nein, ist schon okay.»

«Wo ist sie? Im Krankenhaus?»

«Ja, sie muss bis morgen bleiben.»

«Wie geht es ihr?»

«Sie ist schwach, hat Probleme mit dem Kreislauf, aber sie ist über dem Berg.» Mehr mochte sie nicht sagen.

Drei Monate nach Margos Suizidversuch trafen wir uns in einem Lokal. Esther bestellte Tee und ich kostete vom hausgemachten Schokokuchen.

«Ich muss dauernd an diesen Abend denken. Papa war nicht da.»

«An welchen Abend?»

«Als meine Mutter … du weisst schon.»

«Sich das Leben nehmen wollte?»

Sie nickte.

«Wo war er?»

«Das ist es ja eben, ich weiss es nicht.»

«Hast du eine Vermutung?»

«Ja, ich denke, er war bei einer anderen Frau.»

«Wie kommst du darauf?»

«Ich weiss nicht. Ist so ein Gefühl. Eigentlich traue ich es ihm nicht zu, aber …»

«Aber …»

Bevor das mit Mutter passierte, sei er häufiger abends weggewesen. Sie hätte ihn nie gefragt, wohin er gehe. Sie hätte geglaubt, er träfe sich mit seinen Jass-Kollegen. Die Stimmung zuhause sei ja so deprimierend gewesen – eine Frau, die nur im Bett liege oder im Nachthemd herumschleiche.

Esther schnäuzte sich die Nase. «Ich habe ihm einen Zettel hingelegt, bevor ich mit Mutter und der Ambulanz ins Krankenhaus fuhr. Er ist erst nach zwölf gekommen. Er hat keine Fragen gestellt, auch dem Arzt nicht. Er hat nur zugehört und merkwürdig geschaut.»

«Wie merkwürdig?»

«So schuldbewusst.»

«Schuldbewusst?»

«Rina, bohr nicht, ich kann es nicht erklären.

«Denkst du, da läuft noch was?»

«Nein, ich glaube nicht.»

Die Zeit reift sich rund
Wie eine Butterkugel
So schnell zerschmolzen wieder
Ich denke kaum an dich
Nur nachts da fliehen ein paar Fetzen
Durch meinen Augengrund
E. F.

Ich suche Zuflucht im Garten, im aufkeimenden Grün des Frühlings. Das rostige Windrad dreht sich. Seit der Geburt der Zwillinge. Ein Geschenk, von Tonis Hand geschweisst. Ich mag dieses beruhigende Spielzeug. Im Sommer ist es am reizvollsten, eingebettet in die üppige Pflanzenwelt. Heute steht es isoliert da. Ein monotones, sinnloses Drehen, ein Abspulen der Zeit.

Tonis Stimme meldet sich am Telefon. Er müsse mit jemandem über Esther reden. Ob ich Zeit hätte. Er wartet erst gar nicht meine Antwort ab. Ein Wortschwall bricht aus ihm heraus.

«Sie war meine grosse Liebe. Sie ist mir zugefallen ...»

Als ob ich dies nicht wüsste.

«... damals in Calvi. Ich habe sie wie eine Madonna verehrt, die ersten Jahre verwöhnt, mit Zuneigung, mit Zärtlichkeit. Ja, auch mit Geschenken. Das gehört sich so», sagt er wie entschuldigend. «Ich wollte ihr nah sein und möglichst viel mit ihr teilen. Ich war stolz auf sie, gönnte ihr den Erfolg an der Uni. Es war nicht immer einfach, aber ich war nachsichtig, verzieh ihr die Macken und Launen.»

Er hält einen Moment inne. Seine Stimme wird weicher, als er fortfährt.

«Gerne hätte ich mehr Kinder gehabt. Am liebsten vier oder fünf. Sie wollte nicht. Es war mehr als Glück, dass wir Paula bekamen. Du weisst ja, wie sehr ich Paula liebe, wie stolz ich auch auf sie bin.»

Wieder macht er eine Pause. Jetzt ist seine Stimme brüchig.

«Nach der Geburt von Paula veränderte sie sich. Sie wollte ihre Tochter ganz für sich haben, sie so formen, wie sie es für richtig hielt. Eine Zeit begann, in der wir uns wegen unzähliger Kleinigkeiten stritten. Wir quälten uns gegenseitig.

Als Esther auszog und Paula mitnahm, brach mir beinahe das Herz.»

«Ich erinnere mich, das war in der Zeit, als mein Vater starb», entgegne ich. «Esther und ich hatten damals wenig Kontakt.» Mir ging es selber schlecht. Das behalte ich aber für mich.

«Was hätte ich tun sollen?»

«Die gleiche Frage muss ich mir stellen.»

Die Frage bleibt offen.

«Danke fürs Zuhören», meint er und ist weg.

Für ein paar Minuten schaue ich nochmals dem Drehen des Windrades zu. Dann suche ich Martin und finde ihn in seinem Büro.

«Wollen wir zum Inder? Leonie ist bei Sven.»

Er antwortet nicht. Ich warte. Endlich dreht er sich um.

«Ich will noch etwas fertig schreiben. Hunger habe ich auch keinen. Ein anderes Mal.»

Ich schlucke meine Enttäuschung herunter.

«Vielleicht magst du später noch ein Glas Wein mit mir trinken.»

«Vielleicht.»

Der Ofen ist heiss. Ich schiebe ein Fertigpizza hinein, setze mich mit Esthers Tagebuch in den Wintergarten. Wie oft hatte ich früher gebettelt, sie solle mir daraus vorlesen. Ihre Reaktion war immer dieselbe gewesen.

«Dräng mich nicht. Ich bin noch nicht bereit.»

Dann kam dieser Moment, unerwartet. Wir sassen am Rhein und schauten einem Fischer zu, der an einem Galgen hantierte. Sie kramte ihr Notizheft hervor und begann vorzulesen. Ihr Text verstörte mich. Ich schwieg, als sie ihr Heft weglegte. «Niemand versteht mich», sagte sie. Ich wusste nicht, was ich antworten sollte. Wir spazierten noch eine Weile. Ich wollte ihre Hand nehmen, aber ich traute mich nicht.

Es ist schon dunkel, als ich mich vor den Spiegel setze. Mit dem Kohlestift zeichne ich die Konturen meines Gesichtes nach. Ich vergleiche mein Gesicht mit dem Porträt. Auf dem Papier bin ich jünger. Das, was man auf dem Papier sehen kann, ist ein Gesicht, das kein Alter kennt.

Es gibt Ärger in der Buchhandlung. Mit Tina und Florence, meinen beiden Sensibelchen. Es passiert schnell, dass sie aneinandergeraten. Sie schmollen und ich muss Mediatorin spielen. Diese Rolle ist anstrengend.

«Besprechung nach Ladenschluss», sage ich und weiss noch nicht, was ich besprechen will. Der Prosecco ist kalt, etwas zum Knabbern hat sich noch gefunden.

«Mir ist gar nicht zum Feiern», grummelt Tina. Sie kneift ihre Augen hinter den Brillengläsern zusammen. Ein Tick, den ich an ihr nicht mag, und Florence haut in dieselbe Kerbe. Was das solle.

Mit dem Trinkspruch «Auf das Leben, liebe Frauen» überrasche ich mich selber.

Wir nippen an den Gläsern. Ich grabe meinen Plan aus, den ich schon lange in der Schublade hüte: Eine Veränderung des Ladens. Eine Kaffee-Ecke, eine Kinderbuchwiese mit Hängematte und Baumhaus. Ja, warum nicht? Für die Teenager ist mir noch nichts Schlaues eingefallen.

Dann dopple ich nach, dass ohne sie beide nichts laufe, dass ihre Tatkraft gefragt sei und so weiter.

«Dabei?», frage ich und es tönt eher nach einem Befehl. Sie öffnen und schiessen ihre Münder wie Fische und nicken beide gleichzeitig.

Ich bin zufrieden. Das Ergebnis dieser Stunde: Prosecco-Flasche leer, Nüsschen alle und eine Skizze der möglichen Neuerungen. Sogar ein grober Terminplan liegt vor. Esther hätte mich gelobt.

Das Schloss meines Rades klemmt manchmal. Auf dem gegenüberliegenden Trottoir steht Max. Was macht er hier? Er ist in Begleitung einer Frau. Sie unterhalten sich lebhaft vor einem Schaufenster. Ich habe schon ein Begrüssungswort auf der Zunge, da umarmt er sie und die zwei beginnen zu schmusen. Mein Fahrradschloss will nicht aufgehen. Ich fingere daran herum und als ich genervt aufblicke, haben sich die zwei voneinander gelöst. Max eilt die Strasse hoch, die Frau überquert sie, kommt auf mich zu. Sie ist attraktiv, bestimmt zehn Jahre älter als er. Ich kicke mit dem Schuh an mein Schloss, das sich noch immer nicht öffnen lässt. Die Frau lächelt und sagt im Vorbeigehen: «Diese Dinger wollen nie.» Dann läuft sie mit grossen Schritten die Strasse entlang. Ich sehe ihr nach, bis sie um die nächste Ecke verschwindet.

Max hat eine Freundin! Und ich weiss nichts davon. Ob er es Martin erzählt hat? Wo hat er sie kennengelernt? Am liebsten würde ich ihn anrufen. «Eine gut aussehende Freundin hast du, aber nicht ein bisschen zu reif für dich?»

Bin ich etwa eifersüchtig? Wütend trete ich in die Pedale. An der nächsten Kreuzung fällt mir die Tasche vom Gepäckträger. Hinter mir bremst ein Auto. Ich halte am Randstein, stelle mein Rad hin und renne auf die Strasse, um die Tasche aufzuheben. Da ergiesst sich der ganze Inhalt auf den Boden.

Das Fenster des wartenden Autos hinter mir surrt herunter.

«Los, los! Sie haben ja ihr halbes Badezimmer dabei.»

Ich werfe alles in meine Tasche und hänge sie mir um. Dann zeige ich ihm den Stinkefinger und radle davon. Langsam ebbt mein Puls ab.

Es duftet nach Kartoffelgratin. Leonie und Martin sitzen beim Abendbrot. Welch ein trautes Vater-Tochter-Bild! Die Mutter ist überflüssig. «Hallo Mama», begrüsst mich Leonie. Ich brause an den beiden vorbei ins Schlafzimmer, knalle die Tür zu, schmeisse mich auf das Bett und weine.

Wieder habe ich von einer Frau geträumt. Es ist nicht irgendeine Frau. Es ist immer dieselbe. Sie hat kein Alter, sie fühlt sich immer gleich an, warm und frei. Ich versuche, sie aufs Papier zu bringen. Mit Aquarellfarben. In einem luftigen, beinahe durchsichtigen Kleid. Ihr Haar leuchtet. Nur die Augen wollen mir nicht gelingen. Mal stimmt die Form nicht, mal die Farbe oder dann ist der Blick nicht so, wie ich ihn im Traum wahrgenommen habe. Ich fülle Bogen um Bogen, lege die Blätter am Boden aus. Lange blicke ich darauf. Wer ist diese Frau?

Zeit, dass Leonie auszieht. Das Kinderprojekt ist zu Ende. Vorbei die Zeit des Verzichts, der täglichen Herausforderungen. Vorbei die langen Nachmittage mit Französisch-Vokabeln abfragen, dem Mitfiebern bei Handballmatchs, dem Warten im Bett, bis die Haustür klickt. Und endlich auch zu Ende die vielen Diskussionen mit Martin. Angefangen von der Temperatur der Baby-Milchflasche bis zur Höhe des Taschengelds. Welche Zeit jetzt kommt, will ich mich lieber nicht fragen.

Sie reagiert nicht auf mein Klopfen an der Zimmertür. Sie reagiert auch nicht, als die Tür sich öffnet, erst als ich mich zu ihr hinunterbeuge.

«Guten Tag, Mama, angenehmes Wetter heute, nicht?»

Sie verzieht missmutig das Gesicht. Das heisst, sie ist schlechter Stimmung. Ich rolle mit den Augen, aber so, dass sie es nicht sieht.

«Ich habe dir ein Bilderbuch mitgebracht. Madeline in Paris.»

Sie hat nach dem Krieg als Au-Pair-Mädchen bei einer Familie im fünften Arrondissement gelebt. Es muss eine glückliche Zeit für sie gewesen sein. Sie hat gerne davon erzählt. Wie sie mit dem Kinderwagen und Petite Marie an der Hand vorbei an der grossen Moschee zum Jardin des Plantes spaziert sei. Der Monsieur sei ein Filou gewesen, der den Röcken nachgeschaut habe, und die Madame habe oft mit Migräne im abgedunkelten Schlafzimmer gelegen. Ihr Leben habe sich verändert, als sie diese Herrenbekanntschaft gemacht habe. Eine Freundin der Madame habe sie mit in die Sorbonne genommen. Dort sei sie einem Monsieur Anjou vorgestellt worden. Später sei daraus Marc und ein Rendez-vous auf dem Montmartre geworden.

Mama reisst mir das Buch aus den Händen, blättert darin.

«Was sind das für Zeichnungen? Hast du die gemalt?»

«Nein, die sind von Ludwig Bemelmans. Kennst du ihn?»

«Nein, wieso sollte ich den kennen? Ich kenn das Buch nicht.»

Sie legt es mit einem Grunzen auf das Tischchen.

«Es handelt von einem Mädchen, das in einem Internat in Paris lebt. Komm, wir gucken mal rein.»

«Ich will jetzt nicht. Ich will Torte essen.»

«Das können wir später noch.»

«Nein, es ist alles weg, wenn wir zu spät kommen.»

«Weshalb denn?», frage ich, ehrlich erstaunt.

«Frau Augustin frisst alles weg.»

«Wer ist Frau Augustin?» Diesen Namen hat sie noch nie erwähnt.

«Ach, eben die, die einem immer alles wegnehmen will. Sie schreit, wenn sie etwas nicht bekommt.»

«Das ist ja eine Nummer», sage ich ein wenig belustigt und stelle mir Frau Augustin mit krummem Rücken und Höckernase vor. «Ist sie eine Hexe?», frage ich schmunzelnd.

«Eine Hexe?»

Sie scheint einen Moment zu überlegen und wackelt mit dem Kopf.

«Ich habe mir schon gedacht, dass sie etwas verheimlichen will.» Sie kneift die Augen zusammen. «Ja, eine Hexe.»

Im Aufzug runter in den ersten Stock murmelt sie immer wieder das Wort «Hexe». Ich bin froh, dass es niemand zu hören bekommt. Als wir die Cafeteria durchqueren, flüstert sie mir aufgeregt «Dort sitzt sie» zu und zeigt mit dem Finger auf eine Dame. Altrosa Kostüm, gepflegter, silbergrauer Dutt. Sie sitzt am Fenster und hält eine Mokkatasse in ihrer zierlichen Hand. Das ist sie also – die Hexe!

Mama kaut gierig ein Stück Linzertorte, so als hätte sie das Mittagessen ausgelassen. Frau Augustin ist kein Thema mehr.

Später will sie weder einen Spaziergang machen, noch das Bilderbuch mit mir ansehen.

«Ich will jetzt fernsehen», sagt sie und weil ich nicht sofort reagiere, ergänzt sie: «Adieu.»

Die Korsen haben Bäuche wie Fässer. Wenn sie Fleisch essen, knacken die Knochen. Die Korsen feilen ihre Zähne und rauchen ärger als Kamine. Wenn der Pastis ihren Mund ölt, ist er zum Küssen bereit. Die Mädchen haben eine glatte Haut und breite Augenbrauen.
E. F., Juli

Schuld an unserem ersten Streit war Toni. Esther und ich lernten ihn auf der Fähre von Livorno nach Calvi kennen. Interrail brachte uns mit dem Rucksack durch Südeuropa. Mein Ziel war es, altertümliche Städte mit dem Auge und dem Fotoapparat einzufangen. Ich hatte meine Aquarellfarben mit dabei und war auf Wolkenbilder und Küstenstreifen aus. In Florenz entschieden wir uns für einen Abstecher nach Korsika. Ich hatte eine schwierige Zeit mit Martin und war mir wieder einmal unsicher, ob ich an diesen Mann mein Leben verschwenden wollte.

Toni war auf dem Weg, seinen Urlaub in Calvi, bei seiner schwer überschaubaren Verwandtschaft, zu verbringen. Wir beobachteten ihn auf der Fähre und ich nannte ihn eine Waschschüssel, weil seine Haut so weiss war.

Im Hafen von Bastia tranken Esther und ich den ersten Pastis. Unser Mitleid erregte eine Meeresschildkröte, die am Pier festgebunden gegen ihr unausweichliches Schicksal paddelte. Wir überlegten, wie wir sie retten könnten. Aber der Alkohol und die Hitze liessen uns dösig werden und vom Gerede der alten Männer am Nebentisch abgelenkt, vergassen wir sie.

In Calvi, wo das Meer smaragdgrün schimmert, tauchte dieser Toni wieder auf. Wir verabredeten uns für den nächsten Abend in einer Bar. Er kam nicht allein, brachte Michele, einen Kumpel, mit. Wir tranken weitere Pastis und als The Police «Owner of a lonely heart» sang, zog mich Michele zwischen Theke und Eistruhe, wo ich zu tanzen begann und er Luftgitarre spielte und den Refrain dazu grölte. Toni und Esther beobachteten uns und schienen sich zu amüsieren. Es ging auf: Toni und Esther, Michele und ich. Wunderbar, dachte ich und als dann Adriano Celentano zu sülzen begann, zog mich Michele nach draussen. Wir stolperten in die Büsche. Der Alkohol vernebelte mein Hirn und schickte mir Glücksboten, die ich gierig aufsog. Martin verbannte ich erfolgreich aus meinem Herzen und gab mich Micheles Handwerkerhänden hin. Als wir zurückkehrten, wusste ich schon, dass das mit Toni und Esther mehr war. Sie sassen, immer noch Händchen haltend, am Tisch. Esther hatte einen Blick, der fast engelhaft wirkte. Als der Morgen aufzog, verabschiedeten wir uns von unseren Jungs. Ich, im Wissen, dass dies eine einmalige Nacht gewesen war. Esther, da war ich mir sicher, in der Hoffnung, diese würde nicht die letzte gewesen sein.

Tatsache. Am selben Nachmittag lud uns Toni zu seinem Onkel ein und stellte Esther als seine Verlobte vor. Bei dieser Ankündigung prustete ich los, klinkte mich aber wieder ein, als ich Esthers Blick auffing. Für sie war es todernst. Sie schien völlig abgetaucht zu sein, in eine Welt, in der ich keinen Zutritt mehr hatte, in der es nur noch Toni gab.

Einen Tag später durfte ich die beiden dann noch zum Grossfamilien-Picknick an den Strand begleiten, wo Superonkel Federico in schwarzem Gummianzug nach Seeigeln tauchte, die Zia Maria mit einer runden Schere knackte. Das moussige Innere wurde auf Baguettes gestrichen. Ich biss mit geschlossenen Augen zu und schenkte mir Rosé nach, um diesen salzigen Blubber runterzuspülen. Esther liess sich von Toni wie ein Kind füttern und gab dabei Laute wie «Ah» und «Oh» von sich. Später nahm ich einen Anlauf, sie zur Vernunft zu verbringen.

«Nimm doch einfach diesen Tag, verzieh dich mit Toni und geniesse es.»

Das kam schlecht bei ihr an. Sie lachte nur verächtlich. Das schmerzte mich.

Als ich gehen wollte, blieb sie sitzen, mit einem Ausdruck im Gesicht, als hätte sie ihren zukünftigen Ehemann gefunden und würde die Tage bis zur Hochzeit zählen.

Wütend ging ich zurück zur Jugendherberge, packte meinen Rucksack und machte mich auf nach Sardinien, wo ich einen öden Zeltplatz fand und Esther einen anklagenden Brief nach Hause schrieb. Er begann mit den Worten «There's a little black spot on the sun today!»

Den Sonntag einfach im Bett vertrödeln, dösen, in einen Krimi eintauchen – da steht plötzlich Martin vor dem Bett.

«Steh auf, wir machen eine Wanderung. Das Wetter ist gut und wird es bleiben.» Seine Stimme klingt scharf, aber seine Augen sagen: «Komm bitte.»

Ich wühle mich aus dem Bett. Zeit für eine Dusche und einen Kaffee muss sein. Martin läuft nervös hin und her. Er hat den Rucksack schon gepackt. Ich suche meine Wanderschuhe. Im Garten schleicht die Katze vorbei. Sie trägt eine schlaffe Amsel im Maul. Verdammtes Biest!

Als ich mir im Badezimmer die Lippen schminke, steht Martin in der Tür.

«Wir gehen auf den Berg, nicht ins Theater.»

«Du kannst mich mal», erwidere ich, werfe mich im Schlafzimmer aufs Bett und greife zum Krimi. Soll er betteln, soll er fluchen, es ist mir egal, mir ist alles egal!

Ich lasse mich erweichen. Wie immer.

Auf dem Berg wimmelt es von älteren Menschen mit Wanderstöcken. Sie ziehen bloss eine kleine Runde, setzen sich dann vor eine Bratwurst mit Rösti ins Kurhaus. Martin bahnt uns einen Weg auf der Überholspur aus dem Pulk heraus. Wir gehen schweigend. Nach einer Weile setzen wir uns nebeneinander auf einen Stein. Das Panorama der Alpen vor uns. Ich halte die Luft an.

Er beginnt zu reden. Zuerst von uns, von seiner Einsamkeit in unserer Partnerschaft, seiner Abkapselung. Er spricht von seinem grossen Wunsch, von mir geliebt zu werden, den ich ihm nie erfüllt habe. In meinem Magen spüre ich einen diffusen Druck. Ich höre die Wörter: Esther, Seelenverwandtschaft, Verständnis, mehr als eine Affäre, Zuneigung.

Die Berge verschwimmen vor meinen Augen.

«Wie lange schon?»

Er windet sich.

In mir schreit es.

«Schon einige Zeit.»

«Wie lange?»

Er steht auf, sein Gesicht verzerrt sich.

«Warum ist das wichtig? Sie war für mich da.»

«Wie meinst du, sie war für dich da? In welcher Form? In welchen Momenten?

«Schrei nicht, ich kann dir alles erklären.»

«Dafür gibt es keine Erklärung. Du schleppst mich auf diesen verdammten Berg, um mir zu sagen, dass du mich mit meiner besten Freundin betrogen hast. Wie krank ist das!»

Ich will nichts mehr hören. Ich stehe auf und stolpere zurück auf den Wanderweg. Dann beginne ich zu laufen, höre

Martin rufen. Dohlengeschrei. Ich halte mir die Ohren zu und laufe, bis ich endlich die Seilbahnstation erreiche.

Im Auto reden wir weiter. Ich kann es nicht verstehen. Ich will es nicht! Warum habe ich nichts gemerkt? Wie konnten die beiden ein Doppelspiel treiben? Martin redet und redet, verstrickt sich in Erklärungen. Sie reichen nicht. Sie erreichen mich nicht. Wir fahren schweigend nach Hause. Auf der Autobahn bitte ich Martin, an einer Raststelle anzuhalten. Ich steige aus, setze mich auf eine Bank und rauche. Eine einfache Melodie kommt mir in den Sinn. Ein französisches Kinderlied. Ich summe. Und nach dem vierten Durchgang kommt mir der Text nach und nach in den Sinn:

Au clair de la lune,
Mon ami Pierrot,
Prête-moi ta plume
Pour écrire un mot.
Ma chandelle est morte,
Je n'ai plus de feu ;
Ouvre-moi ta porte,
Pour l'amour de Dieu.

Ich steige wieder ein. Wie betäubt. Das Lied bleibt in meinem Kopf bis wir zuhause ankommen.

Leonie sitzt in der Küche. Sie blickt uns angstvoll-fragend an. Ich nehme die Espressomaschine zur Hand, sehe aus den Augenwinkeln, dass Martin und sie sich Blicke zuwerfen. Sie weiss Bescheid. Sie ist Martins Komplizin. Ich drehe mich um und starre sie an.

«Du weisst davon?»

Sie blickt hilflos in Martins Richtung.

«Rina, sie hat es geahnt, gefragt. Ich musste es ihr sagen.

Sie weiss es erst...»

«Schweig!» Ich höre mich schreien.

«Mama, bitte, es tut mir leid», dringt noch an mein Ohr, bevor ich die Tür zum Schlafzimmer zuschlage. Ich werfe mich aufs Bett.

Au clair de la lune ...

Mit den Fäusten schlage ich aufs Kissen. Nein! Nein! Das kann nicht sein.

Später setzt sich Leonie zu mir, streichelt mich. Sie will sich erklären. Ich weise sie zurück. Ich will allein sein. Sie seufzt und geht.

Die folgenden Tage vergehen wie in Trance. Ich verspüre keinen Hunger mehr, zwinge mich, einmal im Tag einen kleinen Bissen herunterzuwürgen. Auch das abendliche Glas Wein schmeckt nicht. Im Haus bewege ich mich wie ein Schatten, gebe auf Fragen mechanisch Antwort. Den Haushalt erledige ich schleppend.

Nur bei der Arbeit im Laden kann ich für ein paar Stunden wieder mich sein, unbekümmert mit Kunden schwatzen, sogar mit ihnen scherzen. Die Bücherwelt ist mir Trost.

Martin und ich gehen uns aus dem Weg. Wir reden keine fünf Sätze am Tag. Er hat sich in der Mansarde einquartiert. Sein Freund Gregor wolle ihn vorübergehend aufnehmen. Das teilt er mir mit und will wissen, ob das für mich in Ordnung sei. Ich zucke bloss mit den Schultern.

Till ruft mich an. Er weiss es und stellt eine Frage nach der anderen. Als er merkt, dass ich nicht reden will, sagt er mit leiser Stimme: «Soll ich zu dir kommen?»

«Nein, geht schon.»

«Arme Mama», sagt er.

Ich beende das Telefongespräch. Mir kommen die Tränen. Ich will nicht noch meine Kinder verlieren.

Max meldet sich gar nicht. Er hat Abschlussprüfungen und da ist ja auch noch diese Frau. Sie wird ihn für sich einnehmen. Er hat jetzt keine Zeit, an seine Mutter zu denken.

Jetzt hätte ich Esthers Rat benötigt. Sie fehlt mir. Völlig absurd. Ich habe mich von ihr täuschen lassen. Naiv bin ich durch mein Leben gegangen, so als wäre es nicht meines, als ginge mich alles rund um mich herum nichts an. Jetzt bin ich Protagonistin eines Trivialromans, bin im Zentrum einer Intrige. Bin gefangen in einem Netz von Verrat und Betrug. Bei wem kann ich mich ausheulen?

Vom Schlafzimmer schleiche ich ins Bad. Martins Koffer steht im Flur. Ich höre ihn in der Küche mit Leonie reden. Ich spüre wieder diese Wut in mir. Im Badezimmerspiegel sieht mir eine fremde, ältere Frau entgegen. Ich betrachte ihr Gesicht. Wo verkriecht sich das Leid am liebsten? Im Mund, auf der Stirn, in den Augen.

Ich wasche mir das Gesicht, es hilft wenig. Gehe wieder zurück in mein Zimmer. Martins Koffer steht nicht mehr da.

Mama-Zeit ist freitags. Heute habe ich keine Kraft. Und doch, ich will eine gute Tochter sein. Wir gehen ein paar Schritte durch den Park und sie sagt: «Du kommst so selten. Du vernachlässigst deine Mutter.»

Mein Magen verkrampft sich. Ich lasse sie stehen, gehe mit schnellen Schritten zurück zur Eingangspforte. Dort bleibe ich stehen, rauche.

Mama dreht ihren Kopf hin und her. Dann kommt sie mit unsicheren Schritten in meine Richtung. Als sie mich sieht, winkt sie freudig. Ihr Schritt wird schneller, sie stolpert auf den letzten Stufen der Treppe. Eine Pflegefachfrau kann sie gerade noch auffangen. Unwillig reisst sie sich los.

«Schön, dass du kommst», begrüsst sie mich. Ich umarme sie.

Später in ihrem Zimmer frage ich sie, ob sie mir als kleines Kind «Au clair de la lune» vorgesungen habe. Sie schaut mich fragend an. Ich beginne die Melodie zu summen.

«Nein», sagt sie mitten ins Lied hinein. «Habe ich noch nie gehört, habe dir andere gesungen.» Sie hält inne. «Die habe ich alle vergessen. Ach, ich vergesse so viel.» Ihr Gesicht verzieht sich. Eine kleine Träne rinnt ihr über die Wange.

«Ist nicht schlimm, Mama. Ich wünschte, ich könnte vergessen.»

Ihre Augen schauen mich fragend an. Beim Abschied hält sie lange meine Hand. «Du bist uns geschenkt worden.»

«Wie meinst du das?»

«So wie ich es sage», meint sie unwirsch, «das ist doch nicht schwer zu verstehen!»

Angekommen beim Velounterstand vibriert mein Telefon. Auf dem Display erscheint Paulas Nummer. Soll ich mit ihr sprechen? Weiss sie es? Weiss es Toni? Und wer noch?

Wir fanden eine Wohnung an der Seestrasse. Gross, billig, schade nur, dass sie nicht an einem See lag, sondern an der Eisenbahnlinie.

Die ersten Wochen in der Seevilla waren sehr angenehm. Esther hielt die Küche sauber, hängte unsere Jacken in der Garderobe auf und putzte unsere Schuhe. Auf sie war Verlass, wenn der Müllsack am Strassenrand zu stehen hatte oder eine defekte Glühbirne ausgewechselt werden musste. Am Morgen schlich sie auf Zehenspitzen herum und liess sogar die Espressomaschine nur bei geschlossener Küchentür Kaffee brauen. Sie drückte ein Auge zu, wenn ich meine Bücher herumliegen, das Bad mit meinen Fläschchen und Tiegeln oder den Aschenbecher auf dem Balkon überquellen liess.

Beim Lebensmitteleinkauf war es schwieriger. Esther ass nur ausgewählte Produkte. Sie hasste es, den Einkaufswagen vollzustopfen. Eine Zeit lang passte ich mich ihr völlig an. Nicht nur bei der Menüplanung, sondern auch in der Quantität der Speisen. Sie ass wie ein Vögelchen und ich versuchte, es ihr gleich zu tun. Martin warf mir vor: «Du hast schlechte Laune.»

«Ich habe Hunger.»

«Dann iss!»

Ich zuckte mit den Schultern.

«Du spinnst.»

Er hatte recht. Ich hatte mich, ohne es zu merken, einer Hungerkur unterzogen. Ich war nicht mehr ich. Schlagartig hörte ich auf damit und ass wieder die doppelte Portion. Verglichen mit Esthers Mengen war dies längst noch im Normbereich.

Mit der Zeit zeigten sich dann mehr und mehr Probleme im Zusammenleben. Esther brauchte Ruhe. Sie las stundenlang in ihren Büchern, lernte für Prüfungen oder schrieb lange Briefe im Namen von Amnesty International, um Gefangene aus der Haft zu kriegen. Ich dagegen hörte laut Musik und an den Wochenenden kamen meine Leute, um Partys zu feiern. Erst war Esther halbherzig dabei. Sie begann, hinter meinen Gästen aufzuräumen und zu putzen. Sie leerte Aschenbecher, wusch Pfannen und Töpfe ab, während wir assen. Ja, sie ging sogar so weit, den Grünabfall aus dem Müll hervorzuklauben, um ihn dann fachgerecht zu entsorgen.

«Jetzt mach mal halblang», meinte ich dazu, erst lachend, später genervt.

Sie blieb stur. Während ich mit meinen Freunden rauchend und Bowle schlürfend auf dem Balkon sass, ging sie joggen. Ich lachte mit, wenn die Jungs ihr anzügliche Komplimente machten. Das nahm sie mir übel und strafte mich mit bösen Blicken. Mir war es egal. Ich wollte mir die Abende nicht von ihr verderben lassen. Wenn Martin mit dabei war, bekam sie von ihm Schützenhilfe. Ich zog ihn damit auf.

«Ihr wärt das perfekte Paar!»

Esther wollte mit mir diskutieren, sie wollte Regeln aufstellen. Ich fand das spiessig, aber ich liess sie machen. Sie stellte eine lange Liste mit Punkten zusammen, an die wir uns zu halten hatten. Das Problem war: Für sie waren es To-do-Punkte, die selbstverständlich zu ihrem Leben gehörten, für mich waren es anstrengende Must-do-Dinge, deren Sinn ich nicht einsah. Sie bestand darauf und klebte die Liste an den Kühlschrank. Ich schmückte sie mit kleinen, bunten Barbapapas. An die Regeln hielt ich mich nicht.

Nach etwa drei Monaten kam es zum Eklat. Ich hatte eine Party angekündigt. Schon im Vorfeld, als ich Kisten von Rotwein und Bier heranschleppte, bekam sie eine Krise. Als wir zusammen die Brötchen schmierten, klinkte sie sich aber wieder halbwegs ein.

Der Abend wurde bombastisch. Weil es draussen wegen des Regens ziemlich ungemütlich war, verlegten wir das Rauchen und Kiffen, trotz Esthers Verbot, in die Küche. Dort plauderten wir und irgendwann drehten wir die Musik laut auf und begannen zu tanzen.

«Hast du sie nicht alle? Gleich haben wir die Polizei im Haus», schrie mich Esther an, als sie von einer Aussprache mit Toni nach Hause kam und mich im Flur abfing.

«Wie lief es? Vögelt er die andere noch?» Ich war schon ziemlich besoffen.

Sie schaute mich an, als wäre ich eine Ausserirdische.

«Ich habe ihn nicht gefragt. Es ist nicht wichtig.»

«Dann ist es jetzt definitiv vorbei?»

Sie schien zu überlegen. Schliesslich sagte sie mit völlig ruhiger, fast kalter Stimme: «Ich werde ihn heiraten und Kinder mit ihm haben – irgendwann.» Dann sagte sie noch: «Dreh die Musik leiser, verdammt nochmal» und verschwand in ihrem Zimmer.

Die ist ja völlig durchgeknallt, dachte ich und ging zurück zur Fete.

Gegen zwei Uhr stand sie plötzlich da. Sie trug ein langes Spitzennachthemd nach Grossmutter-Art. Aber mit ihrem langen, seidenen Haar und was man von ihrer Figur erkennen konnte, war sie elfenartig schön. Nicht nur die Jungs, auch wir Mädchen sassen mit offenen Mündern da. Sie schenkte uns keine Beachtung, nahm sich ein Glas, füllte es mit Wasser und verschwand wieder in ihrem Zimmer.

Ich dachte, damit wäre die Sache erledigt. Der Geräuschpegel unserer Party nahm auch bald ab. Wir dösten dem Morgen entgegen.

Gegen Mittag, ich war halb wach und verkatert, stand sie plötzlich in meinem Zimmer. Sie begann zu schreien, so wie ich sie vorher und auch nachher nie erlebt habe. Sie schäumte vor Wut.

«Warum tust du mir das an? Die ganze Wohnung ist eine Müllhalde!»

Dann begann sie am ganzen Leib zu zittern. Unter Schluchzen brach sie in die Knie. Ich legte meinen Arm um sie und spürte ihre zarten, knochigen Schultern. Sie rang nach Worten. «Ich wollte nicht … weshalb kann ich nicht normal wie alle andern sein?»

«Du bist okay», tröstete ich sie und meinte es wirklich so.

«Ich ticke nicht richtig. Ich bin krank. Schau mich an!»

«Du bist eine schöne» – ich suchte nach Worten – «kluge Frau.»

Sie hörte auf zu weinen.

«Genau, du siehst dasselbe wie alle anderen. Du irrst dich. Ihr irrt euch alle. Ich bin nichts wert. Überhaupt nichts.»

Ich schwieg und streichelte ihr den Rücken. Langsam floss ihr Atem ruhiger und das Beben hörte auf. Dann stand sie auf und war zehn Minuten später in ihrem Jogging-Dress an der Tür.

«Ich dreh mal schnell eine Runde», sagte sie und kam erst nach zwei Stunden zurück.

Traum Nr. 33
Ich wache auf, weil ein Mann unter meiner Decke sich von hinten an mich drängt. Ist es Toni oder ein Fremder? Ich versuche, es herauszufinden, indem ich seine Hand befühle. Es ist seine Hand und doch wiederum nicht. Ich will sagen: «Bist du es, Toni?» Aber es kommen keine Laute aus meinem Mund. Der Mann hält mich fest wie mit einer Zange. Ich schreie nicht.
E. F.

Ich fahre in den Laden und kümmere mich um die Rechnungen. Ingrid ruft mich an. Ihr Sohn hat mit Max und Till Handball gespielt.

«Du, die Todesanzeige von Esther in der Zeitung, das hat mich echt geschockt. Weisst du mehr? Und wie geht es dir? Ihr wart doch eng.»

Ich mag Ingrid. Sie ist keine Klatschbase. Wir reden über Esthers Tod. Am Schluss fragt sie mich, ob ich ans Klassentreffen komme.

«Ich weiss nicht, ob mir danach zumute ist.»

Den ganzen Nachmittag verbringe ich im Garten. Altes Laub wegschneiden, Salat aussähen. Ich lasse die Winterhülle über der Palme. Noch können kalte Nächte kommen. Sie braucht diesen Schutz. Ich müsste mich auch schützen können. Gegen Wörter, Sätze, die mich angreifen, die mich klein und hässlich machen. Ich binde die langen, losen Rosentriebe ans Spalier. Ich möchte Dornröschen sein – in einen langen, tiefen Schlaf fallen und wieder aufwachen, wenn die Welt in Ordnung ist. Ich verlange nicht einmal einen Prinzen, der mich wach küsst.

Wieder einmal Familienabend. Ich zwinge mich, mit den Kindern am Tisch zu sitzen und stochere in meinem Auflauf. Leonie hat Sven mitgebracht. Sie tut so, als wären wir eine heile Familie, plaudert munter drauflos. Von ihrem Freundinnen-Treff. Sie zeigt YouTube-Filmchen auf ihrem iPhone. Von Katzen, denen Missgeschicke passieren, und Hunden, die mit Kunststücken verblüffen. Sven erzählt seine neusten Fussball-Witze. Max fehlt und Till sitzt mit einem bekümmerten Gesicht da. Plötzlich sagt er: «Gruss von Papa. An alle.» Dabei schaut er mich an. Das Gespräch verstummt. Was hat Martin den Kindern erzählt? Hat er ihnen für seine Tat Rechtfertigungen geliefert? Hat er auf Mitleidstour gemacht? Wer weiss was und von wem? Es kotzt mich an.

Wann hat das angefangen? Die Affäre zwischen Esther und Martin. Kann man es so nennen? Ich suche nach Wörtern. Liebelei, Amour fou, aussereheliche Beziehung, was allerdings nur für Esther gelten würde. Wo und wann haben sich die beiden getroffen? In meinem Kopf suche ich nach möglichen Gelegenheiten, nach Anzeichen, die ich hätte bemerken können. Mein Kopf ist leer.

Während ich Bestellungen mache, unterhält sich Florence mit einem Kunden. Ein gut aussehender, gut angezogener Endfünfziger. Er lässt sich von ihr beraten. Thema: Was Frau von heute liest. Florences Lieblingsthema. Sie redet sich fusselig, er hört höflich zu, unterbricht sie nicht. Sein Blick ruht konzentriert auf ihr, ab und an lächelt er charmant. Durch das Schaufenster sehe ich auf die Kirchturmuhr. Halb drei. Muss der nicht zurück ins Büro? Ich überlege.

«Darf ich Ihnen einen Kaffee anbieten – falls sie noch Zeit haben?»

Er schaut überrascht, zeigt auch mir seine weissen Zähne. Florence wirft mir einen Blick zu. Was soll das?

«Gerne, ich habe alle Zeit der Welt. Wissen Sie, ich bin krankgeschrieben.»

Aha. Ich drehe mich um und lasse ihm einen Kaffee aus der Maschine. Dann verdrücke ich mich für eine Rauchpause in den Hinterhof. Der Himmel ist mit dunklen Wolken verhangen. Sie ziehen schnell in ihren Bahnen, verdüstern mehr und mehr die Stadt. Endzeitstimmung.

Soll der Himmel auf die Erde fallen. Soll die alte Ordnung durcheinandergewirbelt werden, kein Stein mehr auf dem anderen bleiben, nichts mehr Bestand haben. Fort mit meinem bisherigen Leben, fort mit den alten, verhängnisvollen Banden. Du versperrst mir den Weg, Esther. Du hast mir alles genommen, was mir lieb ist. Du hast alles kaputt gemacht! In mir schreit es wieder.

Ich nehme meinen Mantel und verlasse den Laden. Ohne ein Wort zu Florence. Sie ist noch immer mit diesem Blender beschäftigt. Ich eile durch die Strassen.

Eine Möwe überrascht ihre Beute aus dem Flug heraus. Sie wird durch Schnabelhiebe auf den Kopf getötet, durchs Wasser geschwenkt und so lange gewalkt bis sie als Ganzes verschlungen werden kann.

Ich laufe, laufe und keuche bald. Es fühlt sich an, als würde jemand neben mir herlaufen. Eine unsichtbare Gestalt. Sie hält mein Tempo, sie unterstützt mein Laufen. Wie durch eine Nabelschnur fliesst Energie von ihr zu mir. Ich verfalle in ein gleichmässiges, zügiges Gehen. Tropfen fallen, werden zu einem leichten Regen und Samuel Beckett flüstert: «Der Sommerregen regnet auf mein Leben, das mich flieht, mir folgt und enden wird am Tag seines Beginns.»

Christian ist da. Ich sehe ihn durch die Schwingtür hereinkommen. Christian, mein Schulschwarm. Sein Haar etwas ausgedünnt und vollkommen grau. So schlank und schlaksig wie eh und je. Mein Herz schlägt fühlbar. Ich wende mich wieder Evelyne zu. Seit einer Viertelstunde erzählt sie von schwierigen Patienten. Silvie zeigt Fotos von ihren Kindern. Kaspar, die Hände über seinem Bauch verschränkt, ruft Christian entgegen: «Na, unser Sportsfreund hat auch hergefunden. Willkommen bei Bier und Bretzel!» Kaspar mit der grossen Klappe. Der Texter. Er schreibt Kolumnen für die Zeitung, hochintellektuelles Zeug. Vor Jahren trafen wir uns ein paar Mal. Bücher und Kunst sind unsere Welt. Ich hörte ihm zu. Er faszinierte mich, aber dann begann er, sich mehr für meinen Körper zu interessieren. Es wurde mir zu viel. Seine Frotzeleien, aber auch seine Stimmungsschwankungen. Ich meldete mich nicht mehr. Er kapierte. Jetzt sitzt er neben mir, erzählt, als hätten wir uns gestern das letzte Mal gesehen.

Natürlich ist Esther Thema. Alle sind schockiert. Sie wollen wissen, wie es dazu kam. Sie vermuten, sie analysieren. Sie können nicht verstehen. Meine Meinung ist gefragt. Alte Geschichten werden aufgewärmt. Je später der Abend und je mehr Alkohol fliesst, desto deutlicher zeigen sich ihre wahren Esther-Bilder. «Sie war schon immer …», «Sie hatte einen Hang zum …», Wörter wie «strange», «unnahbar», «hochmütig» fallen. Man bestätigt sich gegenseitig in Annahmen. Begründungen werden zementiert. Schon lange schweige ich. Meine Meinung ist nicht mehr gefragt.

Einer schweigt auch. Obwohl er doch sonst immer das Gespräch an sich reisst. Ab und an schaut er mich von der Seite an. Kaspar.

Irgendwann hat sich das Thema Esther erledigt. Die Gespräche werden in Dialogen weitergeführt. Endlich sitze ich Christian gegenüber. Hitze breitet sich in meinem Körper aus. Er hat immer noch ein Lachen, das mir gefällt.

Auch wir verfallen der Vergangenheit.

«Weisst du noch, als wir uns im Zoologischen Garten absetzten und den Wildschweinen zuschauten, wie sie sich im Schlamm suhlten?»

«Ich erinnere mich daran, dass du ein langes, blaues Kleid trugst und Zehensandalen.»

«Jene aus diesem streng riechenden Büffelleder.»

«Du hast wunderschön ausgesehen.»

«Wolltest du mich küssen?»

«Ich habe mich nicht getraut.»

«Das glaube ich dir nicht.»

Wir lachen beide.

«Es gibt noch eine andere Geschichte.» Ich will, dass alle sie hören. Ohne zu überlegen, rufe ich Gabi zu: «Erinnerst du dich? Wir beide waren zur gleichen Zeit in Christian verknallt. Die Idee mit dem Dreier – von wem kam die? Zwei Bräute und ein Bräutigam!»

Man lacht. Ich schaue in Gabis erschrockenes Gesicht. Mir ist, als würde ich in mein eigenes Gesicht schauen. Was rede ich? Bei drei ist immer einer zu viel. Und einer muss gehen. Hastig trinke ich.

Witze und Zoten machen die Runde. Wohlige Leichtigkeit breitet sich in mir aus.

Zwölf Uhr. Das Lokal macht dicht. Wir ziehen weiter. Kaspar weiss wohin. Ein Club mit Musik aus den Achtzigern. Bunte Drinks gehen über die Theke. Der junge Barkeeper grinst mir zu.

Die Tanzfläche gehört mir! Es fühlt sich fantastisch an. Ich bin zwanzig, begehrenswert und von einer unglaublichen Schwerelosigkeit. Die Musik singt in mir, mein ganzer Körper vibriert. Immer schneller der Beat. Die Gesichter tauchen bald in violettes, bald in rotes Licht, das sich in Funken auflöst. Alles geben. Alles leben. Immer schneller. Eine Bewegung – hundert Bewegungen. Flüchtige Berührungen auf der heissen, feuchten Haut. Eine schnelle Umarmung, ein fröhlicher Kuss. Christian – Kaspar – Edgar? Zwischendurch im Hinterhof eine Zigarette rauchen – oder ist es ein Joint? Dann weitertanzen. Melodienwogen schwappen über mich, ich schaukle mit. Wir bewegen uns wie in Zeitlupe. Ein Körper schmiegt sich an meinen. Wange an Wange, Bauch an Bauch. Handflächen streicheln, Arme klammern. Wir atmen zusammen und unsere Lippen suchen einander. Ein Kuss, ein Kuss und noch ein Kuss. Dann Filmriss.

Eine Übelkeitswelle breitet sich in meinem Magen aus. Alles dreht sich im Kopf. Jemand hält mich, lässt mich Schritte gehen. Ich friere. Jemand streicht mir das Haar aus dem Gesicht. Dann kommt alles hoch. Ich erbreche mich. Jemand wischt mir mit einem feuchten Lappen über meinen Mund, führt mich ins Warme zurück, streichelt meinen Rücken, deckt mich zu.

Ein Pochen im Kopf. Mein Hirn sagt, die Vorstellung ist zu Ende. Du hast alles gegeben. Langsam bewege ich meine Fingerspitzen, meine Augen hinter den Lidern. Die Nacht flackert noch in mir. Wo bin ich?

Ich liege auf einem Bett. Die Decke riecht etwas muffig, aber auch nach meinem Parfüm. Es ist warm. Aber mein Kopf will zerspringen. Ich muss die Augen öffnen und will es nicht. Ich will nur, dass dieser Schmerz aufhört. Ich stöhne, jammere, weine leise.

«Du musst diese Tablette schlucken.»

Ich spüre ein Glas an den Lippen, trinke, seufze, trinke nochmals. Jemand legt mir einen feuchten Lappen auf die Stirn.

Eine Gestalt bewegt sich tanzend auf mich zu. Ganz in Weiss. Es ist eine Frau. Sie hüllt mich ein in ihren Schleier und in ihr langes Haar. Sie spinnt einen luftigen Kokon um mich. Es wird heller und heller. Licht. Ich öffne die Augen und erschrecke nicht. Ich weiss, wo ich bin, obwohl ich noch nie hier gewesen bin. Mein Gefühl sagt mir, dass der Morgen schon fortgeschritten ist. Heute ist Sonntag. Mein Kopf fühlt sich schwer und taub an. Die Schmerzen sind beinahe weg.

Da stehe ich in einem Hemd, das nicht mir gehört. Auf dem Turm aus Büchern, neben dem Bett, liegt ein Blatt Papier, von einem Block abgerissen: Bin auf Recherche. Nimm dir Zeit und ruh dich aus. KaPo.

Ich koche Kaffee und blicke auf die Strasse. Ein Mann zieht einen schlenkernden Koffer hinter sich her. Ein anderer trägt einen Beutel vom Bäcker um die Ecke.

Neugierig streife ich mit einer Tasse Kaffee durch die Wohnung. Sie ist aufgeräumter als ich mir vorgestellt habe. Übergrosse Schwarz-Weiss-Fotos von Frauen und Männern unterschiedlichen Alters hängen an den Wänden oder lehnen an ihnen. Bücher, Zeitschriften und Zeitungen liegen herum. In der Küche stapeln sich Weinflaschen und Bierdosen in grossen Tüten.

Unter der Dusche lasse ich das warme Wasser über Haut und Haare rinnen. Esther und ich taten dies nach dem Schwimmunterricht. «Unter dem Prärieregen» nannte es Esther und setzte sich mit verschränkten Beinen auf den Boden. Ich tat es ihr nach. Sie sah Herden von Büffeln vor sich. Ich roch das Chlor.

Auf den Zettel schreibe ich «Danke! Catharina» und ziehe die Wohnungstür hinter mir ins Schloss. Im Treppenhaus füllen sich meine Augen mit Tränen. Wann hat sich das letzte Mal jemand so fürsorglich und zärtlich um mich gekümmert? Ich erinnere mich nicht.

Wenn man sein Französisch aufpolieren will, geht man nach Paris. Bei mir musste es Montreux sein. Martin und ich waren zwei Jahre zuvor in seinem alten Citroen und einem Zelt zum Jazz-Festival gefahren. Er wollte Herbie Hancock live hören, ich genoss das Leben am Ufer des Sees, das Schwimmen in der Nacht vor dem Lichtermeer, das Dösen in der Hitze des Tages. An jeder Ecke tummelten sich Strassenmusiker, Menschen tanzten. Der Sommer war leicht und unbeschwert gewesen. Ein wenig von diesem Gefühl wollte ich mir zurückholen.

Eine Bleibe fand ich in einem Haus am Hang etwas ausserhalb der Stadt. Madame Leclerc, eine alte Dame, vermietete mir ein Zimmer mit Bad und Küche auf dem Flur und einem Balkon mit Blick auf den See und das Schloss. Gegen Süden ragten die Zacken der «Dents du Midi» in den Himmel. Fantastisch! Ich sass stundenlang auf meinem Balkon, las, malte oder schaute den Kursschiffen nach. Jedes zweite legte beim Schloss an. Die «La Suisse», die «Savoie», ehrwürdige Ladys, die langsam den Weg durch das Wasser pflügten.

Das Zimmer, in dem mich Frau Leclerc einquartiert hatte, war mit alten, schweren Eichenmöbeln bestückt. Die Mille Fleurs-Tapeten zum Teil abgeblättert. Sie hatten gelbliche Flecken. Aber Madame Leclerc war sich sicher, ihr Interieur sei noch «le dernier cri». Sie wohnte unter mir und war ständig am Möbelrücken. Manchmal hörte ich sie sogar nachts herumhantieren.

Einmal kam sie einfach in mein Zimmer, ohne anzuklopfen, ging schnurstracks zur Kommode und begann, darin herumzuwühlen. Als ich mich bemerkbar machte, war sie erstaunt, mich zu sehen, gab dann ein paar unverständliche Laute von sich und verschwand wieder.

Unsere Klasse war ein buntes Hautfarben-Gemisch, ein Kulturmix, in dem ich badete. Martin vermisste ich nur, wenn ich mit Anne unterwegs war. Sie erhielt jeden zweiten Tag einen Brief von ihrem Freund. Die beiden planten eine Verlobungsfeier. Ich fand das spiessig, war aber eifersüchtig, wenn sie mir seine poetischen Briefe vorlas. Von Martin erhielt ich ab und zu einen nüchternen Bericht, wie er seine Zeit verbrachte, und am Schluss standen immer dieselben Worte: «Ich liebe dich» oder «Du fehlst mir».

Esther und ich schrieben einander lange Briefe. Wir tauschten uns über Bücher aus. Sie erzählte von der Uni und wie sie die Welt verändern wollte und ich von der Schule und was Freiheit für mich bedeutete. Einige Wochen später hatte sie eine Sinn-Krise. Wir telefonierten öfters.

Der Plan war, dass sie mich an einem Wochenende besuchen kommen sollte. Sie verschob den Termin aber immer wieder. Das verunsicherte mich.

Endlich, es war schon Ende September, kam sie. Ich freute mich sehr, aber als sie da war, war sie mir fremd. Hatte sie sich in zwei Monaten so verändert oder war ich es, die den Blickwinkel geändert hatte?

Wir fuhren mit der Bahn hoch und schauten über den See. Die Sonne tat gut, noch war sie warm. Wir erzählten uns dies und das, dann verstummte unser Gespräch.

Warum kam sie nicht auf meinen Vorschlag zu sprechen? Hatte sie meinen letzten Brief nicht erhalten? Gestern war sie in ausgelassener Stimmung gewesen, als wir mit Kollegen von der Schule im Ausgang feierten. Jetzt war sie still, knabberte an ihren Nägeln herum.

«Ich habe dir doch von meinem Plan geschrieben», begann ich zögerlich. «Das mit unserer Reise.»

Sie bückte sich, nahm ein geflecktes Ahornblatt in die Hand und strich den Adern nach.

«Mitte Oktober bin ich mit der Schule fertig. Ich suche mir einen Job, wir nehmen uns einen Untermieter und sparen uns das Geld für den Flug. Vielleicht kriegen wir noch was von unseren Eltern.»

«Wozu?», fragte sie unvermittelt, schaute mich an, als wäre ich verrückt.

Ich presste meine Lippen aufeinander, atmete tief ein.

«Komm, Esther, wir hauen ab. Wir reden schon so lange davon. Jetzt oder nie.»

Sie schnaubte. «Jetzt ist es ganz ungünstig, bin mitten in der Semesterarbeit.»

«Dann machst du eben eine Pause. Du bist ja eh nicht sicher, ob es das Richtige für dich ist, und in der Ferne hast du Zeit, um nachzudenken.»

«Ich muss nicht nachdenken, ich beende das Studium.»

«Ach, jetzt bist du plötzlich überzeugt, nachdem du dich wochenlang rumgequält hast.»

«Ich habe mich nicht rumgequält, ich habe ein paar Zweifel gehabt.»

«Zweifel nennst du das?! Du hast alles in Frage gestellt, das Studium, dein ganzes Leben. Du hast mir Briefe geschrieben, mich jeden zweiten Abend angerufen ...»

«Du hast mich angerufen!»

Ihre Gesichtszüge wurden hart.

«Weil du allem überdrüssig warst.»

«Wie meinst du das?» Ihr Ton wurde scharf.

«Na, die Uni, dein Leben, einfach alles.»

«Wenn du dich mit Brecht, de Beauvoir und Beckett beschäftigst, dann denkst du eben über deine Existenz nach.»

«Ich habe mir Sorgen um dich gemacht. Da ist etwas ...» – ich hielt einen Atemzug inne – «... Selbstzerstörerisches. Ich spüre es», flüsterte ich.

Sie zerriss das Blatt. «Wie willst du wissen, was in mir vorgeht?»

Wir schwiegen. Dann sagte sie: «Mir geht es bestens, ich habe eine glatte Sechs für meine letzte Arbeit bekommen und Komplimente von meinem Professor, nur damit das klar ist. Was willst du?» Sie schrie es beinahe.

«Super, gratuliere», entgegnete ich. Es klang zynisch. «Nein, ich freue mich mit dir, du hast so viel Arbeit reingesteckt. Aber ...»

«Nichts aber – mein Leben ist schreiben und lesen, analysieren und interpretieren. Ich will es nicht aufgeben. Nicht, um rumzubummeln und Zeit totzuschlagen, weil man auf Busse wartet, Campingplätze sucht, essen muss, was der Magen nicht verträgt, vielleicht noch Amöben aufliest, was weiss ich.»

Ich kramte ein Päckchen Zigaretten aus dem Rucksack und zündete mir umständlich eine an.

«Ja, ich weiss, du stellst dir das alles romantisch vor. Wohnen bei Einheimischen, Ritte durch die Steppe ...»

Ich schüttelte den Kopf. «Wofür hältst du mich? Darf ich dich daran erinnern, dass du nach Süddakota wolltest zu den «Ich-weiss-nicht-mehr-wie-sie-heissen-Indianer», um dort im Reservat mit ihnen zu leben. Stundenlang hast du mir von diesem Prärieleben erzählt und jetzt ...»

«Jetzt sind wir erwachsen.»

Ich mochte nicht mehr mit ihr streiten und sehnte mich nach der unkomplizierten Art meiner Klassenkollegen. Mit einem Seufzer stand ich auf und warf den Zigarettenstummel auf den Kiesweg, einen strafenden Blick oder gar eine Bemerkung von Esther in Kauf nehmend. Aber sie reagierte nicht. Ihr Blick war abwesend.

Wir gingen beinahe schweigend den steilen Weg nach Montreux hinunter, geradewegs zu mir, wo sie sich sofort anschickte, ihren Rucksack zu packen.

«Ich nehme den nächsten Zug», sagte sie.

Ich wollte antworten «Bleib noch, ich wollte dir doch mein Lieblingscafé zeigen», aber ich antwortete nicht.

Am Bahnsteig küsste sie mich dreimal auf die Wangen, wie sie es bei meinen welschen Kollegen gesehen hatte und sagte: «Tut mir leid.»

«Mir auch.»

Ich schaute dem Zug nach, als er langsam aus der Bahnhofshalle fuhr. Esther kam nicht mehr ans Fenster, um mir zum Abschied zu winken.

Ich erinnerte mich an die Nacht der Maturafeier und hatte das Gefühl, sie zum zweiten Mal verloren zu haben.

Ich packe ein paar Kleider zusammen. Meine Malutensilien. Die Bücher neben dem Bett landen in der Tasche. Der Kulturbeutel füllt sich. Die Fotografie, auf der wir als Familie hinter einer Sandburg knien, lege ich dazu. Dann stehe ich auf der Strasse. Ein Taxi kommt, bringt mich zum Flughafen. Ich will nach Amsterdam fliegen.

Nach Amsterdam fliege ich nicht. Alles nur Gedankenfetzen. Ich liege auf dem Bett und starre in eine Ecke. Eine Spinne hat sich eingenistet. Sie hockt da, fett und wartet. Wie ich. Ich warte, dass alles wieder so ist, wie es war. Esther ruft mich an. Sie erzählt von einem Ereignis in der Schule. Martin bereitet in der Küche eine Fleischpastete zu. Aus den Zimmern der Jungs dröhnt der Bass. Und Leonie ruft durch die halbgeöffnete Tür: «Kannst du mich mal Englisch abfragen?»

Ich vergrabe mein Gesicht ins Kissen. Es riecht muffig. Ich müsste das Bett neu beziehen. Ich müsste auch die Fenster putzen und die Steuererklärung ausfüllen. Vielleicht sollte ich mir eine Therapeutin suchen. Eine wohlbeleibte Frau anfangs sechzig mit warmen, braunen Augen.

«Therapeuten taugen nichts», war Esthers Meinung. «Sie sonnen sich im Leid anderer Menschen und verdrängen so ihr eigenes Schicksal. Sie verstecken sich hinter stummem Zuhören, das sie jahrelang geübt haben und nicht mehr loswerden wollen. Ein paar Kritzeleien auf den Block und schon haben sie dich um die Handtasche gebracht, die du dir so gerne gekauft hättest.»

Vielleicht legte Esther sich diese Statements nur zurecht, um keine Therapie machen zu müssen. Für ihre Probleme fand sie eine andere Lösung. Eine Affäre mit Martin. Das war billiger und angenehmer. Diese Gedanken helfen mir wenig. Im Gegenteil! Sie sind Gift. Und doch – sie tun gut.

Rauls Päckchen liegt in meiner Hand. Es fühlt sich weich an. Ich öffne es vorsichtig. Das Gesicht eines Püppchens lächelt mich an. Es hat schwarze Zöpfe, ist in ein rot-grünes Trachtengewand gekleidet und trägt einen winzigen Weidenkorb am Arm. Im Korb liegt ein Zettelchen auf dem steht:

As palavras
São como um cristal,
As palavras.
Algumas, um punhal,
Um incêndio.
Outras,
Orvalho apenas.

Die Wörter
Sie sind wie ein Kristall,
die Wörter.
Einige ein Dolch,
ein Brand.
Andere,
nur Tau.

Martins Foto erscheint auf dem Display meines Telefons.

«Was willst du?»

«Mit dir reden. Können wir uns treffen?»

«Wann, wo?»

«Morgen nach der Arbeit.» Er nennt den Namen eines Cafés, in welchem ältere Frauen Kuchenteilchen zum Tee verspeisen. Warum nicht. Ich mag die Zitronentörtchen.

«Du willst zu mir?», frage ich meinen Bruder. Ich schliesse die Tür der Buchhandlung ab.

«Du musst mir Geld leihen. Ich bin blank. Nur leihen, Rina, bitte. Ich zahle es dir zurück. In einem Monat. Spätestens.»

Sein Haar ist strähnig. Sein Gesicht wirkt schmal und hat einen ungesunden Schimmer.

«Wie viel brauchst du?»

«Einen Riesen oder zwei. Besser zwei.» Er lacht, als ob er einen Witz erzählt hätte. «Ich habe jetzt eine Freundin. Angie – eine Superfrau!»

«Und jetzt brauchst du das Geld für Blumen, Parfüm oder wie?»

«Angie hat einen Jungen und kein Geld. Eine Wohnung hat sie auch nicht. Du kannst bei mir wohnen, habe ich ihr gesagt, aber sie will nicht. Sie will mir nicht auf der Tasche liegen.»

Ich stelle mir eine junge Frau mit knallrotem Mund und Kreolen-Ohrringen in einem rosa Mohair-Pulli mit weitem Ausschnitt vor.

«Du hast doch das Geld von Papa.»

«Ja schon, aber dieser Scheisstyp von Vormund rückt es nur in Kleinstportionen raus.»

«Tamtam, ich weiss nicht …»

Er nimmt meinen Arm. «Komm mit zu mir, du musst sie kennenlernen. Ist ja gleich um die Ecke.»

«Das gleich um die Ecke kenne ich.»

«Du kriegst auch einen Kaffee.» Er zieht mich mit. Und nach ein paar Schritten ergänzt er: «Lass uns die Strassenbahn nehmen.»

Der Wohnblock, in dem Tamtam haust, ist aus den Siebzigerjahren. Die Betonfassade voller Risse und abgeblättertem Putz, die Balkone zur Strassenseite mit Satellitenschüsseln verbaut. Im Hauseingang lese ich die Schilder neben den Klingeln: H. Tolic, Akash und Amrita Muralinadesan, Fam. Bega, M. Cengis.

Im Aufzug riecht es nach Katzenpisse und an der einen Wand ist mit weisser Tipp-Ex-Farbe «Schaiss Auslender» und «Nee, nee, ich liebe Denis» hingemalt.

Die Wohnungstür ist einen Spalt breit offen. Ein Kind schreit.

«Angie!» Tamtams Stimme klingt besorgt.

Im Flur kommt uns Angie entgegen. Jung ist sie, bleich und dünn, mit schwarz umrandeten Augen. Die Jeans sind hauteng. Sie ist barfuss.

«Er ist hingefallen. Jo, er blutet.»

Ein etwa zehnjähriger Junge liegt im Schlafzimmer auf dem Bett. Als er uns sieht, hört er auf zu schreien. Seine Haare kleben dunkelrot an der Stirn. Tamtam hechtet zu ihm hin. Angie beginnt zu weinen.

«Ist es schlimm? Bitte, Jo, sag, dass es nicht schlimm ist.»

Tamtam streicht ihm sorgfältig die Haare aus der Stirn. Der Junge beginnt zu stöhnen. Angie schluchzt zu seinen Füssen. Ich stehe in der Tür. Wie eine Zuschauerin in einem Film. Tamtam erhebt sich.

«Ich bringe ihn ins Krankenhaus.»

«Aber mit dem Bus geht das eine Ewigkeit. Da ist er vielleicht schon tot», jammert sie. Der Rotz läuft ihr aus der Nase.

«Jetzt hör auf mit der Flennerei!» Sein Ton wird schärfer. «Ich gehe zu Muri und leihe mir sein Auto.»

«Du kannst doch gar nicht Auto fahren», heult Angie.

«Aber Rina. Meine Schwester», sagt er, springt auf und verschwindet. Angie und der Junge starren mich an.

«Du bist Angie. Und wie ist dein Name?», frage ich den Jungen. Er hebt den Kopf, verzieht dabei das Gesicht.

«Er heisst Timo», antwortet Angie.

«Lass mal sehen.» Ich lächle Timo zu und will mich über die Wunde beugen. Er weicht zurück.

«Keine Angst, ich fasse dich nicht an.»

Es ist ein Schnitt. Etwa vier Zentimeter lang und einige Millimeter tief.

«Das ist nicht schlimm, kann mit zwei, drei Stichen genäht werden oder, wenn du Glück hast, kriegst du nur ein Klebepflaster drauf.»

«Das kannst du gar nicht beurteilen», mischt sich Angie ein. Ihre Augen funkeln böse in ihrem Mascara verschmierten Gesicht. Ich erwidere nichts. Wir warten und schweigen, bis Tamtam zwei Minuten später zurück ist.

«Ich habe ihn», sagt er triumphierend und hält einen Autoschlüssel in die Höhe.

Gefragt werde ich nicht. Selbstverständlich fahre ich die drei in die Notfallstation des nächsten Krankenhauses. Tamtam sitzt neben mir und will mich navigieren, aber ich ignoriere ihn. Den Weg kenne ich besser als er. Hinten sitzt Angie und raucht zum Fenster hinaus, während Timos Kopf in ihrem Schoss liegt.

«Ich habe Hunger. Können wir nicht bei McDonald's anhalten?», quengelt er.

«Hinterher», sagt Angie und als er weiter bettelt, sehe ich im Rückspiegel, wie sie eine Grimasse schneidet und ihm einen Kaugummi in den Mund schiebt.

Als wir ankommen, sagt Tamtam: «Kannst du gleich zurückfahren?» Es ist mehr eine Aufforderung als eine Frage.

«Und ihr?»

«Wir nehmen nachher den Bus.»

«Ich will aber mit dem Auto zurück», murrt Timo.

«Muri braucht das Auto. Stell es einfach vors Haus und den Schlüssel wirfst du bei Muralinadesan in den Briefkasten.»

«Ach ja, und sonst noch etwas?», denke ich, nicke aber nur. Dann schaue ich den dreien zu, wie sie Richtung Eingang gehen. Tamtam trägt den Jungen und Angie stöckelt in ihren Stiefelchen hinterher. Kurz bevor sie durch die Glastür gehen, dreht sich Tamtam nochmals um.

«Ach und Rina, das mit dem Geld, du weisst schon, das wäre dringend.»

Ich nicke und lasse den Motor laufen.

Martin wollte eine Wohnung gegen Südwesten, mit einem vernünftigen Balkon. Einen Balkon für Kräuter und Blumen, das wollte ich auch. In diesem Punkt waren wir uns einig. Schwieriger wurde es bei der Inneneinrichtung. Er wollte Grautöne – ich mag kein grau, zu kühl, zu clean. Ich war für ein knallrotes Sofa. Wir fanden in der Brocki ein blau-grün gestreiftes und haben es heute noch. Allerdings ist es vom Rotz der Kinder ziemlich versifft und deshalb in eine Decke eingehüllt.

Sieben Wohnungen besichtigten wir. Die letzte, ein Altbau-Appartement, schaute ich mit Esther an. Es eilte und Martin hatte einen wichtigen Termin. Sie stand im Wohnzimmer und drehte sich ein paar Mal im Kreis. Dann sagte sie: «Die ist es – die müsst ihr nehmen und reserviert ein Zimmer für mich, damit ich jederzeit kommen kann.»

Ich hatte keine Ahnung, wie ernst es ihr damit war.

Am Umzugstag mietete Martin einen Bus für die Möbel. Kollegen halfen beim Einräumen. Esther packte ebenfalls mit an und Tamtam kam zwei Stunden zu spät mit einem Kater und schlechter Laune.

Trotzdem ging es zügig. In der Mittagspause gab es zu Broten auch Bier, was Tamtams Stimmung aufhellte. Er schraubte wie verrückt bis abends um sechs Möbel zusammen, während Esther und ich Kisten auspackten und Martin den Bus zurückbrachte. Als Abschluss luden wir Esther und Tamtam zu einer Pizza ein. Die Stimmung in der Pizzeria war locker. Tamtam hielt sich mit Trinken zurück. Nach elf Uhr verliessen wir das Lokal. Er kam noch zu uns hoch, weil er irgendetwas in der Wohnung liegen gelassen hatte. Bei dieser Gelegenheit wollte er noch von Martins Whisky kosten, den er hochgetragen hatte. Und wie üblich blieb es nicht nur bei einem Glas. Es war schon ein Uhr, als ich ein Taxi bestellte und ihn die Treppe hinunterbegleitete. Vor der Wohnungstür ein Stockwerk tiefer erblickte er ein paar rote, hochhackige Lackschuhe, die noch mit weiteren Schuhen ordentlich in einem offenen Schuhkasten standen. Tamtam stürzte sich auf sie und rief freudig: «Das gibt's doch nicht! Beas Schuhe! Ich wusste doch, dass sie nicht weggezogen ist!» Und bevor ich ihn daran hindern konnte, drückte er energisch die Klingel.

«Spinnst du?», fauchte ich und wollte ihn wegziehen. Aber Tamtam war völlig im Bann der Schuhe. Er packte sie mit der einen Hand, mit der anderen Hand klopfte er gegen die Tür. Dann hielt er sich die Schuhe ganz nahe vors Gesicht, so als wolle er daran riechen. Mir wurde heiss.

«Tamtam, du Arsch, lass das ...»

Die Tür ging auf und ein verschlafener Männerkopf in Unterhose zeigte sich. Er stierte uns mit einer Mischung aus «Ich glaub, ich seh nicht recht» und «Verdammt, was wollt ihr um diese Zeit?» an.

Tamtam fragte fröhlich: «Kann ich bitte Bea sprechen?»

«Welche Bea? Bist du nicht ganz dicht?»

Ich wollte Tamtam wegzerren, aber er insistierte: «Ich weiss, dass du sie versteckt hältst, tu nicht so unschuldig!»

Bevor ich eingreifen konnte, packte ihn mein Nachbar und schüttelte ihn einmal kräftig.

«So, jetzt Abgang oder ich rufe die Polizei!»

Ich zerrte Tamtam mit einem «Tschuldigung» die Treppe hinunter. Er brabbelte vor sich hin: «Bea, Bea, was hast du dir da für einen Typen angelacht.»

Froh, ihn loszuwerden, übergab ich ihn dem Taxifahrer,

der ihm, nach einem raschen Blick, eine Tüte in die Hand drückte.

«Schön da rein reihern», sagte er.

Tamtam schaute ihn mit listigen Äuglein an und tätschelte den alten VW.

«Ich würde nie einen Porsche vollkotzen.»

Die Fliege ist da
Eben da, wo sie vorher nicht war
Auf mir krabbelt sie
Schwirrt
So dass mir schwindlig wird
Zärtlich läuft sie mir übers Gesicht
Die Fliege
Und wenn der Nachmittag geht
Und die Sonne die Glitzerflügel verjagt
Bin ich wieder da
Wo ich nie war
E. F.

«Ist schon wieder Sonntag?», fragt mich Mama zur Begrüssung. Sie sitzt am Eingang der Cafeteria auf einer Bank.

«Nein, Mama, es ist Montag. Normalerweise komme ich doch freitags.»

«Und warum kommst du heute?»

«Ich muss dich etwas fragen. Etwas, was wichtig für mich ist.»

Ich setze mich neben sie, nehme ihre Hand in die meine.

«Mama, ich …»

«Ich habe heute keine Lust, mit dir zu reden.»

«Aha, du redest also nur freitags!»

«Sonntags.»

«Ich komme aber immer am Freitag.»

«Für mich ist es Sonntag und jetzt ist Schluss. Ich habe keine Zeit.»

«Aber wieso, wo willst du hin?»

«Wo soll ich schon hin? Sie lassen mich ja nicht.»

Ich versuche es mit etwas anderem. «Mama, kennst du die neue Freundin von Johannes?»

«Ich kenne keinen Johannes.»

«Dein Sohn, Tamtam.»

«Ein lächerlicher Name.»

«Den habe ich ihm gegeben, erinnerst du dich nicht mehr? Als er klein war, wollte er immer diese Schokoladenpuddings essen. Tamtam-Pudding.»

«Der ist nicht mein Sohn.»

«Gut, aber dann bin ich auch nicht deine Tochter.»

«Doch bist du! Du hast meine Augen.»

«Was meinst du damit?»

«So, wie ich es gesagt habe.»

«Wie hat meine Mutter ausgesehen? Ich meine ...»

«Du hast sie gesehen.»

«Ich war vier, Mama, als sie aufgehört hat, mich zu besuchen. Ich habe kein Bild mehr von ihr.»

«Sie war eine böse Frau.»

Vor ein paar Wochen hätte ich über eine solche Aussage geseufzt, jetzt ärgert sie mich.

«Du musst mich gar nicht so anschauen. Ich kann nichts für deine schlechte Laune.»

«Mama, ich glaube, es ist besser, wenn ich jetzt gehe.» Ich stehe auf. «Ich wünsche dir eine gute Woche.»

Sie brummt etwas Unverständliches. Und als ich schon

einige Schritte Richtung Ausgang gegangen bin, ruft sie mir nach: «Kann sein, dass ich irgendwo noch eine Fotografie von ihr habe.»

Ich drehe mich um. «Dann zeigst du sie mir am Freitag?»

Sie presst die Lippen zusammen. «Am Sonntag!»

Weil es überraschend warm geworden ist, sitzen Paula und ich nur im T-Shirt im Garten und rauchen. Ihr Besuch überrascht mich. Wir reden erst über Esther, dann schweigen wir. Ich versuche, wieder das alte Gefühl für meine Freundin zurückzugewinnen. Doch immer wieder geistern verschwommene Bilder des Verrats auf, die ich wegscheuchen muss.

Paula scheint auch in ihren Gedanken zu sein. Sie schaut dem Windspiel zu. Ich betrachte ihr Gesicht. Es ist in den letzten Wochen sehr viel ernster geworden. Ich weiss nicht, woran ich das erkenne. Vielleicht an den Augen, die mehr Platz einnehmen im schmalen Gesicht.

Sie weiss nichts von ihrer Mutter und Martin. Oder doch? Ich hätte sie fragen können, ich habe den Zeitpunkt verpasst. Meine Gedankenstränge kann ich nicht mehr ordnen, sie verlieren sich irgendwo in meinem Kopf, werden zu Fetzen, die herumwirbeln.

Ich würde gerne einschlafen und es Hochsommer werden lassen. Lauen Wind auf feuchter Haut spüren. Auf dem Wasser liegen, ausgestreckt auf dem Rücken. In den Himmel blicken, Wolkenbilder einsaugen. Da sein, ohne Aufgabe, ohne Ziel.

«Weisst du, Grossvater tut mir leid», sagt sie. «Ich weiss nicht, weshalb, mehr als Grossmutter». Sie beginnt von jenem Tag zu erzählen, als Toni und sie Margo und Paul, ihre Grosseltern, zur Beerdigung abholten.

«Als wir mit dem Auto vorfuhren, stand Grossmutter schon vor der Haustür. Sie rief nach Grossvater, der noch im Flur stand. Ich lehnte an der Wagentür, hielt mich krampfhaft fest. Ich war wie festgenagelt. Grossvater erschien. Er setzte seinen Hut auf und wollte die Haustür abschliessen. Seine Hand zitterte. Grossmutter nahm ihm den Schlüssel aus der Hand, fingerte selber daran. Die Handtasche kam ihr in die Quere. Papa musste das Abschliessen übernehmen. Er stützte Grossmutter, begleitete sie zum Auto. Grossvater hielt sich am Treppengeländer. Ein Windstoss fegte ihm den Hut vom Kopf. Eine dünne, graue Strähne tanzte vor seinem Gesicht. Dieses Bild erlöste mich aus der Starre. Ich rannte dem Hut, der über den Gehsteig rollte, hinterher wie ein Kind einem Ball. Ich bog ihn gerade und setzte ihn auf seinen Kopf. Vorher strich ich ihm die Strähne auf seinem Kopf glatt. Dann konnte ich ihn endlich umarmen. Ich drückte ihn unglaublich fest. Grossmutter stieg vorne ins Auto, Grossvater und ich setzten uns auf den Rücksitz. Wir, Paul und Paula.

Ich fragte ihn: ‹Warum?› Er sagte nichts. Er nahm meine Hand und hielt sie. Grossmutter sagte stattdessen: ‹Hätten wir gewusst …›

Ich wollte nicht hören, was sie sagte. Ich sah durch die Scheibe, wie der Wind an den Bäumen rüttelte. Der Satz aus Frau Holle kam mir in den Sinn: ‹Bäumchen rüttle dich und schüttle dich, wirf Gold und Silber über mich.› Als ich klein war, las mir Mama viele Märchen vor. Mama mochte Märchen.»

Paulas Augen verschleiern sich mit Tränen. Einen Moment schweigt sie. Dann fährt sie mit der Hand über ihre Augen, zieht ein Taschentuch aus der Hosentasche und schnäuzt sich. «Ich habe um fünf einen Termin bei der Gynäkologin. Ich bin schwanger.» Sie dreht sich um, schaut mich an. In ihren Augen steht die Angst.

«Soll ich dich begleiten?»

Sie legt ihre Hände auf meine Knie. «Ja bitte.»

Ich fingere nach meinem Telefon und schicke Martin eine SMS. «Sorry, bin kurzfristig verhindert. Melde mich.»

Wir trinken noch einen Kaffee.

«Muss ich noch etwas wissen?», frage ich vorsichtig.

Sie schweigt. Ich warte.

«Wollte meine Mutter mich?», presst sie plötzlich hervor.

«Welch eine Frage», denke ich. Wie kann man Paula nicht wollen? Esthers Umstände für die Ankunft eines Kindes waren bestens. Sie war achtundzwanzig, hatte einen Mann, einen Job. Aber darum geht es nicht. Wollte sie Kinder in diese Welt setzen? Wollte sie Kinder in ihrer Welt haben?

«Ich glaube, sie konnte nicht wirklich wollen», sage ich und greife nach Paulas Hand. Sie entzieht sie mir nicht.

«Ich weiss nicht, ob ich es will.»

Dann erzählt sie von einem Dozenten, bei dem sie letztes Semester Vorlesungen besucht hat. Nicht hier, in einer anderen Stadt. Sie hätten sich in der Bibliothek zufällig getroffen und zwei Stunden zusammen über Spinoza und die Liebe zu Gott geredet. Die weiteren Treffen seien dann nicht mehr zufällig gewesen. Sie hätten sich heimlich gesehen. Er habe Frau und Kinder. Ihren Freund habe sie aufgegeben. Es wäre ohnehin nichts wirklich Tiefes gewesen. Nicht so wie bei Roman.

Ich will wissen, ob Roman denn bereit sei, sein bisheriges Leben für sie und das gemeinsame Kind aufzugeben. Sie sagt, das wolle sie gar nicht. Dann würde alles kompliziert und leidvoll für ihn werden. Und ob sie überhaupt mit

Roman zusammenleben wolle, sei sie sich nicht sicher. Er sei ein Mensch, dessen Präsenz sie stark beeinflusse. Ihre Gefühle, ihre Gedanken.

«Ich werde von ihm eingesaugt. Ich kann mich nicht dagegen wehren.»

Ich frage sie nach seinem Alter und ihre Augen beginnen zu funkeln.

«Wenn ich sein Alter verrate, wirst du mir sagen, dass ich einen Vaterkomplex habe, dass ich mich nach einer gefestigten Persönlichkeit sehne, einem Mann der sexuell erfahrener, weltgewandter ist und mir auch geistig mehr zu bieten hat als ein Gleichaltriger.»

Ich stehe auf und gehe mit den Kaffeetassen zur Spüle.

«Tut mir leid, das würdest du eben nicht, weil du du bist. Deshalb warst du auch Mamas Freundin. Du hast sie so angenommen, wie sie war. Keine andere hätte sie ausgehalten.»

Es ist Zeit für den Termin bei der Gynäkologin. Wir radeln los. Unterwegs surrt mein Telefon. Im Wartezimmer der Praxis lese ich die Nachricht.

«Würde dich gerne wiedersehen. KaPo»

Ich schliesse die Augen. Und was will ich?

Esther wollte heiraten.

«Die Hochzeit wird in Calvi stattfinden. Die Trauung in der Kirche, anschliessend das Fest im Hof von Zia Maria und Zio Dino. Etwa hundert Leute werden allein von Tonis Seite kommen.»

Ich war baff.

«Es gibt Wildschwein am Spiess und als Vorspeise Muscheln und Krebse. Wir haben alles geplant. Ja, und eine

Hochzeitstorte darf natürlich auch nicht fehlen.»
Nachdem ich mich gefangen hatte, wollte ich verstehen.

«Tust du das für Toni?»

«Du meinst in der Kirche heiraten?»

Ich nickte.

«Nein, er hätte nicht darauf bestanden, wenn ich es nicht gewollt hätte.»

Ich hatte Mühe mit der Vorstellung, Esther in weissem Kleid in der Kirche mit Eheversprechen und all dem Klimbim.

«Es fühlt sich richtig an und du wirst dich als Trauzeugin damit abfinden müssen», fügte sie bei.

Ich schluckte. «Ich bin aus der Kirche ausgetreten.»

Sie riss die Arme hoch.

«Ja wunderbar – ausgerechnet jetzt!»

«Das war schon lange ein Thema.»

«Genau, du hättest wirklich ein paar Wochen warten können. Wie willst du jetzt meine Trauzeugin sein?»

«Warum musst du alles so kompliziert machen – mit Kirche, katholisch und korsisch?»

«Warum kannst du nicht einfach bleiben, was du bist?»

«Ich bin deine beste Freundin – ich will deine Trauzeugin sein!»

Sie seufzte. Dann schauten wir uns an und lachten.

«Das werden wir hinkriegen», sagte Esther.

Ich vermasselte es. In den Tagen, in der die Hochzeit stattfand, lag ich mit einer verschleppten Lungenentzündung zuhause. Hustend und selbstmitleidig schaute ich den tanzenden Herbstblättern zu und sehnte mich nach südlicher Sonne. Dazu kam, dass ich mich Esther gegenüber schlecht fühlte. Trotz meines erbärmlichen Zustandes hätte ich mich den Anweisungen meines Arztes widersetzen sollen. Ich war eine schlechte Freundin! Zudem kränkte mich, dass Martin mich im Stich gelassen hatte und allein hingefahren war.

Als Esther als frischgebackene Ehefrau zurückkam, wollte ich alles wissen. Sie begann ihre Erzählung mit der Kapelle, in der sie getraut worden waren. Notre-Dame-de-la-Serra, auf einer Klippe gebaut. Ich müsse mir vorstellen, wie der Hochzeitszug den schmalen, steinigen Weg hochgeschlängelt sei. Das feine Glockengeläute aus der Ferne. Sie am Arm von Toni. Sie hätten erst den Segen der Jungfrau Maria eingeholt, die als Statue auf dem Felsen thront und Bucht und Stadt beschützt. Sie habe diese Energie gespürt – ein gutes Omen für ihre Ehe. Der Weihrauch in der Kirche, die fremden, schönen Lieder, die Orgelmusik habe sie ein wenig schwindlig werden lassen. Angenehm schwindlig. An die Worte des Pfarrers bei der Predigt könne sie sich nicht mehr genau erinnern, aber an die Trauung als solches. Die Befragung, die Ringe, die Vermählung – wie in einem Film – nein, das sei nicht das richtige Wort. Es sei gewesen, als wäre sie schon seit Generationen hier, so als würde sie in diesem Augenblick das Leben in seiner ganzen Fülle verstehen. Die Verbundenheit mit Toni habe sie glücklich gemacht. Sie habe nun verstanden, welche Zuversicht und Stärke der Glaube berge.

Ihre Erzählung faszinierte mich. Ich hing förmlich an ihren Lippen. Nach und nach begann ich, mich ihr gegenüber blutleer und geistlos zu fühlen. Meine Beziehung zu Martin kam mir oberflächlich und beliebig vor. Ich war erleichtert, als sie dann vom weltlichen Teil der Hochzeit erzählte. Vom masslosen Essen und Trinken der Hochzeitsgesellschaft, von den endlosen Zoten der alten Männer und dem Tratschen der Weiber. Als sie die Paghjellas, die traditionellen Gesänge, und das übermütige Tanzen bis in die Morgenstunden beschrieb, stand mir bestimmt der Neid in den Augen.

Am Schluss, als ich seufzend ein «Ach wie schön» hauchte, kam noch ein Nachtrag. Eine junge Einheimische sei gegen Ende des Festes zu ihr an den Tisch getreten. Klein und kräftig von Gestalt und mit einem verwegenen Ausdruck im Gesicht habe sie ihr leicht schwankend viel Glück mit Toni gewünscht. Die Frau habe ihre Hand gedrückt und sie dabei mit ihren schwarzen Augen fixiert. Ihre Hand habe sie erst wieder losgelassen, als ihr Bruder herbeigeeilt sei und heftig auf sie eingeredet habe.

«Rina, meine Hand war rot wie Blut! Ich musste zur Toilette gehen, um sie zu waschen. Meinst du, sie hat mich verflucht?»

Ich beruhigte sie. «Ein dummer Streich, mehr nicht.»

Aber ich sah ihren Augen an, dass sie keineswegs beruhigt war.

Freitagmorgen. Florence ist krank. Einspringen muss ich. Ich rufe Mama an, aber sie geht nicht ans Telefon. Ich mache mir eine Memo-Notiz. Dann packe ich Bücher aus, die ich bestellt habe. Noch ist nicht viel los. Am Nachmittag unterstützt mich Tina. Ich muss unbedingt meinen Buchvorstellungsabend vorbereiten. Und während ich auf dem Laptop meine Zusammenfassungen der Romane durchgehe, steht plötzlich Angie vor mir. Sie trägt schwarze Thights und ein kurzes Lederjäckchen, welches ein Stück ihres nackten Bauches frei lässt. Die Haare fallen ihr ins Gesicht. Sie steht da und blickt sich um, als wäre sie noch nie in einer Buchhandlung gewesen.

«Eine Menge Bücher», meint sie.

«Wie geht es Timo?»

«Gut», sagt sie, «Gruss von Jo, ich meine Tamtam.»

Ich ahne, weshalb sie hier ist.

Sie streicht mit der Hand fast zärtlich über das oberste Buch, das auf einem Stapel vor ihr liegt.

«Ist das gut?»

«Du meinst Makarionissi?»

Sie hält sich das Buch vor die Nase, liest und lächelt. «Das tönt ja wie Makkaroni!»

«Ist Geschmackssache.»

«Also nicht dein Geschmack?»

«Nein, ich mag andere Neuerscheinungen lieber.»

«Welche denn?»

«Hör mal, du bist doch nicht wegen der Bücher da, oder?» Ich schmunzle dabei. Sie zieht eine Schnute.

«Du denkst sicher, die hat noch nie im Leben ein Buch gelesen.»

«Nein, ich ...»

«Ich kaufe das Makkaronibuch. Vielleicht gefällt es mir ja.» Sie greift sich den Band. «Kannst du es in Geschenkpapier einpacken? Ich schenke es mir. Heute ist nämlich mein Geburtstag.»

«Gratuliere. Wie alt wirst du?»

Wieder verzieht sie ihren Mund. «Rate!»

«Sie muss älter sein, als sie aussieht», denke ich.

«Ich schätze – fünfunddreissig.»

«Bingo!» Sie lacht auf. «Alle schätzen mich jünger. Sie meinen, Jo sei mein Vater.» Sie schaut zu, wie ich das Buch einpacke. Dann fährt sie fort: «Mein Vater ist ein Arsch. Der ist abgehauen, als ich noch klein war. Aber nicht alle Männer sind so.» Sie sagt es, als sei ihre Feststellung eine neue Erkenntnis. «Jo ist okay. Mehr als okay. Wie viel kostet es?»

«Ich schenke es dir.»

Sie strahlt wie ein Kind, nimmt das eingepackte Buch entgegen und wirft mir im Gehen noch einen Handkuss zu. An der Tür dreht sie sich nochmals um. «Wegen dem Geld, das Jo von dir will. Gib es ihm, er braucht es!»

Wir haben im Park eine Runde gedreht. Zurück im Zimmer, versuche ich es noch einmal: «Wann hast du Verena zum letzten Mal gesehen? Wie lange ist das her?»

Mama sitzt am Fenster und beobachtet Krähen.

«Wer ist Verena?»

«Die Frau, die mich geboren hat. Meine Mutter.»

Sie stutzt. «Du meinst Vroni?» Sie schweigt kurz und dann sprudeln die Sätze aus ihr heraus. «Sie war jung, viel zu jung. Sie hat dich mit siebzehn bekommen. Zuhause wollte sie nicht bleiben. Ihr Vater war jähzornig. Sie schmiss die Schule, wohnte in einer WG, arbeitete als Kellnerin. Sie konnte sich nicht um dich kümmern. Ich habe das getan. Ich und Papa.» Und nach einer Pause: «Waren wir nicht gut zu dir?»

«Doch, Mama, sicher. Ich will ja nur von dir wissen, wie sie so war, woher ich komme.»

Sie wackelt mit dem Kopf.

«Die Vögel bauen wieder Nester. Dann scheissen sie von den Nestern runter auf die Bänke. Jedes Jahr das gleiche. Überall Vogelkot. Man kann sich nirgends hinsetzen. Die Bäume müssen gefällt werden!»

«Irgendwann ist meine Geduld am Ende», denke ich, «irgendwann packe ich sie, schüttle sie, bis sie …»

Als ob sie meine Gedanken lesen könnte, greift sie nach meinem Arm.

«Rehlein (so hat sie mich Jahre nicht genannt), ich will,

dass du glücklich bist. Du bist doch glücklich, oder?»

Ich spüre, wie sich meine Augen mit Tränen füllen.

Es klopft an der Tür. Eine Pflegeassistentin bringt frische Handtücher. Sie lächelt scheu. Ich nehme meine Handtasche. Zeit zu gehen.

Zuhause suche ich im Keller. Irgendwo muss diese Kiste sein. Eine mit allen Dokumenten, die Mama in ihrem Haus zurückgelassen hat. Ihren Geburtsschein, ihre Heiratsurkunde, Briefe. Ich krame wie eine Wilde in den Papierstapeln. Irgendwo muss diese Aufnahme von Mama Vroni sein. Schliesslich gibt es ein Durcheinander von Mappen, Blättern und Couverts. Die Fotografie finde ich nicht.

Ich rufe Martin an. Wir suchen einen neuen Termin, finden keinen, der uns beiden passt. Schliesslich reden wir mehr als eine Stunde. Ich erzähle ihm von Mama und dass Mama Vroni durch meinen Tag geistert und nachts die Frau ohne Gesicht meine Träume beherrscht. Er hört zu, ohne mich zu unterbrechen. Dann erzählt er. Von der Arbeit, von einem Kollegen, der ihn regelrecht mobbt. Eine üble Geschichte – ich gönne sie ihm nicht. Doch dann macht er mich wütend. Er beginnt von Esther zu reden. Davon, dass sie darunter gelitten hat, mir nichts von ihrer Affäre mit ihm erzählen zu dürfen. Aus Rücksicht auf ihn. Ich will es nicht hören.

«Sie hat es mir versprochen. Wir wollten weder eure Freundschaft noch unsere Ehe zerstören.»

«Warum in Teufels Namen hast du diesen Zeitpunkt gewählt, um es mir zu beichten. Warum hast du es mir gesagt, jetzt, da Esther tot ist? Weshalb hast du nicht weiter geschwiegen? Was willst du damit erreichen? Büssen? Keine Esther, dann auch keine Rina mehr! Mich ebenfalls bestrafen? Keine Freundin und auch keinen Mann mehr!»

Ich zittere vor Wut, hänge auf, könnte schreien. Bevor ich auf diese verdammte Insel ging, war mein Leben in Ordnung. Jetzt ist alles kaputt!

Kaspar! Will ich mir mein Leben noch schwerer machen? Egal. Ich schicke ihm eine Nachricht.

«Will dich auch sehen. R.»

Zugeschlagen haben sie. Operation Wüstensturm nennen sie es. Es ist mir schlecht. Es ist, als ob der Sturm in meinem Bauch tobte.
E. F., 4. Juli

Irgendwo da oben fliegst du, Sternenkind. Vielleicht gibt es heute schon Krieg und morgen keine Bäume mehr. Kompromisse gäbe es keine, sagen sie.
E. F., 8. August

Ich habe dich nicht fragen können, ob du diese Welt besuchen willst. Hätte ich dich fragen können, wäre ich bereit gewesen, dich loszulassen. Mein Körper hat Ja zu dir gesagt, und deshalb bist du hier. Verzeih mir.
E. F., 12. August

Als ich mich mit meinem Sieben-Monate-Bauch vom Lift in die Wochenbett-Abteilung hochfahren liess, überkam mich ein mulmiges Gefühl. Zwar hatte ich nicht dasselbe Krankenhaus wie Esther gewählt, aber alles würde sehr ähnlich sein. Die langen Gänge, die breiten Türen, der Geruch. Esther hatte geboren. Sieben Stunden lang. Ein Vier-Kilo-Mädchen, hatte sie mir heute Morgen am Telefon erzählt. Ich erwartete Zwillinge. Würde es bei mir doppelt so lange dauern und zweimal so schmerzhaft sein? Ich hatte das Bild einer erschöpften, aber strahlenden Esther mit ihrer Tochter an der Brust vor Augen. Als ich, nach kurzem Klopfen, eintrat, sass sie aufrecht im Bett und lächelte gequält.

Ich ging ihr entgegen, drückte sie an mich. «Wie geht es dir?»

Sie pustete sich eine Haarsträhne aus dem Gesicht. «Es hat sehr weh getan. Ich bin froh, dass es vorbei ist.»

«Erzähl!», sagte ich und strich mir über den Bauch.

Sie legte sich hin. «Wir sind gestern um sieben los. Toni hat gemeint, die Wehen wären schon alle drei Minuten. Er hat immer wieder auf die Uhr geschaut, das hat mich ganz nervös gemacht. Hier haben sie dann gesagt, dass der Muttermund erst vier Zentimeter offen sei. Ich musste warten, durfte aber ein Bad nehmen. Die Hebamme ist gekommen und dann – ach, weisst du, das musst du nicht alles hören.»

Ich wollte protestieren, aber Esther fuhr fort.

«Sie ist exakt vier Kilo schwer, aber das habe ich dir ja schon gesagt. Gross ist sie auch. 52 Zentimeter. Sie hat das Näschen von Toni. Wir werden sie Paula nennen.»

«Ich möchte sie sehen. Wo ist sie?»

«Ich weiss nicht. Wahrscheinlich im Babyzimmer? Ich habe der Schwester gesagt, dass ich jetzt Ruhe brauche.»

«Und das Stillen?»

Sie zuckte mit den Schultern.

Drei Wochen später besuchte ich Esther zuhause. Sie sah aus, als hätte sie ein Jahr kein Sonnenlicht gesehen, hatte Ringe unter den Augen und schien sichtlich abgemagert.

«Ich habe seit Tagen keine zwei Stunden am Stück geschlafen.» Sie trug Paula auf dem Arm, ein süsses, kleines Ding, das zufrieden nuckelte. Ich konnte mir nicht vorstellen, dass sie viel und oft weinte.

«Hast du es mit Bauchmassieren versucht?»

«Nein, habe ich nicht.»

«Im Buch, das ich dir geschenkt habe ...»

«Ja, ich weiss. Ich – ich habe so viel versucht. Wärmeflasche, sie herumtragen, Sternanisöl in der Milchflasche. Wir haben es mit einer Babyhängematte probiert und Toni ist mit ihr im Auto herumgefahren. Ich trinke keine Kuhmilch mehr, dafür Fencheltee bis zum Abwinken. Ich esse keinen Kohl, keine Hülsenfrüchte ... und nichts, gar nichts hat geholfen!»

«Was meint die Hebamme? Du bist ja völlig fertig.»

Sie streichelte Paulas Köpfchen mit einem abwesenden Blick.

«Ich sage dir jetzt etwas. Es ist schrecklich, aber manchmal in der Nacht, wenn sie nicht mehr mit Schreien aufhört, würde ich sie am liebsten an eine Wand knallen.»

«Ich verstehe das.»

«Nein, das kannst du nicht verstehen. Niemand kann verstehen, dass man seine eigene Tochter, die noch nicht einmal vier Wochen alt ist, anschreit. Ich habe sie sogar schon geschüttelt. Ich habe gewünscht, sie wäre tot!»

«Du musst dir helfen lassen!»

«Ich bin eine schlechte Mutter. Niemand kann mir helfen.»

Sie wandte sich ab und ich wusste, dass es keinen Sinn mehr hatte, weiter zu reden. Sie war wie ein verwundeter Wolf, der sich in seine Höhle zurückzog.

«Gib sie mir», sagte ich und nahm ihr Paula aus dem Arm. Sie liess es geschehen.

«Ich gehe mit ihr spazieren. Ruh dich aus.»

Ich wartete eine Weile. Dann stand ich mit Paula auf dem Arm auf.

«Esther – ich gehe jetzt, okay?»

Sie nickte. «Der Wagen steht unten. In der Küche findest du ein Fläschchen Tee, frisch gewickelt ist sie auch und ...» Sie brach ab.

Ich trug Paula durch ein perfekt aufgeräumtes Wohnzimmer. Nichts lag herum, die Möbel glänzten. Unten im Treppenhaus legte ich sie in den Wagen. Sie schien zufrieden zu sein.

Vor dem Haus schaute ich nochmals hoch zu Esthers Fenster. Sie stand da und blickte in unsere Richtung, aber ihr Blick war starr und leer.

Eine Woche später rief mich Toni an.

«Kannst du kommen? Esther geht es schlecht. Sie steht nicht mehr auf.»

Paula kommt zum Frühstück. Ich backe Brot. Teig kneten tut gut. Das Bild Swetlana Geiers, der ukrainischen Dostojewski-Übersetzerin, taucht auf. In diesem Dok-Film. Wie sie Zwiebeln schält, so als würde sie Wörter vom Russischen ins Deutsche übersetzen. So konzentriert. Jede Bewegung ein Gedanke, jeder Handgriff ein Wort.

Paula hat sich entschieden. Ich sehe es ihrem Gesichtsausdruck an. Sie sitzt vor ihrem vollen Frühstücksteller, hat noch kaum etwas angerührt. Leonie kommt verkatert die Treppe herunter. Sie streicht Paula liebevoll übers Haar. Ganz klar, sie weiss von ihrer Schwangerschaft. Dann lobt sie mich fürs Brotbacken. Endlich mal etwas Vernünftiges von Mamas Seite.

Wir unterhalten uns erst über den Zuckergehalt von Orangensaft, bis Leonie dann unvermutet «Ja oder nein?» fragt und dabei Paula ängstlich anguckt.

«Nein.» Paula presst die Lippen zusammen. «Ich habe am Montag das Gespräch mit dem Arzt und der Eingriff ist am Donnerstag darauf.»

Leonie legt ihren Kopf auf Paulas Schulter und hält ihre Hand. «Ich verstehe, dich», sagt sie. Kein Weinen, kein Flehen, das Kind doch zu behalten. Meine Befürchtung hat sich erledigt. Meine Tochter verhält sich wie eine erwachsene, reife Frau. Ich sitze stumm da, starre die beiden jungen Frauen mit gläsernen Augen an. Sie stellen sich den Herausforderungen, sie entscheiden. Sie betrachten das Leid als einen selbstverständlichen Teil ihres Lebens.

«Und was sagt Roman dazu?»

Er wolle das Kind, meint Paula, aber sie glaube, er wolle eher, dass sie sich diesem Eingriff nicht unterziehen müsse. Er habe gesagt, wie sie sich auch entscheiden würde, er stünde voll hinter ihr und würde sie unterstützen. Aber seine Hände seien gebunden, das habe sie immer gewusst. Seine Familie wisse nichts von ihrer Affäre und er würde sie nur aufdecken, falls sie das Kind behalten wolle. Das wäre eine Katastrophe für ihn und für sie sei es auch keine Option, ein Kind allein grosszuziehen. Darauf würde es doch hinauslaufen. Also sei ein Schwangerschaftsabbruch wirklich das Beste, was man aus dieser «Scheiss-Situation» – ja, das sagte sie – machen könne.

Und wie es dann mit ihr und Roman weitergehe, will Leonie wissen und Paula zuckt bloss mit den Schultern. Ob sie ihn denn liebe, fragt sie noch. Eine Frage, die ich mich nicht zu stellen getraute. Ihr Gesicht hellt sich auf und sie nickt. Leonie ist zufrieden. Sie beginnt von sich und Sven zu erzählen. Ich fühle mich wie das dritte Rad am Wagen und lasse die beiden allein.

Als ich im Garten rauche, blinkt mein Display auf.

«heute abend bei mir. 19 uhr. versuche mich mit kochen.»

Ich überlege nicht. «schön. bis dann.»

Zehn Sekunden später kommt «freue mich!» zurück. Wärme breitet sich in meinem Körper aus.

Vom Küchenfenster aus sehe ich, wie Martin auf seinem Rad ankommt. Umständlich schliesst er es an den Gartenzaun. Kurzes Klingeln, dann steht er in der Küche.

Er ist frisch rasiert und riecht gut. Ich erzähle ihm von meiner Begegnung mit Max und seiner Freundin, weil mir nichts Besseres einfällt. Dankbar hört er zu. Dann nimmt er meine Hände. Draussen huscht die Katze vorbei.

Ich koche Tee. Wir trinken schweigend.

Er vermisse mich, habe mich nicht verletzen wollen. Es tue ihm leid. Ob wir es nicht nochmals versuchen wollen.

«Und Esther?», frage ich.

Er verstehe nicht. Das mit Esther sei doch vorbei.

Ob es denn vorbei wäre, wenn sie noch leben würde?

«Sie war krank.» Seine Stimme ist leise.

«Und?»

Als Martin gegangen ist, werfe ich mich aufs Bett. Ich tippe Kaspar eine Nachricht. «Tut mir leid, ich kann nicht.» Schicke sie ab. Die Tränen kann ich nicht mehr zurückhalten.

Malen beruhigt mich. Vornübergebeugt fülle ich Blatt um Blatt. Mit steifem Rücken blicke ich auf die ausgelegten Blätter. Dann zerreisse ich eines nach dem anderen. Van Gogh soll gesagt haben: «Der Tod ist vielleicht nicht das Schwerste im Leben eines Malers.»

Zuerst kam Max und dann Till. Max verschlief seine ersten Stunden und wenn er wach war, blickte er träge und gutmütig in die Welt. Till, ein zappelndes Energiebündel, fand nur in kurzen schreckhaften Perioden Schlaf. Von Anfang an wollte ich Tamtam als Onkel einbinden. Ich war sicher, dass mein Bruder keine Kinder haben würde, jedenfalls nicht geplante. Als Familienvater konnte ich ihn mir wirklich nicht vorstellen. Einer, der zuverlässig jeden Monat Geld in die gemeinsame Familienkasse beisteuert, der mit seiner Ehegattin Ferien in der Toskana plant und mit seinem Sohn Mathe übt. Falls er je ein Kind hätte, dann sähe er es höchstens jedes zweite Wochenende und wäre im Dauerstreit mit seiner Ex wegen der Unterhaltspflicht.

Tamtam fühlte sich von Anfang an pudelwohl in der Rolle des Onkels. Er stand jede Woche einmal auf der Matte und ging mit den Zwillingen spazieren. Aber sobald Till laufen konnte, in dem Punkt war er Max Monate voraus, wollte er Tamtam für sich allein haben.

«Amam gehen» bedeutete für ihn Abenteuer. Wenn die beiden von einem Ausflug zurückkehrten, waren sie von oben bis unten schmutzig und strahlten. Till und Tamtam passten einfach zusammen.

Nur in der Rolle des Nikolaus versagte Tamtam. Er las die Taten der Jungs aus einem Buch vor, in rotem Kapuzengewand und mit weissem Bart, wie es sein sollte. Zuerst die guten Taten. Bei den schlechten donnerte er derart mit seiner Bassstimme, dass Till zu weinen anfing und sich einfach nicht mehr beruhigen liess. Da riss sich der Nikolaus aus lauter Mitgefühl Bart und Gewand vom Leib und nahm seinen verdatterten und verheulten Neffen in den Arm.

Als Till in die Schule kam, schenkte Tamtam ihm eine Angelrute. Die beiden zogen los.

«Das war ein Gaudi», meinte Tamtam, als er ihn zurückbrachte und klatschte Till mit seiner Pranke auf den Kopf. Dieser trug oben Tamtams alten Pulli, der nach Fisch roch, und unten nur seine Unterhose, sah aber zufrieden aus.

«Der ist mir ins Wasser gefallen. Wieso kann der nicht eine Sekunde ruhig sein? Nein, will den Fisch packen, den ich schon im Kescher habe, und fällt mit einem Riesenplumps ins Wasser. Und der Fisch ist auch weg!» Und zu Till: «Glück gehabt, dass dein Onkel sich in die Fluten gestürzt und dich gerettet hat, sonst wärst du jetzt mause.» Und dann erzählte er noch ein paar Details, bei denen einem die Haare hätten zu Berg stehen müssen. Ich glaubte ihm nicht die Hälfte von dem, was er auftischte, verlor aber kein Wort darüber. Und Till? Der schwieg und lächelte vor sich hin.

«Tamtam würde ich meine Tochter nie anvertrauen», meinte Esther, als ich ihr diese Episode erzählte. Klar, dass sie so etwas sagte, aber ich mochte es nicht, wenn sie gegen meinen Bruder schoss. Deshalb schoss ich zurück.

«Und was ist mit Toby?» Ich wusste, dass sie kaum Kontakt zu ihrem Bruder pflegte.

«Lassen wir Toby aus dem Spiel!» Der Ton ihrer Stimme wurde leicht gehässig.

«Weshalb sprichst du nicht über ihn?» Jetzt wollte ich nicht lockerlassen.

«Will er denn keinen Kontakt zu dir und deiner Familie?»

«Wahrscheinlich schon.»

«Was ist das Problem?»

«Das verstehst du nicht.»

«Erklär es mir!»

«Er wird immer mehr wie Vater.»

«Na und?»

«Das ist das Problem!»

Ostern bringt viel Sonnenschein, aber nochmals eine Kältewelle. Leonie ist mit Sven für ein paar Tage nach Barcelona gereist. Es ist nun sehr still im Haus.

Kaspar hat nicht mehr geschrieben. Ich kann es ihm nicht verübeln.

In den langen freien Tagen kreisen meine Gedanken. Ich kann sie nicht stoppen. Fragen drängen sich mir auf. Antworten finden sich nicht. Ich fühle mich schlapp und mutlos. Es kommt mir vor, als läge die Zeit auf der Insel Jahre zurück.

Manchmal vermisse ich Martin. Vor allem abends, wenn das Licht abnimmt und mich mein Schatten an der Wand erschreckt. Auch in den Nächten. Gerne hätte ich ihn neben mir. Ich wälze mich hin und her und finde schwer Schlaf. Wenn sich die Morgenmüdigkeit weggeschlichen hat, weiss ich, dass ich meinen Weg allein finden muss.

Paul hat Informationen zu Esthers Tod. Die Joggingtour – eine totale Überforderung. Er redet von schwerem Koronarleiden, Arrhythmie, Herzkammerflimmern, sofortigem Tod. Hat sie von ihrem Herzleiden gewusst? Weshalb ist sie losgerannt?

Ostern vor einem Jahr waren wir alle beisammen. Till brachte eine Saskia oder Sanja mit. Seine Freundinnen sehen alle gleich aus: lange, geglättete Haare, hautenge Jeans, lackierte Fingernägel. Ihre Vornamen hören alle mit A auf: Irina, Hanna oder Giulia. Till freut sich immer, wenn er uns eine präsentieren kann. Einen Sommer lang hatte er eine, die sich nicht aus dem Gartenstuhl bewegte und mit spitzem Mund Zigarillos rauchte. Eine andere sprang nach dem Essen gleich auf, trug das Geschirr in die Küche und räumte es in die Maschine ein. Mit einer knutschte er ungehemmt bei Tisch. Vielleicht war das auch dieselbe wie die Raucherin, ich weiss es nicht mehr.

Ich versteckte Zuckereier und Schokohasen im Garten. Alle suchten wie jedes Jahr. Wie jedes Jahr blieben ein paar unentdeckt. Der Sommer oder Nachbars Hund werden ihnen den Garaus gemacht haben.

Jetzt ist wieder Ostern und ich bin allein. Im Altenheim zieren Hasengestecke Nischen und Fensterbänke. Als ich aus dem Lift trete, kommt mir ein Pfleger entgegen. Er ist Mamas Bezugsperson. Seinen Namen vergesse ich immer wieder.

«Kann ich Sie einen Augenblick sprechen?»

Er lotst mich Richtung Aufenthaltsraum. Ein rundes Tischchen, vier Stühle. Wir setzen uns einander gegenüber. Er räuspert sich.

«Ihre Mutter muss eine Pflegestufe höher eingeschätzt werden. Sind Sie damit einverstanden?»

Ich frage nicht weshalb, ich nicke nur.

«Sie kann nicht mehr ohne Hilfe duschen, dazu kommt ihre Blasenschwäche.»

Wieder nicke ich.

«Und noch etwas. Es ist mir peinlich, Ihnen das zu sagen.» Er dreht an seinem Ehering. «Ihre Mutter hat die letzten Male sehr geweint, als sie gegangen sind. Sie konnte nur schwer beruhigt werden. Wir wissen, dass Ihre Mutter an Demenz leidet, das heisst, dass sie manchmal unerklärbare Reaktionen zeigt, aber diese plötzliche Heftigkeit einer

Gefühlsregung scheint uns doch etwas beunruhigend. Vielleicht gibt es eine Erklärung, die wir nicht kennen?»

Stahlblaue Augen in einem jungen Gesicht schauen mich fragend an. Die Ohrfeige sitzt. Mein Denkrad steht still. Jetzt einfach ruhig bleiben. Also schaue ich fragend zurück. Eine Sekunde hält die Stille. Dann klingelt im Büro nebenan das Stationstelefon. Mit einer unterdrückten Entschuldigung erhebt er sich.

Während er telefoniert, starre ich auf die Vase mit künstlichen Blumen, die auf dem Tisch steht. Ich versuche, sie mir einzuprägen, als wolle ich sie nachher aus dem Gedächtnis zeichnen.

Plötzlich ist da eine Erinnerung: Ich als kleines Mädchen stehe an der Tür zum Wohnzimmer, halte mein Ohr ans Holz, höre die Stimmen von Mama und Mama Vroni.

Mama sagt: «Du kannst sie mir doch nicht wegnehmen!»

Mama Vroni schreit: «Sie ist mein Kind. Ich kann mit ihr tun und lassen, was ich will!»

Herr Duric, sein Name fällt mir ein, kommt zurück. Zwischen seinen Augenbrauen hat sich eine Falte gebildet. Er wartet immer noch auf eine Antwort.

«Danke, ich werde mich darum kümmern.»

Die Falte zwischen den Augenbrauen verschwindet nicht, aber er gibt mir die Hand. Ich bin entlassen.

Vorsichtig klopfe ich an Mamas Tür. Ihr «Herein» tönt gequält. Sie steht im Bad, versucht sich die Haare zu ordnen. Ich helfe ihr. Sie wehrt sich nicht.

«Heute kein Kuchen, Mama. Ich will dir etwas Wichtiges sagen. Und zwar hier im Zimmer.»

Sie guckt mich an wie ein Kind, das sein Geburtsgeschenk bekommt. Ich lege meine Hand auf ihre.

«Was auch geschieht, ich werde immer dein Kind bleiben. Niemand wird mich dir wegnehmen.»

Ihre Lippen pressen sich zusammen und ihre Augen werden feucht. Ich drücke ihre Hand.

Lange sitzen wir so. Sie lehnt sich im Stuhl zurück und schliesst die Augen. Zwei Tränen kullern über ihre Wangen.

Die Dämmerung kriecht langsam heran und wirft Schatten in den Park. Plötzlich öffnet Mama die Augen.

«Gut», sagt sie.

Dann klopft es und eine Pflegerin holt Mama fürs Abendessen ab.

«Es gibt Pfannkuchen, Ihre Leibspeise, Frau Vetsch», sagt sie fröhlich.

Mama steht auf und sucht nach ihrem Gehstock.

«Schon so spät?», sagt sie, fast ein bisschen vorwurfsvoll.

Felsbrocken stürzen auf mich nieder. Verschütten mich. Ich liege auf dem Bauch und kann mich nicht mehr bewegen. Dann höre ich von Ferne zwei Stimmen. Oder ist es nur eine? Sie gibt mir ein Rätsel auf. Wenn ich es löse, kann ich mein Leben retten. Der Wecker erlöst mich.

Max. Wo verbringt er die Ostertage? Wahrscheinlich mit dieser Frau. Es ist eine Weile her, da haben wir geredet. Da war noch keine Frau in seinem Leben. Oder ich wusste es nicht. Ich habe ihn nach seiner Traumfrau gefragt.

«Keine Plappertante wie Leonie», antwortete er lachend.

«Wie wer denn?»

Er dachte nach und seine Augen bekamen einen warmen Glanz. «Wie du, Mama!»

Ich freute mich und dachte: «Hoffentlich nicht!»

Warum nicht eine Vernissage besuchen, mich ablenken. Ein lokaler Künstler stellt Himmelsbilder aus. Eva, meine Nachbarin, nimmt mich mit. Vor der Galerie drängen sich die Fahrräder aneinander. Die Eröffnungsrede ist zu Ende und die Gäste stürzen sich aufs Buffet. Eva bahnt sich einen Weg Richtung Weisswein und Häppchen. Ich stehe herum, versuche einen Blick auf eines der Bilder zu erhaschen. Vergeblich. Alles, was ich sehe, sind Köpfe.

Da nähert sich mir ein Kopf. Ein Kunde. Einer, der sich gerne reden hört. Ob mir die Rede auch gefallen habe. Sehr originell, aber das sei ja typisch für Thommen. Und dieser Vergleich mit Turner – sehr gewagt, aber verblüffend – diese Wolkenbilder! Da ist Begeisterung in seinen Augen. Er kommt ins Schwärmen, redet. Immer wieder wird er von jemandem gestossen. Der Wein in seinem Glas schwappt über. Tropfen fallen auf meine Schuhspitzen. Er entschuldigt sich. Endlich kommt Eva. Ich stelle sie ihm vor. Wieder Begeisterung in seinen Augen. Wir stossen an. Ich entschuldige mich, mache mich auf den Weg zur Toilette.

Im Spiegel betrachte ich meine hängenden Augenlider. In meiner Handtasche suche ich einen Lippenstift, male zwei Kreise auf meine Wangen, verreibe sie.

Zur Tür hinaustretend, sehe ich, wie Kaspar in die Männertoilette verschwindet. Ein Stich in mein Herz! Unsicher stehe ich da. Da ist er wieder, dieser Moment. Ich hasse ihn. Dieser Druck, eine Entscheidung fällen zu müssen. Wie angefroren stehe ich da. Mann um Mann verlässt die Toilette. Gross, kleiner, jung. Einen Blick für mich, keinen Blick für mich. Dann: Nicht jung, nicht gross und einen Blick für mich. Kaspar!

Leonie war sechs Monate alt und ich in diese Mutter-Kind-Welt abgetaucht. Hier gab es keinen Platz für etwas anderes. Sie war mein letztes Kind. Alle Phasen wollte ich nochmals bewusst durchleben. Ich weiss nicht, ob mich Martin verstanden hat.

Er fragte mich, ob es okay sei, wenn er übers Wochenende in die Berge fahre. Ich nahm an, einer seiner Wandervögel würde ihn begleiten, und gönnte ihm die Pause vom Familienalltag. In letzter Zeit hatte er sich, neben seinem tagfüllenden Job, sehr um die Jungs gekümmert. Er stand früh auf und ich umarmte ihn zum Abschied im Bett. Wir hatten in den vergangenen Wochen wenig Zärtlichkeit ausgetauscht. Mal war er müde nach einem langen Arbeitstag, wenn ich kuscheln wollte, oder dann war ich erschöpft, wenn er meine Nähe suchte. Trotzdem war ich zufrieden. Wir stritten wenig in diesen belasteten Zeiten der Kinderherrschaft.

Nachdem er das Haus verlassen hatte, rief ich Esther an, um sie und Paula am Sonntag zum Frühstück einzuladen, aber niemand meldete sich. Ich putzte die Küche und wusch Wäsche. Till und Max spielten mit ihren Playmobil und Leonie guckte ihnen unbekümmert aus der Babyschaukel zu. Am Mittag belegten die Jungs ihre Brote selber. Ich gönnte mir einen Kaffee und eine Zigarette auf der Terrasse. Noch einmal versuchte ich Esther zu erreichen, aber wieder meldete sich niemand. Am Nachmittag packte ich die Kinder ins Auto und fuhr zu den Eltern. Die Jungs freuten sich sehr, weil Papa ihnen versprochen hatte, im ausgebauten Dachstock das erste Mal seine Märklin-Eisenbahn vorzuführen. Ich sass mit Mama im Wohnzimmer. Leonie legten wir auf eine Decke und gaben ihr immer wieder ein neues Spielzeug in ihre kleine Faust, um sie bei Laune zu halten. Mama sagte mit einem liebevollen Blick Richtung Enkelkind: «Du hast solches Glück. Martin, die Kinder...»

«Stimmt. Aber es ist nicht immer alles so friedlich.»

Sie überhörte es und meinte nur: «Du hast einen Mann, der für die Kinder da ist.»

«Was willst du mir sagen?»

Sie zögerte. «Weisst du, als ihr klein wart, war Papa tagsüber nie da. Ich musste allein mit euch zurechtkommen. Ich war es, welche die Entscheidungen fällen musste. Es blieb ja oft nicht die Zeit, mich mit Papa abzusprechen.» Sie hielt kurz inne und fuhr dann fort: «Ich habe vieles falsch gemacht.»

«Hör auf. Als Mutter macht man immer Fehler. Kinder können einiges ertragen, ohne gleich neurotisch zu werden.»

«Aber bei Johannes ist einiges schiefgelaufen. Ich weiss heute, dass ich mit ihm überfordert war. Ich hätte mir Hilfe holen sollen. Professionelle Hilfe», präzisierte sie.

«Wieso du? Ihr beide – Papa und du.»

«Ach, Papa hat sehr viel Verantwortung bei seiner Arbeit übernehmen müssen. Er hat so manche Nacht durchgearbeitet, ist die Bücher nochmals durchgegangen. Die Zahlen mussten stimmen. Es war einfach normal, dass ich das bisschen Haushalt schmiss und zu euch schaute.»

Ich schwieg.

«Du hast es wirklich gut mit Martin.»

Ich nickte nur. Dann redeten wir über Bücher.

Am späten Nachmittag verabschiedeten wir uns. Eigentlich wollten Mama und Papa, dass wir noch zum Abendessen blieben. Für einmal blieb ich standhaft und lehnte ab.

Zuhause liess ich für die Jungs die Badewanne mit Schaumbad volllaufen. Ich erlaubte ihnen, die gesamte Playmobilmannschaft mitschwimmen zu lassen. Ein letztes Mal rief ich bei Esther an und war enttäuscht, dass ich sie wieder nicht erreichte. Den Abend genoss ich mit einer Fernseh-Film-Session, ungestört. In der darauffolgenden Nacht erschien mir Esther. Sie forderte mich auf, mit ihr zu tanzen. Ich wollte der Aufforderung nachkommen, aber meine Arme und Beine waren so dick aufgeschwollen, dass ich mich kaum bewegen konnte. Ich wackelte nur mit dem Bauch und legte meine Hände in eine dickliche, durchsichtige Flüssigkeit. Dann wachte ich auf.

Zum Frühstück röstete ich Brot und überlegte, was ich mit den Kindern unternehmen könnte. Esther hin oder her.

Der Tag verdunkelte sich zusehends. Es begann zu regnen und ich beschloss, zuhause zu bleiben. Ich richtete ein Malatelier ein und wir begannen mit Aquarellfarben zu experimentieren. Später backten wir einen Schokoladekuchen nach Mamas Rezept. Die Jungs verzierten ihn mit Zuckerherzen. Sie wollten unbedingt Grossmama anrufen und ihr das Kunstwerk beschreiben. Dabei stritten sie sich heftig, wer Grossmama die Botschaft mitteilen durfte.

Martin hatte sich für circa sieben Uhr angekündigt. Mir kam die Idee, ihn mit einem Chili con Carne zu überraschen und dazu eine Flasche vom guten Wein zu öffnen.

Kurz vor sieben Uhr geschah es. Ich war mit Windeln wechseln beschäftigt, als das Telefon klingelte. Till und Max stürzten beide zum Apparat. Sie stritten sich um den Hörer. Es gab ein Riesengezeter. Ich hörte einen der beiden hinfallen, dann ein Schrei und das Klirren der Blumenvase. Schnell drückte ich Leonie eine Rassel in die Hand und stürzte ins Wohnzimmer. Till lag in einer Pfütze aus Wasser und Scherben. Max hielt triumphierend den Hörer in die Luft, aus dem Tamtams Stimme schrie: «Rina – ich habe den Job!» Dann ein Rumpeln, ein erdrückter Schrei aus dem Badezimmer. Leonie!

Zwei Minuten später lehnte ich mit der bewusstlosen Leonie auf dem Arm am Spiegel im Flur. Die weinenden Jungs hielten sich an meinem Kleid fest, als die Haustür aufging und Martin hereinkam.

Leonie kam noch während der Fahrt ins Krankenhaus wieder zu sich und weinte leise vor sich hin. Während Martin fuhr, versuchte ich, Leonie zu beruhigen. Wir sprachen kein Wort. Beim Empfang des Notfalls wurden wir gleich durchgelassen. Mein Magen verkrampfte sich. Meine Gefühle waren ein Brei aus schlechtem Gewissen und Angst. Während Leonies Untersuchung beantwortete ich die Fragen der Ärztin roboterartig. Martin sass daneben mit dem Gesicht eines ausgesperrten Hundes.

Nach einer Stunde konnten wir aufatmen. Ausser einer mittelschweren Hirnerschütterung zeigten sich keine ernsthaften Symptome. Ich weinte vor Erleichterung und Dankbarkeit.

Auf der Rückfahrt fiel Leonie erschöpft in einen tiefen Schlaf.

Esther hatte bei den mittlerweile schlafenden Zwillingen gewacht. Kurz nach Martins Eintreffen war sie unvermittelt vor der Wohnungstür gestanden.

Sie erhob sich langsam von einem Stuhl, zog sich ihre Jacke über und stand stumm da. Ich deutete ihr, dass es nichts Ernstes war und schaute nach den Zwillingen. Dann legte ich mich mit Leonie aufs Bett. Aus der Küche drangen gedämpft die Stimmen von Esther und Martin. Ich dämmerte weg.

«Geniesst du das Bad in der Meute?» Ein Kaspar-Satz. Sein Lächeln beendet meine Starre. Er zieht mich Richtung Ausgang. Die Menge hat sich schon etwas gelichtet. Im Nebenraum des Foyers bleibt er vor einem kleinformatigen Gemälde stehen.

«Schau genau hin.»

Ein Paar, nicht mehr ganz jung, in Öl gemalt. Der Mann steht rechts im Bild, hervorquellende Locken unter dunklem Hut. Er neigt sich einer Frau zu. Ihr Kleid ist rot und hochgeschlossen. Sein linker Arm ist um die Schulter der Frau gelegt, seine rechte Handfläche liegt auf ihrer Brust. Auffallend ist sein Blick: leicht gesenkt, zärtlich und väterlich-behütend. Die linke Hand der Frau berührt seine rechte. Ihr rechter Arm liegt auf dem dicken Stoff des Kleides über ihrem Bauch. Der Blick ist in die Ferne gerichtet, liebevoll und mit einem Anflug von Melancholie.

«Was fällt dir dazu ein?»

«Gegenseitige Zuneigung, Verbundenheit.»

«Genau! Darum geht es dem Künstler. Er will damit zeigen, was in der heutigen Welt fehlt. Alle suchen nach Sex, Romantik, Erotik, Lust und Rausch. Aber alle diese Gefühle bleiben an der Oberfläche. Was uns nährt, zeigt dieses Bild. Übrigens hat er als Vorlage ‹die Judenbraut von Rembrandt› verwendet.»

«Du kennst den Künstler?»

«Er ist ein Freund von mir. Vor Jahren hatte er hier eine Ausstellung. Sie lief schlecht und er war ziemlich abgebrannt. Er musste das Bild dem Galeristen verkaufen. Sollte ich je zu Geld kommen, werde ich dieses Bild erwerben.»

«Verstehe.» Und dann frage ich: «Kaffee? Nebenan gibt es eine Bar.»

«Ein anderes Mal gerne.»

Er nimmt meine Hand und streicht über meine Handfläche, fährt den Linien nach.

«Du wirst jemandem begegnen. Einem, der dich sehr mag. Einer, der nicht ganz einfach ist, der überhaupt nicht einfach ist.»

Ich schmunzle. Er aber bleibt ernst.

«Einer, der nicht so ist, wie er scheint, der anders sein möchte und ...» Er bricht ab. «Schön, dich gesehen zu haben.»

Dann lässt er mich stehen und öffnet die Tür. Ohne sich umzublicken, verlässt er die Galerie. Ich stehe noch immer vor dem Gemälde. Es scheint mir, als lächle die Frau mir zu. Dann suche ich Eva. Sie ist mit dem Galeristen in ein Gespräch vertieft. Ich gebe ihr ein Zeichen, dass ich gehe. Draussen weht ein warmer Wind.

Seit ein paar Jahren lebt Toni in einer festen Beziehung. Die Frau heisst Maren. Er hat sie mir vorgestellt. Das ist Jahre her. Jetzt sitzt diese Maren im selben Abteil. Im Zug. Zufällig.

Sie habe mich gleich erkannt. Übrigens sei sie auch an der Beerdigung gewesen, aber nur in der Kirche, um Toni zu begleiten. Er habe das gewollt und nachher sei sie auch gleich gegangen, denn sie gehöre ja nicht dazu.

Erwartungsvoll schaut sie mich an. Ich sage nichts dazu. Sie erzählt weiter. Sie hätte das mit Esther kommen sehen. Die sei ja krank im Kopf gewesen, aber trotz allem hätte sie ihr auch leidgetan.

Ob sie Esther gekannt habe, will ich von ihr wissen. Sie habe sie nur einmal getroffen, etwa vor einem Jahr. Das hätte ihr gereicht, um zu wissen, wie sie ticke. Sie habe so fahrig gewirkt und ja, diese Macke an ihr, die sei ihr aufgefallen. Dieses Zittern der Hände und auch ihr Blick. So etwas sei doch einfach nicht normal. Sie habe eine gute Menschenkenntnis. In ihrem Geschäft würden viele Leute ein- und ausgehen.

Welche Art von Geschäft sie denn betreibe, frage ich. Einen Blumenladen. Blumen seien Türöffner, sie brächten Sonnenschein in die Herzen und würden Trost schenken. Und dann leiert sie ein halbes Poesiealbum herunter, in dem es nur so von Rosen und Narzissen wimmelt.

Ob sie und Toni sich über Blumen kennengelernt haben? Sie nickt eifrig. Er sei in ihren Laden gekommen, als er noch mit Esther zusammen gewesen sei und habe einen riesigen Strauss «Queen of Roses», eine teure Sorte, für Esther gekauft. Dieser Mann habe einen guten Charakter, das hätte sie schon damals gedacht.

Was denn ein guter Charakter ausmache? Na, Grosszügigkeit, Charme, Warmherzigkeit und ... einen grossen Schuss Romantik. Sie hätte nie verstanden, weshalb er mit Esther zusammen gewesen sei. Sie wolle mir nicht zu nahetreten, sie wisse ja, dass ich eng mit ihr befreundet gewesen sei, aber sie hätte ein anderes Bild von ihr, ja eigentlich dasjenige, welches Toni von ihr gezeichnet habe und doch – dieses eine Mal, als sie Esther gesehen habe, bestätige dieses Bild. Toni sei punkto Nähe und Zweisamkeit sehr zu kurz gekommen. Esther habe immer nur ihr Ding gedreht, sei so oft unterwegs gewesen und überhaupt so ein massloses Joggen sei doch krank. Sie müsse auch ganz wenig gegessen haben, so dünn wie sie war. Aber das Schlimmste sei diese unglaubliche Vaterbindung gewesen, darunter habe Toni am meisten gelitten. Nicht, dass Esther ihren Vater dauernd gesehen hätte, im Gegenteil, kaum Kontakt habe sie zu ihm gepflegt, aber immer wieder habe sie Toni mit ihm verglichen. Der Arme habe diesem Übervater nicht im Geringsten das Wasser bieten können. Der Vater sei ein Gott gewesen: klug, belesen, ein intelligenter Gesprächspartner und ... Toni habe keine Chance neben ihm gehabt, aber das Verrückteste sei, dass, obwohl Esther so eine hohe Meinung von ihrem Vater gehabt habe, er Paula, sein Enkelkind, kein einziges Mal habe hüten dürfen. Esthers Mutter habe immer dabei sein müssen und Paula habe auch nie bei ihren Grosseltern übernachtet. Dies sei doch völlig anormal, oder nicht?

Aber dazu will sie meine Meinung doch nicht. Sie erzählt weiter, wie schwierig es am Anfang ihrer Beziehung für Toni gewesen sei. Er hätte es kaum ausgehalten, dass ihm Esther Paula nicht geben wollte. Er habe regelrecht betteln müssen, um sie zu sehen. Erst nach der Scheidung sei es dann besser geworden, mit dem Besuchsrecht und so, aber auch dann habe sie beispielsweise ein riesiges Theater gemacht, wenn er Paula nur eine Viertelstunde später als abgemacht zurückgebracht habe. Jedoch das Schlimmste sei erst später gekommen, als sie und Toni zusammengezogen seien. Da habe Esther richtigen Telefonterror gemacht. Mitten in der Nacht habe sie ihn angerufen. Immer habe Toni gedacht, es sei etwas mit Paula, aber dann habe sie ihn einfach mit Schmutz beworfen. Esther habe sie, Maren, sogar eine Hure geschimpft. Dabei habe sie selber, nachdem Toni sich von ihr getrennt habe, massenweise Männer konsumiert.

Woher sie das wissen wolle, wollte ich wissen. Sie zieht spöttisch ihren Mund zusammen. Sie habe halt so ihre Beziehungen. Dann schweigt sie. Wir schauen beide aus dem Fenster.

Während der Zug in den Bahnhof einfährt, beginnt sie noch einmal. Es tue ihr leid, sie habe nicht über Esther herziehen wollen. Sie sei einfach ins Reden gekommen. Am besten solle ich alles vergessen, was sie mir erzählt habe. Zum Abschied gibt sie mir die Hand. Ich solle sie und Toni doch mal besuchen kommen, da würde sie sich freuen.

Mitten im Park, im Schatten einer Platane, hatten wir eine Decke ausgebreitet, auf der Leonie spielte. Paula und die Jungs vergnügten sich auf der Rutsche. In meinem Kopf begann es zu brummen. Hoffentlich kein Migräneanfall! Ich fragte Esther, ob sie Lust auf einen Kaffee hätte. Sie antwortete nicht, schaute wie gebannt in eine Richtung.

«Kennst du jemanden?»

«Ich weiss nicht – die Frau dort drüben bei der Schaukel, die im roten Top, sie erinnert mich an jemanden.»

«An wen?»

«An die Freundin meines Vaters.»

Nur einmal hatte Esther eine vage Andeutung in diese Richtung gemacht. Jetzt wollte ich mehr wissen.

Sie machte eine Handbewegung, als wollte sie ein Bild verscheuchen.

«An diesem Abend, als Mutter die Schlaftabletten nahm, war Vater bei einer Frau. Er hat es mir Monate später gebeichtet, als ich ihn zur Rede gestellt habe. Das ging schon eine Weile. Er habe, als die Geschichte mit Mutter passiert sei, sofort mit ihr Schluss gemacht. Ich wollte wissen, wer diese Frau ist, und habe eine wenig in seinen Sachen geschnüffelt. Einen Brief von ihr an ihn habe ich gefunden. Es war eine Kollegin, die an derselben Schule wie er gearbeitet hat.»

«Das war bestimmt schlimm, als du es erfahren hast.»

«Ach, ich weiss nicht mehr, ich glaube, es war mir egal.»

Plötzlich erhob sie sich, ging zu Paula und putzte ihr die

Nase. Wieder zurück, fuhr sie mit trauriger Stimme fort: «Meine Eltern hatten eine seltsame Beziehung, ich kann das gar nicht erklären. Sie waren so unterschiedlich. Vater brachte das Helle in unsere Familie. Er war es, der mit uns musizierte, der uns zum Lachen brachte. Mutter war sein Schatten. Oft war sie dabei, aber nur als Zuschauerin.»

Ein kleiner Junge schrie aus dem Sandkasten: «Omi, komm, spiel mit mir.» Wir beobachteten, wie die Frau im roten Top sich zu ihm setzte.

«Eine Depression ist ein Fluch», meinte Esther.

Dann wärt ihr mich losgeworden, habe ihre Mutter ihr geantwortet, als sie nach Jahren den Mut fand, sie zu fragen, wieso sie sich das Leben nehmen wollte.

Die Frau im roten Top schaute zu uns herüber.

«Dein Vater war also deine Sonne?»

Sie überlegte.

«Ja, das war er», sagte sie und senkte die Stimme, «aber er hat auch einen Teil in mir verbrannt.»

Bevor ich meiner Bestürzung Ausdruck geben konnte, schrie jemand wie am Spiess. Till verfolgte einen anderen Jungen und schlug mit einer Schaufel auf ihn ein. Ich musste eingreifen.

Als ich zurückkam, hielt Esther Paula auf dem Schoss. Mit einem abwesenden Blick streichelte sie ihr übers Haar.

Die Frau mit dem roten Top und dem kleinen Jungen war nicht mehr da.

Eine Stunde später hatte mich die Migräne, trotz eines Schmerzmittels, im Griff. Ich lag mit geschlossenen Augen auf der Decke, neben mir Max, der Daumen lutschend eingeschlafen war. Esther hatte die beiden anderen im Auge. Zuerst spielten sie eine Weile gemeinsam im Sandkasten. Dann wurde es Till zu langweilig. Er ging auf Entdeckungstour und verschwand zwischen Kiosk und Wippe. Esther ging ihm nach. Ein willkommenes Spiel für ihn. Er rannte weiter, Haken schlagend und glucksend vor Lachen. Natürlich kam der kleine Knirps nicht weit. Er sträubte sich zurückzukehren, wehrte sich mit aller Kraft und wand sich aus Esthers Armen. Sie musste ihn erneut einfangen.

«Verdammt, jetzt reicht's. Ich hau dir eine, wenn du nicht sofort mit mir zurückkommst!»

So aufgebracht hatte ich sie noch nie gehört. Ich versuchte, mich aufzurichten, gab es aber auf, weil mir schwindlig wurde. Das Spiel ging weiter. Esther schrie, Till lachte. Dann schrie Till und schliesslich kam sie mit dem zappelnden Bündel unter dem Arm und stellte ihn so unsanft hin, dass er über seinen Bruder stolperte. Er rappelte sich auf und warf sich schmollend auf mich. Max, der unsanft geweckt wurde, begann zu jammern. Liegend nahm ich beide Buben in die Arme, da schrie Esther: «Paula!»

Ich öffnete die Augen und sah Esther mit angstvoll verzerrtem Gesicht.

«Wo ist sie?» Sie starrte mich an. Ich wagte mich nicht zu bewegen. Einerseits hatte ich Angst vor der Übelkeit, andererseits lähmte mich Esthers Reaktion. Sie zitterte.

Tatsächlich: Der Sandkasten war leer.

«Sie wird nicht weit sein», murmelte ich und versuchte, die Jungs zu beruhigen, die durch Esthers Ausbruch erschreckt zu weinen begannen. Panisch rannte sie los.

«Paula, Paula!», hörte ich ihre Stimme, immer schwächer werdend. Sie schien mir eine Ewigkeit nicht mehr zurückzukommen. Dann hörte ich Paulas Kreischen. Esther zerrte sie am Arm zu unserem Platz.

«Niemals mehr läufst du mir davon. Hast du verstanden?»

Paula steigerte sich in ein hysterisches Schreien. Esther drohte ihr. Sie schrie weiter. Da drehte Esther durch. Sie riss Paula an den Haaren. Sie schüttelte sie. Vorsichtig setzte ich mich auf.

«Esther, hör auf!» Sie hörte mich nicht. Erst als ich «Stopp, du bringst sie um!» rief, hielt sie inne.

Kurz danach packte Esther unsere Sachen zusammen. Ich stand da, noch benebelt, und schaute zu. Dann gingen wir zum Ausgang. Mit einer Hand schob ich den Kinderwagen. Paula hielt meine andere Hand. Till lief voraus und Max hinterher. Esther ging schweigend neben uns. Als wir uns trennten, sah ich Esther und Paula nach. Sie gingen auf gleicher Höhe, aber zwischen ihnen war eine grosse Lücke.

Meine Zeichenmappe aus Kindergartenzeit ist ausgegraben. Ich lege die Bilder am Boden aus. Viele Bäume und Häuser. Aber auch Gesichter, Kopffüssler, Lachmünder, Könige und kleine bezopfte Mädchen. Beim letzten Bild der Serie steht mein Vorname. In krakeliger Schrift. Ein kleiner Käfer habe ich als Signet dazu gemalt.

Zwei Zeichnungen lege ich beiseite. Sie sind datiert. Die eine zeigt unsere Familie. Sie besteht aus fünf Menschen. Von links nach rechts: Mama, Papa, Tamtam, ich und eine weitere Frau, die abseits steht. Papas Kopf stösst beinahe an den Himmel. Mama ist halb so gross. Ich reiche Papa bis zu den Knien und Tamtam ist ein Zwerg. Die Frau daneben hat dünne Arme und Beine. Sie trägt das Haar lang und offen. Das muss Mama Vroni sein. Wir tragen grüne und blaue Kleider. Mama Vroni rote. Wir haben lachende Münder. Mama Vronis Mund ist ein Strich. Wir schauen alle nach vorne, sie aber nach rechts, macht einen Schritt aus dem Bild heraus.

Die zweite Zeichnung ist ein Porträt von Mama Vroni. Es füllt das ganze A4-Blatt aus. Wieder das rote Kleid, wieder die langen Haare. Auffällig ist aber etwas anderes. Etwas, das mich erschreckt.

Mama ist nicht in ihrem Zimmer. Man sagt mir, sie sei im Café. In Begleitung eines Herrn. Ich eile die Treppe hinunter. Neugierig.

Da sitzen sie: Mama und Tamtam. Kaum zu glauben. Seit Tamtams letztem Besuch bei Mama müssen mehr als drei Jahren vergangen sein. Mama strahlt, Tamtam auch. Und noch mehr strahlt Tamtam, als er mich sieht.

«Ein richtiges Familientreffen!», ruft er mir entgegen. «Fehlt nur noch ...» Er bricht ab und sein Strahlen erlischt.

Ich begrüsse Mama. Sie schaut mich irritiert an.

«Du hast dich verändert.»

«Wie denn?»

«Du bist älter und die Haare hast du anders. Sind sie gefärbt?»

Tamtam grinst.

«Hat mir vorher besser gefallen.»

«Hör auf zu grinsen», sage ich zu Tamtam.

Da klingelt sein Telefon. «Was gibt's?» Zu uns: «Angie.» Ins Telefon: «Wo? Beim Eingang? Komme.» Er beendet das Gespräch. «Bin gleich zurück», sagt er. Bevor er geht, legt er Mama kurz die Hand auf die Schulter.

Mama schaut ihm nach. «Wo will er hin?»

Ich versuche, ihr zu erklären, aber sie stehen schon da. Angie begrüsst mich mit einem Küsschen. Dann wendet sie sich Mama zu.

«Hallo», sagt sie, Kaugummi kauend.

Mamas Mund öffnet und schliesst sich. Ihre Augen werden ganz gross.

«Vroni?»

«Vroni – soll das ein Name sein?» Und da niemand etwas sagt, ergänzt sie: «Angie heisse ich – kommt von Angela.»

«Vroni», sagt Mama nochmals als Bestätigung.

Ich blicke in Tamtams belustigtes Gesicht. Das reicht.

«Entschuldigt, bin mal auf Toilette.» Mögen die beiden die Sache aufklären. Ich mag nicht. Ich blicke in den Spiegel und streiche mir die Haare ins Gesicht.

Wieder zurück, sitzen Angie und Mama vor einem Stück Linzertorte. Tamtam nuckelt an einer Flasche Bier. Tamtam erzählt. Eine Geschichte aus seinem Leben. Einen Abenteuerfilm. Angie hält seine Hand. Und ich hole mir Kaffee.

Endlich sind Angie und Tamtam weg. Ich bringe Mama ins Zimmer. Sie sei müde. Ich helfe ihr, sich hinzulegen. Dann setze ich mich dazu.

«In jener Zeit ... als wir mit Vroni Kontakt hatten, wurde sie da nochmals schwanger?»

Mama schliesst die Augen. «Ich will nicht immer von dieser Vroni reden. Du hättest sie vorhin selber fragen können.»

«Mama, mach die Augen auf!» Ich rolle meine Zeichnung von Mama Vroni auf, deute mit dem Finger auf den gewölbten Bauch.

«Was ist das?», fragt sie.

«Das ist Vroni. Das ist ihr Bauch und da drin ist ein kleines Mädchen.»

«Woher hast du das?»

«Ich habe das gezeichnet. Da war ich fünf. Das war, kurz bevor Vroni verschwunden ist.»

«Ja und?»

«Hast du davon gewusst?»

«Nein», sagt sie.

Ich glaube ihr nicht.

«Ich will wissen, was damals passiert ist.»

«Und ich sage nichts mehr.» Sie presst die Lippen aufeinander und gibt mir mit einer Handbewegung zu verstehen, dass ich gehen soll.

Zornig renne ich die Treppe hinunter. Ich bin diejenige, die alles abkriegt. Ich bin diejenige, die sie quält. Sie wird weinen. Man wird mir unterstellen, sie schlecht zu behandeln. Ich verwünsche meine Familie. Mama, weil sie so geworden ist, wie sie jetzt ist. Tamtam, weil er nie erwachsen wird, weil er schon immer eine Sonderstellung hatte. Mama Vroni, weil sie mich verlassen hat. Und auch Papa ist schuld, weil er einfach gestorben ist, mich allein gelassen hat. Da bleiben nur meine Kinder. Aber auch die wollen nicht bei mir bleiben!

Der letzte Ausflug, den ich mit Papa unternommen hatte, war Ende August, einen Monat vor seinem Tod. Sein Herz war schon ganz kaputt, nur wussten wir das nicht. Er klagte nie. Mir fiel nur auf, wie kurzatmig er bei unseren Spaziergängen war. Wenn ich ihn darauf ansprach, blockte er ab und ich respektierte es.

Er schlug den Säntis vor. Das Wetter war perfekt und ich freute mich für ihn. Er holte mich mit seinem alten VW ab. Auf der Rückbank lag sein Rucksack mit dem rot-grünen Karomuster, jener, der immer mitmusste, seit ich klein war. Darin verbergen sich Sackmesser, Feldstecher, Feldflasche und Fotoapparat. Wir fuhren los und er wollte wissen, wie es mir und den Kindern ginge. Ich erzählte ihm eine kleine Episode aus dem Alltag. Er kannte sie schon, wollte sie aber nochmals hören. Nach einer Stunde zügiger Fahrt hielten wir an einer Autobahnraststätte. Ich trank Kaffee und knabberte an einem Hörnchen. Papa wollte nichts. Er sass da und blickte zufrieden in die Richtung, in der in der Ferne schon die Berge zu erkennen waren. Am Kiosk kaufte ich noch eine Rolle Pfefferminzpastillen, die Papa mochte, sich aber nie leistete.

Wir setzten die Fahrt fort. Das Gesprächsthema wechselte vom Tod Stephen Hawkings über Grossbritanniens Regierung einmal mehr zu Papas Lieblingsthema, dem Zweiten Weltkrieg. Als Junge hatte er über seinem Bett eine Europa-Karte mit Stecknadeln aufgespiesst und die Truppenverschiebungen der Deutschen und der Alliierten mit Pfeilen dargestellt. Als kleines Mädchen mochte ich es, wenn er mir von Generalfeldmarschall Rommel, dem Wüstenfuchs, erzählte. Wie er in El Alamein versuchte, die britischen Stellungen zu durchbrechen. Papa erzählte, als wäre er dabei gewesen, und nahm mich in einem Panzer mit, der die staubtrockene Wüste Nordafrikas durchpflügte.

An der Talstation angekommen, suchte er einen Parkplatz. Zweimal drängelte sich ein dreister Fahrer vor und stahl uns einen. Papa schimpfte nicht. Er liess sich nicht aus der Ruhe bringen.

Mit der Seilbahn fuhren wir zum Gipfel hoch. Er hatte sein kleines, ausgebleichtes Hütchen auf.

«Du siehst aus wie Dieter Hallervorden», sagte ich zu ihm. Er lachte.

Oben angekommen, musste Papa erst zum Triangulationspunkt und zur Panoramakarte. Er nahm seinen Feldstecher aus dem Rucksack und begann, die benachbarten

Bergspitzen abzusuchen. Ich las die Namen der Berge. Einige waren mir vertraut: Alter Mann, Hoher Kasten, Kamor und dort, das kleine Felszipfelchen, war das nicht das Bogarten Mannli?

Mir fiel dieser Tag ein, als ich mit sieben oder acht Jahren mit ihm hier oben war. Mama plagte Höhenangst. Sie blieb mit Tamtam im Tal. Während Papa mir die Berge erklärte, ein Salamisandwich und einen Apfelsaft spendierte und nach einem kleinen Gipfelrundgang sogar noch ein Eis, tobte Tamtam zu Mamas Füssen, weil er nicht dabei sein durfte. Sie hatte nicht einmal einen Kaffee im Gartenrestaurant trinken können, weil er mit dem Schreien nicht mehr aufhören wollte. «Will au Bärg go!»

Auf der Terrasse des Berggasthauses wählte Papa Schweinsbratwurst mit Kartoffelsalat aus der Menükarte. Die Kellnerin redete in einem breiten Innerrhodner Dialekt. Dabei wippte ihr Busen unter ihrer Sonntags-Tracht.

Auf dem Rückweg zum Auto glänzte Papas Stirn. Er schien zu schwitzen, obwohl es merklich kühl geworden war.

«Mein Vater hat mehr als hundert Mal den Säntis bestiegen», sagte er stolz. Ich stellte mir Grossvater Theodor vor, den ich nur von einer Schwarz-Weiss-Fotografie kannte, wie er mit Knickerbocker und Spazierstock den Berg hochkletterte.

Auf dem Rückweg übernahm ich das Steuer. Papa schlief auf der Autobahn ein und erwachte erst wieder, kurz bevor wir ankamen.

Zwei Wochen später rief mich Mama im Geschäft an. Ihre Stimme klang brüchig. «Papa ist im Krankenhaus. Vor einer Stunde hat ihn ein Krankenwagen abholen müssen.»

Alles ging schnell. Papa wurde am Herzen operiert,

danach eine kurze Genesungsphase im Spital. Wir alle dachten, er könne nach einigen Tagen nach Hause. Aber dann folgte der Schock. Es traten Komplikationen auf. Mama bekam einen Anruf und wir fuhren los. Zu spät. Wir standen am Bett und konnten es nicht fassen: Papa war gestorben, ohne sich von uns zu verabschieden. Tamtam verfiel in hemmungsloses Weinen, das in Schreien überging. Eine Pflegerin setzte ihm eine Beruhigungsspritze.

In dieser Zeit war ich atem- und gefühllos. Ich musste alle meine Kräfte für Tamtam aufbringen. Er brach zusammen. Esther half Mama die Todesanzeigen und Papas Lebenslauf zu schreiben, ich sorgte für Sarg, Grabstein und Abdankung. Dabei versuchte ich, Tamtam irgendwie teilhaben zu lassen. Aber er war wie apathisch, sass nur herum, blickte starr vor sich hin. Ich nahm ihn ein paar Tage zu mir und liess ihn nicht aus den Augen. Meine Angst war gross, dass er wieder dem Alkohol verfallen könnte.

Nach der Beerdigung war ich am Ende. Mich überkam eine bleierne Müdigkeit. Trotzdem zwang ich mich, den Alltag wie gewohnt anzugehen, trank literweise Kaffee.

Einmal kam ich trostbedürftig nach einem Treffen beim Notar nach Hause. Martin und die Kinder sassen auf dem Sofa, eng aneinander gekuschelt. Er las eine Geschichte vor. Ich stand in der Tür, bereit, alle in die Arme zu nehmen. Die Kinder sahen kurz auf, Martin nuschelte ein Begrüssungswort und fuhr dann mit Lesen fort.

Da rannte ich die Treppe hoch, stürzte in mein Zimmer, riss die Balkontür auf und schrie in die Nacht hinaus. Ich schrie immer wieder. Was Tamtam konnte, wollte ich auch. Martin rannte die Treppe hoch und forderte mich auf: «Rina, beruhige dich!»

Ich schlug wild um mich, liess ihn nicht an mich heran. Ich wollte mich nicht beruhigen. Schliesslich sank ich schluchzend zusammen und blieb auf dem Balkonboden sitzen. Irgendwann hörte ich Leonie weinen. Ich wollte zu ihr, aber es war mir nicht möglich, mich zu bewegen. Dann kam Esther. Sie legte ihren Arm um mich. Sie sagte nichts, führte mich ins Schlafzimmer, gab mir Tee. Dann legten wir uns nebeneinander aufs Bett. Sie hielt meine Hand.

«Ich schäme mich», sagte ich.

«Es ist gut, wenn man alles rauslassen kann», entgegnete sie.

Später gingen wir nach unten. Die Jungs waren schon im Bett, aber Leonie lag auf Martins Schoss. Sie wachte auf, als ich mich neben sie setzte, und klammerte sich an mich. Ich streichelte sie. Das half. Ich konnte wieder Mutter sein.

Tags darauf besuchte ich Tamtam in seiner Einzimmerwohnung. Ich sah sofort, dass er wieder getrunken hatte. Seine Augen hatten diese wässrige Röte. Er versuchte es gar nicht erst vor mir zu verstecken. Leere Whisky-Flaschen standen herum. Auch sonst war seine Wohnung in einem desolaten Zustand. Esther hätte sofort begonnen aufzuräumen und sauber zu machen. Mir fehlte die Energie. Er hatte Rotwein für mich gekauft. Ich war gerührt. Wir sassen auf Kissen am Boden, rauchten und stiessen auf bessere Zeiten an. Dann drehte er uns einen Joint. Mikado, seine Katze, legte sich auf meinen Schoss.

«Sie mag dich.»

«Mich mögen alle Katzen.»

«Dich mögen alle Kater.»

Wir lachten.

«Und du, keine Freundin?»

«Mal hier, mal dort. Ich bin nicht beständig.»

Das Wort beständig gefiel mir. Ich wunderte mich, es aus seinem Mund zu hören.

«Aber ich bin anhänglich», fuhr er fort, «zu allen Frauen, mit denen ich zusammen war, habe ich noch heute Kontakt. Sie bedeuten mir alle etwas.»

Ich wollte ihn fragen, wie es für ihn ist, Papa verloren zu haben, aber ich traute mich nicht.

Ich hänge der Sängerin an den Lippen. Ihre Stimme fühlt sich warm und weich an. Kaspar sitzt neben mir. Nach vorne gelehnt, den Rücken gerade, das Kinn in die Hand gestützt. Er ist ganz in sich gekehrt, bewegt sich nicht. Nur eine Schuhspitze geht im Takt. Auf und Ab.

Im Foyer war er ein anderer. Der Grossspurige, der überlaut intellektuelle Phrasen von sich gab. Ich klinkte mich aus, beobachtete die Garderobiere, wie sie die Mäntel sorgsam auf die Bügel legte. In diesen Augenblicken ist er eine Rampensau. Nichts als geballter Output. Ich glaube, ich mag das nicht.

Jetzt gibt er sich ganz der Musik hin. Jetzt würde ich ihn gerne umarmen.

«Love is never based upon insanity», die Sängerin spielt tief über ihre Gitarre gebeugt. Die Haare hängen ihr vor dem Gesicht. Esther flattert durch meinen Kopf. Worauf hat sie ihre Liebe gebaut?

Der letzte Ton verklingt. Ein aufkommender Applaus macht den Raum gross. Wie in Trance lasse ich mich hinter Kaspar von der Menge zum Ausgang schieben. Noch einen Drink? Er kann nicht. Er hat noch etwas Wichtiges zu erledigen. Um zehn Uhr abends? Meinem enttäuschten Blick hält er ein Lächeln entgegen. Wie soll ich das deuten? Ein Kollege tippt ihm mit dem Finger auf die Schulter. Ich will keinen Kuss und gehe.

Draussen ist die Luft feucht vom Regen. Ich habe keine Lust, nach Hause zu gehen. Auf ein Glas Wein habe ich Lust. Das Lokal gleich nebenan ist randvoll. Laute Ethno-Musik dringt mir entgegen. Am Fenster finde ich einen Platz, eingekeilt zwischen Menschen, die sich zuprosten. Ich bestelle. Auf dem Gehsteig sehe ich Kaspar. Er spricht in sein Telefon. Den Kragen hat er hochgezogen. Dann sehe ich ihn davoneilen. Wäre schön gewesen, mit ihm hier zu sitzen. Zu schweigen. Die Musik verklingen zu lassen. Jetzt lausche ich dem, was der Mann in grauem Kittel seiner Begleitung erzählt. Von stylishen Fahrrädern und Reisen in die Karibik.

Livia heisst sie. Die Freundin von Max. Wir stehen in der Küche. Ich fülle die Gläser mit Prosecco. Martin ist auch gekommen. Zu viert ist es doch besser. Max' Worte.

«Na dann», sage ich.

Weil es heute warm ist, gehen wir in den Garten. Das Windspiel zeigt eine leichte Brise an. Auf den langen Holztisch stelle ich eine Platte mit Olivenbrötchen. Wo sie sich kennengelernt haben, will Martin wissen. Sie wollen nicht richtig damit rausrücken. Ich gehe in die Küche zurück, schaue aus dem Fenster. Anne verabschiedet sich von ihrem Velomechaniker. Sie streicht ihm eine Haarsträhne aus dem Gesicht. Er kneift sie in den Po. Sie lacht.

«Jetzt hast du die Geschichte verpasst», meint Martin, als ich zurückkehre. Max und Livia halten sich an den Händen. Ich zünde mir eine Zigarette an. Wie mir die Insel gefallen habe, fragt mich Livia. Sie sei vor zwei Jahren dort gewesen. Sie habe mich beinahe umgebracht, antworte ich. Max scheint dies zu amüsieren. Martin rollt genervt mit den Augen. Livias Blick ist neugierig-sorgenvoll.

«Ein Unwetter, Steinschlag, bin heil davongekommen …», murmle ich.

Sie reden über die Uni, von Sommerferienplänen. Livia kommt mir jetzt jünger vor. Max will Martin sein neues Rennrad zeigen. Livia und ich bleiben sitzen.

«Du warst mit deinem Schloss beschäftigt.» Ihre Stimme klingt vorsichtig.

«Diese Dinger wollen nie!»

Sie lacht. Ich auch. Dann erzählt sie, dass sie einen kleinen Sohn habe. Das freut mich. Ihre Augen leuchten.

Max und Livia gehen. Martin steht noch im Flur. Ich will nicht reden, ich will allein sein.

«Wie geht es weiter?»

Ich zucke mit den Achseln. Er schüttelt den Kopf, zieht mit einem Hundeblick ab.

Leonie und Sven haben eine Wohnung gefunden. Auf der anderen Seite der Stadt. Sie schwärmt, zeigt Fotos. Womit bezahlt ihr das? Miete, Gas und Strom, das Leben?

Was für eine Frage! Papa bezahlt. Ja, was für eine Frage. Martin steht für Sicherheit, für Verlässlichkeit, trotz allem.

Zerfleischen werde ich dich, Mann
Wehe dir
Fleisch werde ich fressen
Lustvoll wird es sein
Blut werde ich fordern
Tropfen um Tropfen
Literweise Blut
Das ich als Frau verloren
Blut gegen Blut
Fleisch um Fleisch
Lust für Lust
Meine Ehre fordere ich zurück, Mann
Göttin will ich sein
E. F.

«Wenn ich in Esthers Tagebuch lese, schreit es in mir», sage ich zu Kaspar.

«Lass es. Sie hätte nicht gewollt, dass du dich quälst.»

Da bin ich mir nicht sicher.

Er legt seine Hand auf meinen Bauch.

«Hast du Lust auf mich?»

Ich lege das Buch weg. «Ja, habe ich.»

Wir waren nicht oft zu viert gewesen. Als die Kinder aus dem Gröbsten heraus waren, hatte Toni die Idee, ein Wochenende gemeinsam zu verbringen. Er schlug Florenz vor. Esther war eher für eine Hüttenwanderung. Die beiden Vorschläge boten reichlich Diskussionsstoff. Schliesslich einigten wir uns auf München.

Beim Spaziergang durch den Schlosspark gingen die

Männer voraus. Esther und ich schlenderten hinterher. Ich sei neidisch auf sie, enthüllte ich ihr. Mir würden diese kleinen Zärtlichkeiten auffallen, mit denen Toni sie beglücke. Martin sei verglichen mit ihm ein trockener Knochen. Natürlich übertrieb ich. Es sollte spassig wirken. Doch insgeheim wurmte es mich. Mir fehlte es an Nähe und Aufmerksamkeit. Als ich so locker dahin redete, kam ein Hündchen angerannt. Die Leine zog es am Boden nach. Es machte bei unseren Männern halt und schnupperte an ihnen. Toni packte die Leine und da war auch schon Frauchen zur Stelle. Ein junges, attraktives Ding in Mini und keckem Pferdeschwanz. Toni überreichte die Leine mit einer kleinen Verbeugung und Worten, die ich nicht hören konnte. Es musste sich um ein Kompliment gehandelt haben, denn das Mädchen quiekte freudig.

«Schau, das meine ich, der perfekte Gentleman», sagte ich. Esther schwieg. Ich strich noch ein paar seiner Vorzüge heraus. Sie liess mich reden. Und als ich dann schwieg, trat eine Pause ein. Ein furchtsames Gefühl machte sich in meinem Magen breit. Eine unheilvolle Ruhe vor dem Sturm. Ein neues Thema anzuschneiden, traute ich mich nicht. Toni und Martin verschwanden hinter einer Hecke, da blieb Esther stehen. Sie schaute an mir vorbei.

«Ich halte es nicht mehr aus. Ich muss mich von Toni trennen.»

Am folgenden Tag erzählte sie, wie einsam sie sei. Bis jetzt habe sie eine Trennung nicht in Erwägung gezogen. Wegen Paula. Das könne man einem Kind nicht zumuten. Jetzt sei sie an einem Punkt angelangt, wo sie wisse, dass ein weiteres Festhalten an einem gemeinsamen Zusammenleben nicht mehr gesund sei. Auch nicht für Paula. Vor allem für Paula, korrigierte sie sich. Sie würden sich so oft streiten, nicht laut, es würden keine Fetzen fliegen, nichts Gewalttätiges. Es sei viel schlimmer. Etwas unterschwellig Böses, Lauerndes, Vernichtendes.

«Es wird uns kaputt machen, wenn ich es nicht stoppe.» Von Toni könne sie nicht erwarten, dass er diesen Schritt mache. Er sei katholisch erzogen worden und in seiner Familie gäbe es keine Trennungen – und Scheidungen sowieso nicht. Der blosse Gedanke daran sei eine Schande. Natürlich sei das kein offenes Thema. Tonis Familie sei weder erzkonservativ noch religiös-orthodox. Aber tief in der kollektiven Seele seiner Familie sei dieses Denken verankert und dann redete sie mehr und mehr philosophisches Zeugs, das ich nicht mehr nachvollziehen konnte. Ihre Rede machte mich kribbelig.

«Was willst du eigentlich sagen? Betrügt er dich oder was ist das Problem?»

Sie schaute mich völlig entgeistert an. «Du verstehst nicht.»

«Nein, das tue ich nicht!», entgegnete ich trotzig.

Als ich Esther Wochen später wieder sah, kam sie mir verändert vor. Sie war sehr bleich und in ihren Augen war ein Flackern, das ich später immer öfter wahrnahm, bis es einfach zu Esther gehörte und ich es nicht mehr weiter beachtete. Sie habe einen Druck auf der Brust und manchmal sei ihr auch schwindlig, vertraute sie mir an. Ich schrieb es der Kräfte raubenden Zeit zu. Ausserdem hatte sie einen anstrengenden Job, den sie bestimmt keine Minute vernachlässigte. Als Erholungsmoment schlug ich ein Wellness-Wochenende vor, obwohl ich mir denken konnte, dass ich Esther dazu nicht überreden konnte. Sie hatte sich des Öfteren über Kolleginnen lustig gemacht, die sich mit Sauna, Massagen und

Beautytreatments verwöhnen liessen. Deshalb insistierte ich auch nicht. Stattdessen unternahmen wir eine zweitägige und insgesamt dreizehnstündige Wanderung und übernachteten in einer Alphütte, genauer gesagt in einem Massenschlag voller schnarchender Männer. Auf dem Abstieg gerieten wir in ein Gewitter, das uns bis auf die Haut durchnässte. Ich humpelte den letzten Kilometer bis zur Bahnstation. Auf der Rückfahrt im Zug entledigte ich mich meiner schweren Wanderstiefel und widmete mich meinen von Blasen entstellten Füssen. Ich schwor mir, mich nie mehr auf so eine Strapaze einzulassen.

Esther wirkte sichtlich erfrischt. Sie holte mir ein Bier vom Speisewagen und blickte zufrieden zum Fenster hinaus.

Ihre gesunde Gesichtsfarbe hielt nicht lange an. Schon eine Woche später war sie durchsichtiger denn je und einen Monat später verkündete sie mir, dass sie die Scheidung eingereicht habe.

«Toni hat getobt, als er den Brief vom Gericht erhalten hat.»

«Du hast mit ihm nicht darüber geredet?»

«Nein, das hätte sowieso nichts gebracht», sagte sie und weiter: «Ich muss los, habe mich zum Joggen verabredet.»

Er sei kein Frühstücksmensch. Kaffee und Zeitung würden am Morgen reichen. Und ja nicht persönliche Statements von ihm verlangen. Er brauche seinen eigenen Raum, um nach einer Nacht wieder in der Tagwelt anzukommen.

Kein Problem. Geht mir ähnlich.

Im Bad könne ich so lange bleiben, wie ich wolle. Am Morgen lasse er kein Nass an seinen Körper. Ein Strahl Wasser ins Gesicht genüge. Warum nicht.

«Es war schön. Gestern Abend. Mit dir», sagt er noch, schnappt seine Jacke und ist weg.

Ich stehe am Fenster und schaue zu, wie er sein Rad aufschliesst, wie er seinem Nachbarn zunickt, der an ihm vorbeigeht. Er schaut nicht hoch. Sein Gesicht ist angespannt. Ob er in Gedanken schon in der Redaktion ist? Am Verfassen eines Artikels?

Ich wasche das Geschirr ab. Ich trockne es mit einem Tuch und versorge es auf dem Regal über dem Waschbecken. Dann lege ich mich aufs aufgewühlte Bett. Mit geschlossenen Augen lasse ich die Nacht Revue passieren. Geniesse nochmals seine Berührungen, die selbstverständliche Art, wie er mich geliebt hat.

Heimgehen mag ich nicht. Es ist die Leere im Haus. Sie ist angefüllt mit unangenehmen Gefühlen. Mein Zuhause ist infiziert mit einem Virus, der nicht zu bekämpfen ist. Noch kenne ich kein Gegengift. Hier bei Kaspar ist die Luft noch unverbraucht.

Ich trinke eine zweite Tasse Kaffee. Ohne Kaspar fühlt sich aber auch dieser Ort leer an. Also gehe ich.

Vor der Wohnungstür begegnet mir eine Frau: fleischiges Gesicht, ausladende Hüften, in ausgelatschten Pantoffeln. Sie stellt sich breitbeinig vor mich hin.

«Die Musik ist viel zu laut. Man kann nicht schlafen.»

Bevor ich ihr erklären kann, dass ich hier nicht wohne, zieht sie einen Slip aus der Tasche ihrer Schürze, hält ihn mir angewidert hin.

«Den haben Sie im Wäschetrockner liegen lassen.»

«Vielen Dank.» Ich reisse ihr den Slip aus der Hand. Ich öffne Kaspars Wohnungstür und werfe den Slip in den Gang. Dann ziehe ich die Tür zu. Die Frau steht noch da. Ich drücke mich vorbei, renne die Treppe hinunter.

Draussen murmle ich «Arschloch». Bin mir nicht sicher, wen ich damit meine. Radelnd überlege ich mir eine Strategie. Wie reagiere ich? Ich beschliesse, mich nicht mehr bei Kaspar zu melden. Einfach abwarten. Eine bewährte Taktik.

Das Streichen der Wände in der Buchhandlung ist wie Meditation. Wenn Tina und Florence nicht wären. Ihr Geschnatter geht mir auf den Geist. Aber ich bin froh, dass sie helfen. Sie machen es in ihrer Freizeit. Das ist nicht selbstverständlich. So spare ich Geld. Ich weiss nicht, wie es mit Martin und mir enden wird. Enden tönt so endgültig. Ich hasse Endgültigkeiten. Liessen wir uns scheiden, käme dies teuer. Für mich. Auch für ihn. Das Haus könnten wir vielleicht nicht behalten. Am Haus hänge ich sehr.

Wir machen eine Pause. Ich habe Früchte und Schokokekse mitgebracht. Dazu trinken wir Kaffee. Florence klagt über Probleme mit ihrem Mann. Es sind dieselben wie vor zehn Jahren. Er arbeite zu viel, sei nie zuhause. Abends sei er müde, setze sich vor den Fernseher. Um die Kinder kümmere er sich nicht. Wenn sie mit ihm reden wolle, winke er ab. Es mache sie ganz verrückt, dass er zu ihren Vorwürfen schweige. Sie komme sich schlecht vor. Ich kenne Florences Mann nur von einer Fotografie. Helle Augen in einem zerfurchten Gesicht. Es ähnelt dem Gesicht eines Schauspielers, der in einem Film einen Gärtner spielt. Dieser wurde zu Unrecht als Mörder verdächtigt.

Florence ereifert sich. Sie fragt sich, ob sie nicht endlich einen Schlussstrich ziehen soll. Auch damit hat sie schon einige Mal gedroht. Sie weiss es und schaut uns kleinmütig an.

Vielleicht ist ihr Mann eine Seele von Mensch. Sie nörgelt an ihm herum. Er lässt es geschehen, beklagt sich nicht. Er nimmt sie so, wie sie ist, weil er sie liebt.

Auf eine Paartherapie lasse er sich nicht ein, meint Florence seufzend. Ob sie dieses Thema schon mal angeschnitten habe, will ich wissen. Tina blickt Florence erwartungsvoll an.

«Nicht wirklich», gibt sie zu.

Wir streichen weiter. Es ist angenehm ruhig. Jede hängt ihren Gedanken nach.

Kaspar meldet sich nicht. Ich kann mir vorstellen, dass er viel Arbeit hat. Vor allem gegen Ende Woche.

Ich rufe Paula an, frage, wie es ihr gehe. Ob sie den Eingriff gut überstanden habe.

«Roman hat mich ins Krankenhaus gebracht. Er war sehr lieb, hat sich den ganzen Tag frei genommen. Wir sind zu mir gegangen. Ich habe mich hingelegt und er hat mir Tee gekocht. Später hat er mir eine seiner Kurzgeschichten vorgelesen und dabei meine Hand gestreichelt. Das war schön. Wir haben auch ein wenig geweint. Schliesslich haben wir ein Kind verloren. Er hat gesagt, dass ich sehr stark und tapfer sei. Er bewundere mich. Ja, das hat er gesagt. Und stell dir vor, dann ist er sogar die ganze Nacht über bei mir geblieben. Das hat er noch nie gemacht. Ich habe immer so gebettelt. Und jetzt ... er hat sich verändert.»

Ich frage nach, ob Toni vom Eingriff wisse.

Nein, sie habe ihm nicht sagen können, dass sie schwanger sei. Eine Abtreibung wäre für ihn nicht in Frage gekommen. Er hätte sich voller Freude als Babysitter angeboten. Aber ihr Baby an ihren Vater plus dessen Freundin abzugeben, würde sie nie und nimmer machen.

Dann beginnt sie zu weinen. Sie vermisse Esther.

Was Esther in dieser Situation getan hätte, will ich wissen.

«Du kennst sie doch. Sie hätte mich nach Kräften unterstützt.»

«Aber nicht, wenn du es hättest behalten wollen.»

Sie scheint irritiert. «Aber ich wollte es ja nicht.»

Im Briefkasten liegt eine Karte, darauf eine rosa Katze. Mit der Zunge schleckt sie Milch. In einer Sprechblase über ihrem Kopf steht: «Süssen Dank.» Auf der Rückseite steht in Tamtams krakeliger Schrift: «Du bist die Beste!» Ich sehe Angie vor mir. Dann lege ich die Karte auf den Stapel Altpapier.

Immer noch kein Lebenszeichen von Kaspar. Vielleicht ist jetzt eine Frau bei ihm. Die mit dem Slip. Was weiss ich denn über ihn? Nur das, was er mir erzählt hat, erzählen wollte. Und das ist wenig.

Ich setze mich vor den Fernseher, zappe drauflos. Bei einer Kochsendung bleibe ich hängen. Ein Expertenteam kostet ein Dreigangmenü. Köstlich die Pastinaken-Suppe mit Apfelspalten, exquisit der Quinoa-Taboulet-Salat mit Minze. Ich schalte aus.

Ein Geräusch weckt mich. Ich setze mich im Bett auf. Die Treppe knarrt. Mein Herz rast. Vorsichtige Schritte gehen übers Parkett. Ich lausche. Leonie kann es nicht sein. Das Display des Telefons gibt 2.14 Uhr an. 117 ist die Nummer der Polizei.

«Hallo?» Meine Stimme tönt gebrochen.

«Ich bin es», flüstert eine mir vertraute Männerstimme. Die Klinke der Schlafzimmertür geht langsam runter. Martin steht in der Tür. Im Regenmantel.

Er entschuldigt sich.

«Ich wäre beinahe gestorben. Was willst du denn um diese Zeit?»

Er habe nicht schlafen können und da er dringend Unterlagen gebraucht hätte ... er wisse, das sei eine blöde Idee ... ich solle weiterschlafen.

Mein Herz beruhigt sich nur langsam. Gerne hätte ich jemanden neben mir gespürt. Martin oder Kaspar? Ich kann es nicht sagen. Mein Herz weiss nicht, für wen es schlägt.

Ich liege da und schaue in den Garten. Schemenhaft bewegen sich die Büsche im Wind. Ich war noch sehr klein, als ich einmal im Garten stand. Mit einer Puppe in der Hand, hat man mir erzählt. Ich sei mitten in der Nacht aufgestanden, im Nachthemd die Treppe hinuntergetapst. Ich hätte die Tür zum Garten geöffnet. Papa habe mich gehört und sei mir nachgegangen. Beim Teich habe er mich erwischt. Meine Puppe lag im Wasser. Ich hätte sie hineingeworfen. Papa habe mich dann wieder ins Bett geführt. Am Morgen habe ich nichts mehr davon gewusst.

Jetzt weiss ich, weshalb ich die Puppe versenken wollte. Ich musste sie bestrafen.

Donnerstags haben wir länger geöffnet. Finanziell lohnt es sich kaum. Doch die Wünsche der Kundschaft nehme ich ernst. Ein solcher Tag ist endlos. Die Kaffeemaschine läuft heiss. Tina kaut Gummibären aus der Tüte. Um halb acht lasse ich sie nach Hause gehen. Ich reinige noch ein paar Bücherregale. Kurz vor acht klingelt nochmals die Tür. Ein grosser, breiter Mann betritt den Laden. Er muss den Kopf einziehen. Ich starre ihn fassungslos an.

«Adam!»

Das letzte Mal habe ich ihn auf der Rolltreppe im Flughafen gesehen. Ich hätte nie gedacht, ihn wiederzusehen. Jetzt steht er da und strahlt. Wir umarmen uns.

«Wie hast du mich gefunden?»

«Grosses Geheimnis.»

Er will mich zum Essen einladen. Bevor ich den Laden schliesse, sieht er sich um. Ich solle ihm ein Buch empfehlen. Ich schenke ihm eines von Seethaler. Seine melancholisch-humorvolle Art wird er mögen. Dann schleppe ich ihn in mein Lieblingslokal.

Wie ich lebe, will er wissen. Wir essen uns durch das Salatbuffet. Wir leeren eine Flasche Rotwein und ich erzähle. Es ist ein Durcheinander von Ereignissen und Gefühlen, unsortiert, ungereimt. Ich leere alles vor ihm aus. Wir bestellen eine zweite Flasche. «Und du?», frage ich.

Immer, wenn es um Paula ging, war Esther sehr besorgt. Beim kleinsten Anflug einer Erkältung behielt sie ihre Tochter zuhause. Sie schaute auf eine gesunde Ernährung, für genügend Schlaf. Sie überwachte ihre Hausaufgaben und lernte auf jede Klassenarbeit mit ihr. In allen Fächern rechnete sie den Notendurchschnitt aus, damit keine unliebsamen Überraschungen auf sie zukamen. War eine Note ihrer Meinung nach nicht gerechtfertigt, ersuchte sie um einen Gesprächstermin bei der jeweiligen Lehrperson und diskutierte den Umstand, bis sie einigermassen befriedigt war. Sie feilschte nicht, denn es ging ihr nicht darum, möglichst eine Verbesserung der Note zu erreichen, es ging ihr um Gerechtigkeit. Es kam sogar vor, dass sie darauf bestand, dass die Lehrperson die Note nach unten korrigierte. Paula musste darunter gelitten haben. In den ersten Jahren ihrer Schullaufbahn stritt sich Toni deswegen heftig mit Esther.

«Musst du dich immer und überall einmischen? Genügt es nicht, wenn du sie zuhause kontrollierst? Musst du auch noch die Schule überwachen?»

«Mir kann man nichts vormachen. Ich weiss, wie gewisse Kollegen ticken. Ausserdem geht es um Paulas Zukunft. Sie wird uns später dankbar sein, dass wir uns so engagiert haben.»

Toni gab auf und zog sich zurück. Als Ausgleich durfte Paula bei ihm alles tun, was Mutter nicht erlaubte. Eis essen, so viel sie wollte, am Morgen aufstehen, wann sie wollte und auch einfach nichts tun.

Im Sommer bevor Paula dreizehn wurde, verbrachten Esther und ich einen Nachmittag mit den Kindern im Schwimmbad. Als Paula sich auszog und im Bikini dastand, erschrak ich. Sie war immer schon sehr grazil gewesen, aber jetzt war sie nur mehr Haut und Knochen. Ihre Rippen zeichneten sich scharf ab. Die Beckenknochen stachen hervor und ihre Beine und Arme waren so dünn wie bei einem Kleinkind. Da war kein Gramm Fett mehr. Als die Kinder Richtung Wasser rannten, sprach ich Esther darauf an. Sie meinte, dass sie nicht mehr an Paula herankomme, dass sie sich total abschotte. In der Schule sei sie nach wie vor unproblematisch, ja die Lehrpersonen würden sich lobend über sie äussern. Sie sei beliebt und sehr sozial und auch was die Leistungen anbelangen, gäbe es nichts zu bemängeln. Aber zuhause kapsle sie sich ab. Sie antworte brav, wenn sie gefragt werde, aber sonst erzähle sie nichts und schliesse sich ins Zimmer ein. Was sie dort mache, wisse sie nicht. Und das Essen, ja, das sei eine Katastrophe, sie mäkle an allem herum und nähme sich dann nur winzige Portionen auf den Teller.

«Sie hat extrem abgenommen.»

«Ich weiss.»

«Sie ist magersüchtig.»

Beim Wort magersüchtig zuckte Esther zusammen. Nach einer Pause sagte sie: «Das ist eine Phase, die hatte ich auch. Wenn man so dünn ist wie Paula, dann sieht es schnell nach ...»

Ich wollte wissen, wie Toni darauf reagierte. Esthers Stimme nahm einen gehässigen Ton an. Er habe Paula ohne Absprache mit ihr zu einem befreundeten Arzt geschleppt. Der habe zu einer Psychotherapie geraten. Sie verdrehte die Augen.

«Warum nicht?»

«Blödsinn. Sie ist ein normales Mädchen. Was soll sie damit? Schau dich einmal in der Welt um! Da laufen so viele Nerds herum. Die sind eine Belastung für die Gesellschaft. Wir müssen die alle mittragen.»

«Du meinst die Schule?»

«Zum Beispiel.»

Wieder einmal war es zwecklos, mich mit Esther in eine Diskussion einzulassen. Sie spielte mit anderen Karten und liess meine nicht gelten.

Nachdem sie sich über die eine oder andere Schülerin ausgelassen hatte, strich sie sich mit Sonnencreme ein und legte sich auf den Rücken. Nach einer Weile sagte sie: «Du hast mir doch mal von diesem Typen erzählt, der mit Biosynthese arbeitet. Meinst du, das wäre etwas für Paula?»

Adam erzählt von seinen Geschäftsreisen, von einsamen Nächten auf durchgelegenen Hotelmatratzen. Von seiner Mutter, die ihn jeden Tag zweimal anrufe, um ihm zu sagen, wie lieb sie ihn habe. Von einem Künstler, den er unterstütze und der ihn enttäusche. Menschlich. Von einer Frau, die er schon lange verehre, aber nie mehr als ihre Hand gehalten habe.

«Wie machst du das, immer guter Stimmung zu sein?»

«Es gibt den anderen Adam. Es gibt Momente – und die können schon einmal Tage dauern – da überfällt mich die Schwermut. Dann will ich alles loswerden: mein kleines, armseliges Leben, meinen verhassten Körper. Das viele Fett, das überall im Weg ist.»

Seine Masse schrecke die Menschen ab. Frau wie Mann. Und er möge doch beide.

Er knetet seine Hände. Manchmal fühle er sich wie ein Monster. Wie Lennie, eine tragische Figur in John Steinbecks «Of Mice and Men». Einer, der nicht wisse, wie er mit sich umgehen solle.

«Irgendwann ist es auch bei mir Zeit, mich zu erschiessen», meint er und fügt bei: «Wann kommst du mich besuchen? Kopenhagen ist die schönste Stadt der Welt.»

Er lacht.

Wir nehmen ein Taxi. Es hält vor meinem Haus. Er drückt meine Schulter. «Schlaf gut. Bis morgen.» Dann fährt ihn das Taxi ins Hotel.

Ich schlafe ohne Unterbruch bis neun Uhr. Dann ist es Zeit für ein Frühstück mit Adam. In der Cafeteria seines Hotels. Er sitzt schon am Frühstückstisch mit einer Tasse Kaffee vor sich, begrüsst mich mit einem fröhlichen «godmorgen». Das Buffet bietet alles, was das Herz begehrt. Adam nimmt sich nur ein Croissant und ein wenig Fruchtsalat.

«Ist das alles?»

«Wenn es mir gut geht, brauche ich nicht mehr.»

«Es freut mich, dass es dir gut geht.»

Ich erzähle ihm von Kaspar. Er melde sich nicht mehr. Adam versteht nicht, dass ich nicht ein einziges Mal versucht habe, Kaspar anzurufen. Nicht einmal eine Nachricht geschickt. Er schüttelt den Kopf. Er selber könne nicht warten. Er müsse sofort reagieren. Leider sei das oft der falsche Weg. Er würde zu aufdringlich erscheinen.

Aufdringlich? Das käme mir bei ihm nicht in den Sinn.

Ich würde ihn eben noch zu wenig kennen. Und wiederum grinst er breit.

Ich erzähle von der Frau, die in meinen Träumen erscheint. Dieselbe, die ich gemalt habe. Es müsse meine leibliche Mutter sein. Weshalb sie sich gerade jetzt in meinen Gedanken festsauge, könne ich mir nicht erklären.

Er hört zu. Mit wachen Augen. Er fragt nicht. Er sagt nichts dazu. In seinem Gesicht aber kann ich lesen.

Er muss los. Sein Flug! Ich verspreche ihm, im Herbst nach Kopenhagen zu kommen. Wir umarmen uns. Er eilt zur Drehtür hinaus.

«Genforening kæreste – Auf Wiedersehen, Freundin», ruft er noch und steigt in ein Taxi.

Wieder stehe ich da und blicke ihm nach, bis sein Hütchen als kleiner heller Punkt verschwindet. Er ist mein Freund. Er ist auch ein Bruder. Er ist der Bruder, den ich nicht habe.

Florence begrüsst mich mit einem Na-endlich-Blick. Ich trage meine Ritterrüstung. Ihre Giftpfeile können mir nichts anhaben. Auch dieser Tag geht ohne Zeichen von Kaspar zu Ende. Ich wähle seine Nummer. Den Anrufbeantworter drücke ich weg. Meine Gedanken suchen Wände. Ich bin nur ein kleines Rad in seiner grossen Menschenmaschine. Vergiss es, sage ich mir. Darin bin ich gut. Die Mutter vergessen, die Kindheit vergessen, die unbeschwerten Momente mit Esther, mit Martin. Es geht nicht mehr lange, dann werde ich Papa vergessen. Wenn Mama geht, wird sie auch bald ausgelöscht. Ich kann mich an nichts mehr halten, mich hält nichts. Bevor ich mich verliere, lege ich einen Bogen Papier am Boden aus. Meine Hand greift nach dem Pinsel. Der Pinsel taucht in die Farbe: Blau.

«Ich verstehe nicht», höre ich Paula durchs Telefon sagen. «Weshalb meldet er sich nicht?»

Sie erwartet eine Erklärung. Sie will beruhigt werden. Ich soll ihre Welt wieder zurechtbiegen. Das Kind hat keine Mutter mehr, bei der es sich ausweinen und Ratschläge holen kann. Es ist meine Aufgabe einzuspringen.

Ich höre sie reden – weit weg. Von diesem Roman, der ihr Hoffnung auf einen Neuanfang gemacht hat und nun die Hoffnung sterben lässt. Ich kämpfe mit mir.

«Lass ihn, Paula. Lass ihn gehen. Fang neu an.»

Am anderen Ende ist es still. Sie wartet, ob da noch mehr kommt.

Ich warte auch.

Nach einem endlosen Augenblick legt sie auf.

Die Möwe zieht einen grossen Kreis zwischen Himmel und Wasser. In meiner Hand liegt ein Revolver. Ich ziele auf die Möwe. Peng.

Kreta ist eine wunderschöne Insel. Das sagen alle, die schon einmal dort waren. Allen voran Tina. Sie geht seit neun Jahren immer an den gleichen Ort. Vor drei Jahren hat sie dort einen Neuseeländer kennen und lieben gelernt. Sie treffen sich zweimal im Jahr – im Juli für drei Wochen und im Oktober für zwei. Sie leben dann als Paar in einem Bungalow. Die restliche Zeit im Jahr skypen sie.

Zwei Wochen verbrachten wir auf der Insel der Götter. Zwei Bilder sind glasklar abgespeichert: die Sonnenschirme am Strand und das Gesicht eines Kellners. Die Sonnenschirme waren blau-weiss gestreift und der Kellner glich Woody Allen. Innere Bilder sind stärker haften geblieben, unharmonische, trotz der Hitze – unverdampfte Emotionen.

Die Idee mit einem gemeinsamen Herbst-Urlaub hatten Esther und ich an einem regnerischen Frühlingstag. Wir wollten unsere Freundschaft neu beleben, an eine Zeit anknüpfen, in der wir Uriah-Heep-Bräute waren, «Her long hair flowing in the mid-summer wind».

Es sollte Kreta sein. Wieso wir unsere Töchter dabeihaben wollten, kann ich heute nicht mehr nachvollziehen. Vielleicht dachten wir, zu viert wäre es lebendiger, das Kichern von Teenagern sei ansteckend. Tatsache war, dass sie uns den Urlaub gründlich vermiesten. Mädchen zwischen dreizehn und siebzehn hassen ihre Mütter. Sie unternehmen alles Mögliche, um ihnen etwas zuleide zu tun. Sie tun es nicht bewusst, aber deswegen ist es nicht einfacher zu ertragen.

An einem milden Oktobermorgen startete das Flugzeug. Unter die Schweizer mischten sich Heimwehgriechen mit riesigen Koffern. Esther und ich bestellten Sekt. Wir stiessen auf unsere fünfundzwanzigjährige Freundschaft an. Unsere Töchter verdrehten die Augen. Wir ignorierten sie und scherzten munter drauflos. Sie verstummten verdriesslich. Paula hatte ihre Magersucht überwunden. Ihre Pubertät war ansonsten harmlos verlaufen. Ausgerechnet in diesen Ferien zeigte sie aber ihre Krallen und zog Leonie unbarmherzig mit. Es begann damit, dass sie einen Tagesablauf für sich und Leonie vorgab, der diametral zu dem von uns Müttern lag. Am ersten Morgen gingen Esther und ich joggen, das heisst, ich schnaufte hinter ihr her. Nach dem Frühstück legten wir uns am Strand auf die Liegestühle. Mittags erschienen die Girls mit verwuschelten Haaren. Sie gähnten demonstrativ und wollten Geld für einen Döner. Esther machte das staubig.

«Für euch haben wir ‹all inclusive› gebucht. Darf ich euch daran erinnern: Frühstück gibt's bis elf und ab zwölf kann man Salat und Sandwiches haben.»

«Wir wollen Döner», sagte Leonie. Paula zündete sich eine Zigarette an und schaute angestrengt aufs Meer.

Sie kriegten ihre Döner. Es kostete uns mehr als ein paar Euro, es kostete uns den Rest der Ferienfreude. Immerhin noch zwölf Tage. Von nun an regierten nämlich die beiden Diven.

Zuerst versuchten wir, diesem Schicksal zu entrinnen und unternahmen Spaziergänge zu zweit. Esther rückte damit heraus, dass sich ihr Lover, den sie zwei Monate zuvor in einem Tanzlokal kennengelernt hatte, von ihr getrennt habe. Sie hatte um diese Affäre ein grosses Geheimnis gemacht. Nur vage Andeutungen hatte ich ihr entlocken können.

«Was ist der Grund?», wollte ich wissen.

«Er sagt, ich enge ihn zu sehr ein. Ich schnüre ihm die Luft ab.»

Das Bild, das dieser Mann sich von Esther gemacht hatte, war mir fremd, verwirrte mich.

Sie schickte diesem Mister X SMS um SMS, es kamen keine zurück. Von Tag zu Tag wurde sie grantiger. Als Paula ihr zu verstehen gab, sie solle ihre schlechte Laune nicht an ihr auslassen, war es vorbei mit der Bewahrung ihrer Contenance. Sie entlud ihren ganzen angestauten Frust. Paula blieb ruhig, dafür den ganzen Tag unsichtbar. Und mit ihr Leonie. Das gefiel mir nicht.

«Ich weiss nicht, was du hast», sagte Esther und räkelte sich auf dem Liegestuhl. «Sei froh, dass wir sie los sind.»

«Ich will Leonie aber nicht los sein», entgegnete ich und blickte auf Esthers lange, schlanke Beine, die schon einen schönen bräunlichen Schimmer angenommen hatten.

Gegen Ende der ersten Woche drehte Esther mehr und mehr ihr eigenes Ding. Sie rannte jeden Morgen zwei Stunden dem Strand lang und ass nur noch Salat. Ihren Weinkonsum drosselte sie bis auf einen Viertel eines Glases pro Abend. Ich versuchte, ihre asketischen Allüren zu ignorieren, ass weiterhin, worauf ich Lust hatte, und bestellte abends einen ganzen Liter Wein. Ich wollte hemmungslos geniessen. Esther reagierte erst nicht auf meine Völlerei. Mürbe machten uns aber die täglichen Streitereien mit unseren Töchtern. Vor allem Esther verlor die Geduld. Die passive Rebellion ihrer Tochter nervte sie unglaublich. Und Leonie hatte sich einen heftigen Sonnenbrand eingefangen und wurde zur Jammertante. Ich konnte ihr gequältes Gesicht nicht mehr ausstehen. Dazu kam, dass mir Esther die Schuld gab. Ich verteidigte mich. Mit dreizehn Jahren konnte man diese Verantwortung übernehmen. Hatte ich sie nicht am ersten Tag darauf hingewiesen, wie wichtig es war, sich immer gut einzucremen? Aber Esther blieb bei ihrer Ansicht, ich hätte sie überwachen sollen. Das wurde mir zu blöd. Ich packte mein

Badezeug und verschwand hinter der nächsten Sanddüne. Ein Einheimischer war so nett, mit mir den Nachmittag zu verbringen. Er nahm mich auf sein Fischerboot mit und zeigte mir die schönste Lagune der Insel. Von diesem Moment an hatte ich einen Verehrer, der mir wie ein Schatten folgte. Ich liess mich von ihm zu Retsina und Oliven einladen, wann immer ich Lust hatte. Ich wollte mir die Ferien nicht von den Miesepetern, die mich umgaben, verderben lassen. Leonie strafte mich mit bösen Blicken. Paula sah durch mich hindurch. Und Esther stieg mit mir in ein lächerliches Spiel ein. Wir belauerten uns wie Katzen und reagierten jeweils auf das gegenseitige Gebaren. Je mehr ich meinen Genuss zelebrierte, desto strenger wurde sie mit sich selber. Ich meinerseits reagierte auf ihr selbstkasteiendes Verhalten mit frivolem Getue. Mir war, als würde ich auf einer Bühne stehen. Nur fehlte der Applaus.

Kurz vor Ferienende verschwand mein Verehrer. Ich trauerte nur seiner weichen Hand nach, die er gerne auf meinen Ellbogen legte.

In der letzten Nacht plagten mich Bauchschmerzen. Ich schlief in den Vormittag hinein und verpasste ein Frühstück zu viert, das ich gerne wenigstens einmal erlebt hätte.

Auf dem Heimflug sassen Leonie und ich nebeneinander und schwiegen. Sie hörte Musik, während sich mein Blick im Wolkenmeer verlor. Von den Sitzen vor uns hörte ich Esther und Paula flüstern. Die Flugbegleiterin bot Getränke an, Leonie bestellte sich eine Cola und ich schloss mich ihr an. Als ich wieder nach draussen schaute, kam mir Reinhard Mey in den Sinn. «Über den Wolken muss die Freiheit wohl grenzenlos sein.» Ich dachte darüber nach und trank meine Cola. Sie schmeckte warm und sehr süss.

Mama liegt im Bett. Ihre Augen hält sie geschlossen, sie atmet schwer. Man hat mich gerufen. Seit zwei Tagen wolle sie nicht mehr essen, liege nur da, spreche kaum.

«Mama?»

Keine Reaktion.

«Mama, ich bin es, Rina.»

Sie nickt.

Die Schwester informiert mich. Doktor Signer sei dagewesen und hätte sie untersucht. Medizinisch gäbe es keine wesentliche Veränderung. Schnelle Ermüdbarkeit, körperliche Erschöpfung und auch Atemnot seien typische Symptome für ihre Herzerkrankung. Man habe sie ein paar Stunden an ein Sauerstoffgerät angeschlossen. Mit dem Atmen gehe es jetzt besser.

Die Schwester misst Mamas Temperatur. Sie flösst ihr etwas Saft ein. Mit einem liebevollen «Ich lasse Sie jetzt allein mit ihrer Tochter» geht sie.

Wie immer blicke ich einen Moment in die Bäume. Das Blättergrün – meine Zuversicht.

Mama schlägt die Augen auf. Sie scheinen tiefer in die Höhlen eingesunken zu sein. Sie flüstert: «Ich muss mal.»

Ich helfe ihr beim Aufstehen. Sie ist leicht wie ein Kind. Durch die Blusenärmel kann ich ihre Knochen spüren.

Als sie wieder im Bett liegt, frage ich, ob ich ihr etwas vorlesen soll. Sie schüttelt den Kopf.

«Was möchtest du?»

«Nichts mehr.»

«Du willst gehen?»

Sie nickt.

«Hast du nicht Angst davor?»

«Ich habe genug von allem.»

«Von meinen Fragen, nicht wahr?»

«Ich habe vieles vergessen.»

Ich frage nochmals nach, was sie möchte. In der Zeit, die ihr noch bleibt. Sie überlegt.

«Besuch von dir, aber nur, wenn du mich sehen willst.»

Ich schlucke, spüre wie meine Augen sich mit Tränen füllen. Sie will nicht aufstehen. Keinen Kaffee trinken gehen. Sie will liegen bleiben. Müde sei sie.

Ich halte ein wenig ihre Hand. Sie schliesst die Augen. Als sie zu schnarchen beginnt, lasse ich sie los. Leise verlasse ich das Zimmer.

Immer noch kein Zeichen von Kaspar. Ich sage mir: Wir haben nichts abgemacht. Keine Versprechungen einander gegeben. Ich kann ihm nichts vorwerfen. Und doch ...

Max kommt zum Abendessen. Er erzählt von seinen Ferienplänen mit Livia. Dann holt er plötzlich Luft.

«Papa leidet.»

Er schaut mich etwas verlegen an. Ich solle Papa eine Chance geben. Es gehe ihm schlecht. Er hätte abgenommen, er lasse sich gehen. Weshalb ich so hart sei zu Papa?

Was sagt man einem Sohn? Ich sage lieber nichts als etwas, das er nicht verstehen wird, verstehen kann. Sein fragendes Gesicht, das keine Antwort erhält, wird kummervoll. Das tut weh.

Wir reden noch über dies und das. Kurze Zeit später verabschiedet er sich. «Mach's gut, Mama.»

Ich stehe am Fenster und schaue zu, wie er sein Fahrrad aufschliesst. Ich winke. Er sieht mich nicht. Dann ist er weg. Ich schlucke die Tränen hinunter.

In der Nacht träume ich von Mama Vroni. Ich erkenne sie an ihrem langen Haar. Sie trägt ein kleines Kind auf dem Arm. Es singt leise, während es Mama Vroni streichelt. Ich wache auf. Mein Herz schlägt heftig. Bin ich das Kind im Traum oder habe ich eine kleine Schwester?

Der Morgenkaffee schmeckt nicht. Auch die Zigarette hilft kaum. Wo ist Mama Vroni? Wie lebt sie, was macht sie?

Ich erinnere mich. In der zweiten Klasse, nach einem Streit mit Mama, löste ich ein Ticket am Bahnschalter für das Dorf, in dem ich glaubte, meine Mutter zu finden. Beim Belauschen meiner Eltern hatte ich Informationen im Zusammenhang mit Mama Vroni aufgeschnappt. Eine dicke Dame half mir beim Fahrpanlesen. Sie spendierte mir ein Erdbeereis. Ich setzte mich auf eine Bank in der Bahnhofshalle und wartete. Wenn der grosse Zeiger der Uhr auf die Zwölf sprang, musste ich mich auf den Weg zum Bahnsteig neun machen, hatte mir die dicke Dame gesagt. Ich wartete geduldig, aber der Zeiger schien sich kaum von der Stelle zu bewegen. Da kam ein dunkel gekleideter Mann vorbei. Er lächelte mir zu und sprach mich an. Mama hatte mir von bösen Männern erzählt, die kleine Mädchen entführten. Ich durfte keine Antwort geben und als er in seiner grossen Tasche zu wühlen begann, schreckte ich von meiner Bank auf und rannte so schnell ich konnte zum Bahnsteig neun. Dort stand seltsamerweise Papa und nahm mich in die Arme.

Leonie entrümpelt ihr Zimmer. In zwei Wochen steht der Auszug an. Sie schaut sich mit Freundinnen im Internet Möbel an. Sven beteiligt sich wenig. Er hat einen wichtigen Match vor sich und muss trainieren. Leonie mault am

Telefon. Aber wenn ich nachfrage, ist alles in Ordnung.

Heute ist Ikea-Tag. Sven steht früh auf der Matte. Er hat das Auto seiner Mutter ausgeliehen. Leonie ist aufgeregt. Ob ich auch etwas brauche, fragt sie mich zwischen Tür und Angel. Ich winke ab. Oder doch, vielleicht Kerzen. Die grossen, weissen, die einer Laterne den warmen Schein geben. Der Sommer ist da.

Der Abend ist lang. Barbara, Martins Schwester, ruft an. Sie sagt, es tue ihr leid. Was denn, will ich wissen. Eine Antwort erwarte ich nicht. Sie fragt mich, wie es mir gehe. Ich spüre ihre behaarte Gesichtshaut auf meiner Wange.

«Befreit», antworte ich ihr.

«Verstehe ich», sagt sie und erzählt, dass sie es nicht schaffe, von Dieter wegzukommen. Er behandle sie wie ein Stück Dreck. Dieter, der Staranwalt.

«Das tut mir leid», sage ich, als sie eine Pause einlegt und ich müsse dringend weg. Wieder spüre ich ihre Wange an meiner und es ekelt mich.

Martin soll wieder einziehen. Warum soll ich allein sein? Er ist kein Dieter. Ich werde mich mit ihm arrangieren. Verzeihen werde ich ihm nicht. Das ist zu viel verlangt. Aber zusammenleben geht doch. Es ist fünfundzwanzig Jahre gegangen. Weshalb also nicht noch ein paar Jahre mehr.

Tagesausklang im Garten. Der Mond ist eine dünne, silberne Sichel.

Ein Freund sagte mir einmal, er betrachte sich regelmässig einige Minuten im Spiegel und dies bei grellem Tageslicht, um der Wahrheit ins Gesicht zu sehen. Die Nacht ist mir lieber. Ich zerdrücke die Zigarette und gehe schlafen.

Esther wollte mich dringend treffen und ich war wie immer etwas verspätet. Das Lokal, eine Vinothek, hatte sie gewählt. Es war in der Innenstadt, an der Kinomeile, im Moment sehr populär. Um sieben Uhr abends war die halbe Stadt auf den zwei Stockwerken verteilt. Es wurde belgisches Bier und italienischer Wein getrunken. Ich wühlte mich durch den Feierabendpulk. Die Leute waren ausnahmslos jung, einige Frauen schienen trotz ihrer teuren Kleidung kaum älter als achtzehn. Ich bewunderte ihre selbstbewusste Ausstrahlung. Zwischen den erhitzten Gesichtern entdeckte ich endlich Esther. Ein hageres, trotz Make-up fahles Gesicht. Sie beugte sich über einen Bogen Papier. Ihre Augen flogen unruhig über die Zeilen.

«Esther.» Ich berührte ihren Arm. Sie schreckte hoch und einen Moment flackerte es panisch in ihren Augen.

«Du hast mich warten lassen», sagte sie und versorgte hastig den Stapel handgeschriebener Notizen.

«Du hast anscheinend noch zu tun.»

«Eine Lehrerin hat nie Feierabend. Was möchtest du?»

«Ein dunkles Bier», antwortete ich und blickte in ihr Gesicht mit der straff nach hinten gekämmten Frisur. Der Haaransatz glänzte feucht, ihre Brille war leicht beschlagen. Dann entdeckte ich das Whiskyglas, das am Rande des Tischchens stand. Es war leer.

«Bestell du mal, ich muss dringend zur Toilette», sagte sie.

«Was nimmst du?», rief ich ihr nach.

Aber sie hörte mich nicht mehr und verschwand Richtung Treppe.

Suchend schaute ich nach der Bedienung und da sie nicht in Sichtweite war, blätterte ich in der Getränkekarte. Die beiden jungen Frauen nebenan, die Beine in hohen

Stiefeln übereinandergeschlagen, knabberten Chips. Da sah ich Esther zurückkommen. Sie musste sich in der Richtung der Toilette getäuscht haben, denn sie ging an mir vorbei um die Ecke. Einen Moment verharrte sie vor dem Tresen, drehte den Kopf ruckartig wie ein Vogel hin und her, dann ging sie weiter.

Die Bedienung, ein Mädchengesicht mit unglaublich langen Mascara-Wimpern, steuerte auf mich zu. Sie strahlte mich an. Ich bestellte zwei Biere.

Esther kam zurück.

«Hast du die Toilette gefunden?»

«Wieso?» Sie nahm die Brille ab. «Ach so, die Toiletten sind jetzt an einem anderen Ort!» Mit einem Papiertaschentuch rieb sie über die Gläser. Immer wieder.

«Was ist?», fragte ich, «ist dir nicht wohl?»

Sie hob das Bierglas, das uns die Bedienung mit einem unbekümmerten Lächeln hingestellt hatte, und trank einen Schluck.

«Prost», sagte ich.

«Meine Mutter – sie war bei einer Untersuchung. Sie hat Probleme mit der Verdauung. Sie haben da etwas gefunden, was nicht ganz in Ordnung ist. Jetzt hat sie wieder ihre Angst.»

«Meinst du, es ist etwas Ernstes?»

«Glaube ich nicht. Es wird wie immer sein, sie redet sich etwas ein.»

Mit erhobener Stimme sagte sie: «Jedes kleinste Signal, das ihr Körper sendet, lässt sie in eine Depression fallen. Die Krebserkrankung ist jetzt beinahe dreissig Jahre her. Sie macht mich wütend, weil sie sich nicht helfen lässt. Ich war letzten Freitag bei ihr. Papa war auf einem Ausflug mit dem

Lehrerverein und ist erst spät nach Hause gekommen. Sie hat für mich gekocht, aber sie selbst hat kaum etwas gegessen. Das macht mich wahnsinnig. Ich wollte ihr einen Besuch im Kunstmuseum schmackhaft machen. Bis sie vom Doktor wisse, was mit ihrem Bauch los sei, könne sie gar nichts unternehmen, meinte sie. Ich sagte, sie wolle einfach nicht. Sie meinte darauf, ich könne sie nicht verstehen.»

«Du verstehst mich nicht – diesen Satz höre ich seit Jahrzehnten. Ich hasse ihn!»

Sie nimmt wieder ihre Brille ab und beginnt zu putzen.

«Und du? Sind Till und Max schon ausgezogen?»

«In einer Woche ist es so weit.»

«Freust du dich?»

«Wie meinst du das?»

«Na, endlich hast du ein wenig Ruhe.»

«Sicher wird es ruhiger werden, aber ich habe Mühe, sie gehen zu lassen.»

«Ach, die kommen bestimmt jedes Wochenende, sie haben doch alle ihre Freunde in der Stadt.»

«Das ist nicht dasselbe. Ich werde nicht mehr jeden Morgen an ihren Zimmern, in denen Chaos herrscht, vorbeigehen. Ich werde den Bass vermissen, der aus ihnen dringt, ihr Schnaufen und Grunzen, wenn sie sich auf einem ihrer Betten raufen, sogar die Schmutzwäsche, die sich von ihren Handball- und Judo-Trainings anhäuft. Wahrscheinlich vermisse ich aber noch mehr die Zeit, als sie im Kindergarten waren.»

Esthers Augen flackerten.

«Es gibt da eine Fotografie, die Martin gemacht hat. Wir drei auf dem Sofa. Ich in der Mitte mit «Papa Moll» in den Händen, aus dem ich vorlese. Max und Till rechts und links von mir, eng an mich gekuschelt, ihre Augen vom Glanz der Geschichte erfüllt. Jedes Mal, wenn mir dieses Bild in die Hände gerät, bekomme ich feuchte Augen.»

Esther blinzelte und ich war mir nicht sicher, ob ihre Augen nicht auch einen Tränenschleier hatten.

«Jetzt weiss ich immer noch nicht, wie es dir geht.»

Sie winkte ab.

Ich wusste, dass dies ein schlechtes Zeichen war, aber ich hatte keine Kraft, um für die verschlossene Tür einen Schlüssel zu suchen.

Dann hörte ich mich erzählen. Irgendeine Nichtigkeit. Sie verflog im Geräusche-Wirrwarr. Die Luft war erfüllt von den verschiedensten Parfüms und After Shaves, die Stimmen dröhnten in meinen Ohren. Die Bedienung sauste vorbei. Ein Lachen hier, ein Lachen dort. «A Tree. A Rock. A Cloud» von Carson McCullers. Die Kurzgeschichte spielt in einem Strassencafé. Ein alter Mann erzählt einem Teenager seine Lebens- und Liebes-Philosophie. Ich weiss nicht, weshalb mir diese Geschichte einfiel. Sie machte mich traurig. Endlich fiel mein Blick auf Esthers Hände. Sie zitterten.

Traum Nr. 49

Toni und ich sitzen in einem Auto. Er sitzt am Steuer und drückt aufs Gas. Wir fahren durch eine verschneite Landschaft. Es ist dunkel und wir sind ganz allein. Irgendwann befinden wir uns in einem Gebäude. Es gibt viele Kurven. Toni muss aufpassen, dass er auf der Spur bleibt. Wir verfahren uns. Die Strasse wird mehr und mehr zum Labyrinth. Er gibt mehr und mehr Gas, dann fahren wir eine Wand hoch und landen in einer Halle, aus der es kein Entrinnen gibt. Überall sind verschlossene Glastüren. Ich bin verzweifelt. Toni nicht.

Ich suche einen Ausgang und finde eine Tür, die sich öffnen lässt. Ich bin so erleichtert. Toni gibt zu, dass er auch gedacht hat, dass wir nicht wieder rauskämen!
E. F.

Ich lege eine Rolle Papier aus und versuche, mit Ölkreide meinen Lebensstrang zu zeichnen. Auch Papa hat gezeichnet. Kleine Bildchen. Stillleben. Winzige Blumen, Schalen, Flaschen. Und gemalt hat er Berge und Wolken in Blau- und Grautönen. Farbdias haben als Vorlage gedient. Papas Büro war voll von seinen Aquarellen. Allein dreiundzwanzig Mal hing der «Säntis» an der Wand. Für ihn ging eine magische Kraft von diesem Berg aus. Er verharrte stundenlang in seinem Sessel und sog mit seinem Blick die Bilder ein.

In der Primarschule sammelte ich Vaterbilder. So zum Spass. Für den einen oder anderen Prominenten aus dem Fernsehen war ich kurzzeitig seine unbekannte Tochter. Ich legte eine Liste an: Willy Brandt, Peter Falk alias Colombo, Michael Grzimek und noch andere, an die ich mich nicht mehr erinnere. Doch keiner dieser Väter wurde Papa gefährlich. Sie waren nur Bilder auf dem Bildschirm des Fernsehers. Kein echtes Blut floss durch ihre Adern.

Eines war sicher: Keiner würde es je schaffen, mich zu trösten, wie es Papa tat. Mit seiner weichen Hand, ohne Druck und doch spürbar. Papa und die Zuversicht!

Aber ich hatte eine Väter-Liste in petto. In dieser unsicheren Zeit konnte man nie wissen …

Nach zwei, drei Monaten war die Liste out. Sie fiel zwischen Bett und Büchergestell. Sie wurde von mir vergessen und von Mama, die mein Zimmer in Ordnung hielt, übersehen.

Wo soll ich mit dem Zeichnen beginnen? Wo ist mein Ursprung, der Beginn meiner Zeit? Was war mir vorbestimmt? Weshalb wurden die Weichen umgestellt?

Über Tschechows Möwe lese ich: «Die Möwe» ist eine Komödienreise ins Herz der Finsternis.

Ich nehme eine gelbe Ölkreide und male am Ende der Rolle einen hellen, offenen Strahl. Meine Reise – eine Reise ins Licht!

Martin hat mir nach seinem Auszug drei Briefe geschrieben. Ich lese sie nicht mehr durch. Ich nehme ein Blatt Papier, schreibe darauf: «Versuchen wir es noch einmal.» Dann stecke ich den Brief in einen Umschlag und lege ihn beim Hauseingang auf das Tischchen. Als ich auf mein Telefon blicke, sehe ich eine Nachricht von Kaspar: «bin wieder im lande – wollen wir uns sehen? KaPo»

Nach zwei Wochen das erste Lebenszeichen. Er ist ins Ausland gegangen. Er hat sich nicht von mir verabschiedet. Und jetzt formuliert er keinen Wunsch, sondern nur eine Frage. Sehen wir uns? Das genügt mir nicht!

Sven und Leonie sind zurück.

«Wir haben alles bekommen, was wir noch dringend gebraucht haben. Fast alles.»

Sie tragen Spiegel und Kleiderstange in den Keller. Und zwei riesige Tragtaschen. Auf der einen steht: Mehr Geschmack als Geld. Auf der anderen: Nur stehlen ist billiger.

«Für wen habt ihr die Cookies mitgebracht?»

«Für Papa. Er mag sie doch so gerne.»

Ich habe sie auch gemocht. Früher.

Die Arbeit im Garten geht mir leicht von der Hand. Ich könnte stundenlang jäten und anpflanzen, Rosen schneiden. Das Windrad surrt. Mit dem Spaten grabe ich ein Beet um. Kaspar, du kannst mich mal. Ich schaufle und schaufle. Dann ziehe ich mein Telefon aus der Hosentasche und tippe: «Bin nicht mehr in deinem Land.» Zornig drücke ich auf die «Senden»-Taste. Dann grabe ich weiter.

Einen Monat ohne Martin und du knickst schon ein, würde Esther sagen. Doch Esther hat nichts mehr zu sagen. Nicht, weil sie nicht mehr da ist, vielmehr, weil sie in Sachen Partnerschaft und Beziehung eine schlechte Ratgeberin war. Eine, die nur zu Schweigen und Verrat fähig war. Ich wünschte mir, Adam wäre hier. Er würde mir zuhören. Mit seiner aufmerksamen Hingabe. Er würde warten, bis ich meine Sehnsüchte, Erwartungen, aber auch meine Befürchtungen und Ängste ausgesprochen habe. Dann würde er wie zufällig einen einzigen meiner Sätze wiederholen. Dieser eine Satz aus seinem Mund gesprochen, würde Klarheit geben.

Nach Ladenschluss rufe ich ihn an. Der Anrufbeantworter fordert mich auf, eine Ansage zu machen. In dänischer und englischer Sprache. Enttäuscht lege ich auf. Rechnungen müssen noch geschrieben werden. Ich vertippe mich dauernd beim Eingeben der Ziffern in den Rechner. Immer wieder driften meine Gedanken weg. Maneki-neko winkt eifrig vor meinen Augen hin und her. Ein japanischer Kunde hat sie mir geschenkt.

«Winke mir das Glück herbei», raune ich der Katze zu.

Eine Nachricht von Martin erreicht mich. Er habe sich über meinen Brief gefreut. Ob morgen Abend ein guter Zeitpunkt sei, um vorbeizukommen. Ich bejahe. Keine zwei Minuten danach trifft Kaspars Message ein: «Was ist los? Bin ich in Ungnade gefallen?»

Ich suche nach einer Bestellung und kann sie nicht finden, suche im PC, blättere Ordner durch. Die Katze winkt mir mit schadenfrohem Grinsen zu. Ich fege sie mit einem Wisch vom Tisch. Da liegt sie auf dem Rücken und winkt und winkt.

Martin steht am Fenster. Ich habe seine Leibspeise gekocht: Lasagne. Leonie streckt den Kopf in die Küche.

«Ich bin dann mal weg.»

Nicht mehr lange, dann ist sie für immer weg.

Martin lächelt. «Du siehst gut aus – ein neues Kleid?»

Typisch er! Das Kleid trage ich bestimmt schon fünf Jahre. Ich lasse es gut sein.

Er erzählt von Till, den er getroffen hat. Ich giesse Wein in die Grossmuttergläser. Sein neustes Projekt sei spannend. Es heisse «Atmosphären: Lichtraum Raumlicht» und Mitte September gäbe es eine Projektschau. Dann will er mir erklären, worum es dabei geht. Ich unterbreche ihn.

«Würde ich gerne von Till selber hören.»

Er entschuldigt sich. Wir reden über Leonies Auszug. Über meine Mutter und seine Arbeit. Ich zünde wie immer eine Kerze an und hole dann die Lasagne aus dem Ofen. Wir setzen uns an den Tisch. Er an seinen Platz, ich an meinen. So, wie wir es schon seit zehn Jahren tun. Ich erzähle ihm von Barbaras Telefonanruf. Er ist erstaunt, dass sie sich bei mir gemeldet hat. Er habe keinen Kontakt zu ihr. Sie sei ihm zu kompliziert und noch im gleichen Atemzug schmeichelt er mir ein zweites Mal. Meine Lasagne schmecke ihm einfach am besten. Dann atmet er hörbar ein. Er müsse jetzt noch einmal von Esther reden.

«Ich will nicht, dass du ein falsches Bild von ihr behältst. Du kannst mir glauben, du hast ihr viel bedeutet. Sie hat grosse Stücke auf dich gehalten.» Und dann sagt er leise: «Wir hätten nie etwas anfangen sollen. Es war ein grosser Fehler.»

Er will über Nacht bleiben und morgen wieder einziehen. Das mit der Nacht geht klar.

Ich will noch einen Moment hinaus in den Garten. Allein. Die Nacht ist angenehm warm. Das Windrad steht still. Es geht mir alles ein wenig zu schnell. Leonie will ausziehen und Martin wieder einziehen. Und ich halte die Stellung. Ja, welche denn?

Ich suche nach dem Mond. Er will sich nicht zeigen. Hinter einer Wolke verborgen, dringt nur ein schwaches Leuchten durch.

Als ich ins Schlafzimmer komme, schnarcht es leise. Martin liegt im Bett. Auf seiner Seite, als wäre er nie weggewesen. Ich ziehe mich aus, lege mich daneben. Er wird verstehen müssen, dass ich noch ein wenig Zeit brauche.

Stefan lernte ich in einer Bar kennen. Es war an jenem Tag, als Esther und ich uns für einen Kinoabend entschieden. In «pane e tulipani» faszinierte uns Bruno Ganz' Zärtlichkeit und wir waren mit unserem Gespräch noch in Venedig, als Esther plötzlich unruhig wurde. Sie griff nach ihrer Jacke. Ich konnte nicht verstehen, weshalb sie an einem Freitag um zehn schon nach Hause wollte.

«Ich muss morgen früh raus. Habe eine Weiterbildung. Dann bis Mittwoch – war schön.»

Sie nestelte in ihrer Handtasche und fischte einen Zwanzigfrankenschein heraus, den sie unter ihr leeres Glas klemmte. Dann umarmte sie mich flüchtig und war weg. Ich versuchte, meinen Ärger mit dem letzten Schluck Wein hinunterzuspülen. Dabei musste ich eine Grimasse geschnitten haben, denn ein Mann, schräg gegenüber von mir am Tresen, schenkte mir ein spöttisches Lächeln. Ich versuchte, ihn zu ignorieren, und wollte bezahlen.

«Sie wollen nicht auch schon gehen?»

Ich blieb stumm. Was wollte dieser Typ von mir?

Der Kellner kam auf mich zu, wurde aber von ihm abgefangen.

«Zwei Gläser Rotwein», sagte er und zu mir: «Sie trinken doch Rotwein, oder?»

Ich fixierte seine Augen über einem Dreitagebart.

«Was willst du?» Mit dem Du wollte ich ihm zeigen, dass wir nicht im gleichen Alter waren.

«Mit dir ein Glas Wein trinken oder hast du an etwas anderes gedacht?»

Mir stieg die Röte ins Gesicht.

Er lächelte, aber es war nicht mehr spöttisch, es war liebevoll und tat mir gut. Der Kellner brachte den Wein.

«Stefan.»

«Catharina.»

Die Gläser schlugen klingend aneinander.

Das war der Anfang einer Geschichte, an der wir ein Vierteljahr schrieben. Wir tauschten lange Briefe aus, sassen in Cafés, die Blicke ineinander verschlungen. Wir küssten uns in dunklen Ecken und auf einsamen Plätzen. Die Stadt bekam einen besonderen Glanz. Er war ein Folk-Freak und schleppte mich in verrauchte Kneipen, wo ich die Zeit vergass. Wir liebten uns im Hafenbecken, während die Kutter langsam vorbeizogen.

Esther hätte niemals von uns erfahren dürfen. Als ich ihr in einem Café das erste Mal von Stefan erzählte, war ich nervös. Wie würde sie reagieren? Ich fürchtete mich und hoffte zugleich, dass sie sich mit mir freuen würde. Mir war Liebe zugefallen.

«Wenn du nicht so früh an diesem Abend das Weite gesucht hättest, wäre ich nie mit ihm ins Gespräch gekommen.» Und mit einem Schmunzeln fügte ich an: «Eigentlich bist du an allem schuld.»

Sie blieb ernst, fragte mich über ihn aus. Von der Schuhnummer bis zu seiner politischen Einstellung. Es war mir nicht angenehm. Ich begann, Dinge zu erfinden, nur um ihr zu genügen. Am Schluss des Interviews sagte sie: «Du musst diese Affäre sofort beenden.»

«Warum?» Ich spürte Tränen in mir aufsteigen und kämpfte dagegen an.

«Weil das etwas Ernstes werden könnte!»

Typisch Esther! Aber was hatte ich anderes erwartet? Sie war mein ausgelagertes Gewissen, das ich mir in solchen Situationen zumutete.

Nein! Ich wollte nicht wissen, wie sie das meinte, und zum Glück insistierte sie nicht, weiteres beifügen zu wollen. Wir wechselten das Thema. Am Schluss unseres Treffens, als ich schon dachte, halbwegs heil davongekommen zu sein, schlug sie nochmals zu.

«Wirst du es Martin sagen?»

«Spinnst du? Sicher nicht jetzt.»

Sie starrte mich an.

Ich kramte nach meiner Handtasche, ich wollte gehen. Die Bedienung kam, ich bezahlte für uns beide, obwohl ich wusste, dass dies in ihren Augen ein sicheres Zeichen für mein schlechtes Gewissen war. Dann erhob ich mich und wollte als Geste der Versöhnung meine Hand auf ihre Schulter legen. Sie erwiderte mit kalter Stimme: «Wenn du denkst, du könntest jetzt ein Doppelleben führen, hast du dich getäuscht. Ich werde nicht zuschauen, wie du Martin betrügst. Ich werde mich nicht als Mitwisserin an deinem Verrat missbrauchen lassen.»

«Willst du mir drohen?», zischte ich und setzte mich wieder hin.

Sie zuckte mit den Achseln. «Wenn du dies als Drohung verstehst?»

«Schöne Freundin, du – Hauptsache ethisch-moralisch sauber bleiben. Du bist einfach nicht ganz dicht.»

Sie schwieg. In mir kochte die Wut.

«Und zudem – was ist mit deiner hoch gepriesenen Freundinnen-Solidarität?»

Ich wandte mich ab und kramte in meiner Handtasche nach Taschentüchern, um mir die Nase zu putzen. Nach einer Weile sagte sie: «Tut mir leid.»

Sie nahm Jacke und Handtasche und ging. Ich sass da und wusste plötzlich, weshalb ich weinte. Ich vermisste Papa. Ihm hätte ich von Stefan und mir erzählen können. Er hätte mich verstanden.

In den kommenden Wochen sahen Stefan und ich uns wie immer, aber es war für mich nicht mehr dasselbe. Esther hatte mir einen krank machenden Virus eingeimpft. Die Treffen mit ihm hatten nun einen bitteren Beigeschmack. Das Verbotene war nicht mehr prickelnd. Es machte mich zunehmend mürber. Ich lachte nicht mehr so oft über seine Anekdoten, ich wurde übellaunig, wenn er sich verspätete oder mir absagte, weil einer seiner Jugendlichen, die er betreute, seiner bedurfte. Die Eifersucht, die ich in dieser Art nicht kannte, nahm von mir Besitz und ich begann Kopfschmerzattacken vorzutäuschen, um sein Mitgefühl zu erhalten. Alles in allem ging es mit uns bergab. Schliesslich klopfte seine Ex wieder an seine Tür, was ihn verunsicherte. Ich machte ihm eine Szene, er verkroch sich wie ein verletztes Tier in seinen Bau.

Nach zwei Wochen Funkstille trafen wir uns in «unserer» Bar und tranken zusammen ein letztes Glas Wein. Wir versuchten, über uns zu lachen und weinten ein bisschen. Der Abschied fiel mir schwer und doch hatte er etwas Befreiendes. Alle Ausreden und Lügen, mit denen ich gelebt hatte, fielen weg.

Eine Weile noch schmerzten mich die vielen schönen Erinnerungen an ihn. Ich mied gewisse Plätze und Orte, um ihm nicht zu begegnen. Mein Alltag fühlte sich freudlos an. Ich versank in Grübeleien. Nur Gartenarbeit und Lektüre konnten mich einigermassen zerstreuen.

Einmal unternahm ich einen Versuch, mit Esther über meine verlorene Welt zu reden, aber sie verweigerte sich mir.

Etwa zwei Jahre später begegnete ich Stefan zufällig auf der Strasse. Er trug die Haare kürzer und eine Brille, die ihn solider aussehen liess. Wir nahmen uns Zeit für einen Kaffee. Er machte mir Komplimente, die an mir abperlten. Ich fragte nach seiner Ex-Freundin und er begann zu strahlen. Ein Kind sei unterwegs. Ich gönnte ihm dieses Glück und legte meine Hand auf seinen Arm, wie eine Schwester ihrem jüngeren Bruder. Er wollte wissen, wie ich unterwegs sei. Ich wusste nicht, was ich erzählen sollte. Es kam mir nicht vor, unterwegs zu sein. In diesem Moment fühlte ich mich nur alt und leer.

Nach einer halben Stunde geriet unser Gespräch ins Stocken. Ein bisschen verlegen, verlangten wir die Rechnung. Er umarmte mich zum Abschied. Er fühlte sich nah und gleichzeitig fremd an. Ich sah ihm nach, wie er mit energischen Schritten zur Bushaltestelle ging. Mit zugeschnürter Brust liess ich mich mit der Feierabendmenge durch die Innenstadt treiben, bis der Regen einsetzte und ich mich wieder daran erinnerte, ein Treffen mit meinen Söhnen zu haben. Wie immer kam ich zu spät.

Leonies Raum ist leer. Beinahe. Ein paar ausgestaubte Fachbücher und ungeliebte Gegenstände liegen noch in einer Ecke. Es ist so weit. Ich bin allein. Noch fühlt es sich aber nicht anders an.

Das Telefon vibriert. Es ist Kaspar. Ich sollte längst schon im Laden sein und überhaupt, was will der von mir?

«Rina, willst du mich wirklich nicht mehr sehen?»

«Nein.»

«Schade. Aber du musst wissen: Ich renne dir nicht nach. Ich mag keine Hin-und-Her-Geschichten.»

«Und ich mag keine Unverbindlichkeit.» Und bevor er etwas sagen kann, füge ich an: «Ich muss jetzt los. Bin spät dran.»

«Okay, falls du reden möchtest – heute Abend bin ich frei.»

Dann klickt er mich weg. Ich verpasse dem Koffer, der noch im Gang steht, einen Tritt, greife nach der Handtasche und dem Schlüssel und stürme aus dem Haus.

Tina ist verärgert. Ihre Lider zucken hinter den Brillengläsern. «Klink dich wieder ein», denke ich, entschuldige mich aber trotzdem.

Sie weist mit dem Kinn auf einen Kunden. Er steht vor dem Kochbuchregal. Es ist der Typ, der so viel Zeit hat, weil er sich krankschreiben lässt. Ich ignoriere ihn. Als ich zu meinem Bürotisch will, versperrt er mir den Weg.

«Heute kriegst du keinen Kaffee», denke ich.

Er fragt nach einem Buch von Jamie Oliver, obwohl sich drei verschiedene Exemplare vor seiner Nase türmen.

«Ach, da ist er ja, der Jamie!», ruft er aus. Er beginnt zu schwatzen. Von seiner Freundschaft zu ihm. Dass er ihn im «Fifteen» kennengelernt habe und ...

Ich ordne Bücher ins Regal ein. Als er anfängt, eine Story von sich und Jamie an einem Angel-See zu erzählen, stoppe ich ihn.

«Das neuste Buch verkauft sich leider schlecht, nicht wahr?», frage ich und gucke dabei in Tinas Richtung.

«Ein Flopp», meint sie und ich sehe, wie sie sich grinsend abwendet.

Zum guten Glück sind wir den Schwätzer bald darauf los. Doch der Tag wird nicht besser. Viel Beratung und wenig Einnahmen. Und dann ruft Florence an, sie habe die Sommergrippe.

Als ich nach Hause radle, springt die Kette aus dem Ritzel. Ich lege sie wieder ein. Mit ölig-schwarzen Fingern klaube ich ein Papiertaschentuch aus meiner Tasche. Vorsichtig, damit meine geliebte Ledertasche keine Flecken abbekommt.

Kaum fünf Minuten zuhause, klingelt es an der Haustür. Angie und Timo. Sie trägt in beiden Händen zwei schwere Plastiksäcke. Er hat einen Kinder-Rucksack umgehängt und einen Riesenteddybären im Arm.

Als sie mein Fragezeichengesicht sieht, seufzt sie.

«War das ein weiter Weg! Erst mit dem Bus, dann mit der

Strassenbahn und jetzt noch zu Fuss.»

Ich stehe in der Tür und warte ab.

«Hat Jo dir nichts gesagt?»

Sie sitzen in meiner Küche. Timo trinkt Orangensaft, obwohl er lieber Cola gehabt hätte, und Angie nippt an einer Tasse Kaffee.

Sie bräuchten eine Bleibe. Nur vorübergehend. Sie hätten jetzt ausziehen müssen. Es sei nicht mehr zum Aushalten gewesen. Ich frage nicht, was sie damit meint. Ich will es lieber nicht wissen.

Jo habe gesagt, ich würde sie beide bestimmt aufnehmen, ich hätte jetzt viel Platz. Aber auf ihn sei eben auch nicht Verlass. Sogleich nimmt sie ihn aber in Schutz. Er habe so viel zu tun, da könne schon mal was untergehen. Und dann schaut sie mich mit einem «Bitte, bitte, wir dürfen doch bleiben»-Blick an.

Mit dem Staubsauger fahre ich durch Leonies Zimmer, während Angie in der Badewanne und Timo vor dem Fernseher sitzt. Benno von nebenan hilft mir, ein Bett für Angie ins Zimmer zu stellen. Für Timo legen wir eine Matratze daneben. Er schaut zu und will wissen, warum er und seine Mutter sich ein Zimmer teilen müssten. Es gäbe doch noch zwei andere. Ob er denn allein schlafen wolle, frage ich ihn. Er schüttelt energisch den Kopf und setzt sich wieder vor den Fernseher.

Um acht Uhr klingelt es erneut. Es ist Tamtam, aufgekratzt mit einer grossen Tüte von McDonald's. Timo kreischt vor Freude. Angie fällt ihm wie einem Retter um den Hals. Mich begrüsst er mit einem Kuss. Kein Wort über meine grosszügige Aufnahme der zwei Gestrandeten. Ist ja selbstverständlich!

Wir sitzen vor dem Fernseher und essen Chicken Nuggets und French Fries. Die Cola ersetzen Tamtam und ich durch Rotwein. Timo nörgelt, weil ihm DSDS nicht gefällt. Ich verstehe ihn. Die hämische Fratze von Dieter Bohlen könnte ich auf den Mond schiessen. Gegen zehn Uhr verabschiedet sich Tamtam. Angie und Timo verschwinden in ihrem Zimmer.

Ich räume die Gläser und den Abfall weg. Vom Badezimmer dringt Angies Stimme an mein Ohr. Dann Timos Gemecker. Er will seine Zähne nicht putzen.

Kaspar! Ich habe ihn völlig vergessen. Mein Telefon zeigt keine Nachricht von ihm. Vielleicht ist das ein Zeichen. Es soll eben nicht sein. Ich lege mich aufs Bett. «Eine Woche», habe ich zu Angie gesagt, «eine Woche könnt ihr bleiben.»

Im Bett wälze ich mich hin und her. Zweimal höre ich die Toilettentür, einmal die Stimme von Angie flüstern. Dann träume ich. Eine Frau liegt in einem grossen Bett. Ihr Kopf ist auf ein rotes Herzkissen gebettet. Sie ist bis auf BH und Höschen nackt. Es ist halb Angie und halb Esther.

«Komm endlich», sagt sie.

Da löst sich eine Gestalt aus dem Hintergrund. Es ist Kaspar. Er legt sich zu ihr, streichelt ihre Brüste. Dann schreit jemand. Ich wache auf. Verwirrt lausche ich den fremden Geräuschen. Angie? Timo? Die Uhr zeigt halb acht. Ich wälze mich aus dem Bett. Im Flur begegne ich Angie. Sie trägt einen Kimono mit Papageien bedruckt und schubst Timo vor sich her zur Haustür.

«Den Weg kennst du.»

Timo schüttelt den Kopf. «Du hast versprochen, dass mich Jo oder Rina hinbringt.»

«Hör auf damit», zischt sie. «Du bist alt genug. Hast du das

Abo? Immer muss ich dir alles nachtragen.» Sie schiebt den unwilligen Timo zur Haustür hinaus, steckt ihm noch ein Geldstück zu. Dann geht sie mit einem «Morn» an mir vorbei und schliesst sich im Bad ein.

Auf dem Rad unterwegs zu Mama klingelt mein Telefon zweimal in der Tasche. Ich schaue erst auf dem Weg zum Lift aufs Display. Die eine Nummer kenne ich nicht, die andere ist die von Martin. Ich rufe zurück. Till sei im Krankenhaus. Ein Motorrad-Unfall. Er sei nicht lebensgefährlich verletzt. Er habe Glück gehabt. Ob ich mit ihm hinfahren wolle. Gegen Mittag könne er weg. Er würde nochmals anrufen. Mein Puls ebbt langsam ab, während ich zu Mama hochfahre.

Es scheint ihr besser zu gehen. Sie liegt nicht mehr im Bett, sie sitzt wieder am Fenster. Aber sie erkennt mich nicht sofort.

«Sofia?». Sofia war Mamas jüngere Schwester.

«Mama!»

«Ach ja, du bist es.»

Aus ihrem Mundwinkel fliesst ein wenig Kaffee-Speichel. Ich krame ein Taschentuch aus meiner Tasche und tupfe ihn weg. Sie lässt es geschehen.

Ob sie sich nicht wieder einmal einen Coiffeurtermin leisten wolle, frage ich sie. Ihre Haare hängen in feinen Silberfäden, darunter sieht man ihre rosa Kopfhaut. Sie schüttelt den Kopf.

Ich erzähle ihr, dass Leonie ausgezogen sei und nun in einer schönen, hellen Wohnung lebe. Sie nickt nur. Ich bin mir nicht sicher, ob sie weiss, wer mit Leonie gemeint ist. Deshalb zeige ich ihr ein Foto: Leonie am Strand, in gestreiftem Bikini. Aufmerksam betrachtet sie das Bild. Dann sagt sie: «Hübsches Mädchen. Ein bisschen jung.»

«Wofür, Mama?»

«Ach nichts.» Sie dreht widerwillig ihren Kopf zum Fenster. Ihre Augen wandern. Wonach sucht sie? Plötzlich fragt sie: «Wann kommt Vroni mich besuchen?»

Im ersten Moment bin ich perplex. Im zweiten weiss ich, wen sie meint.

«Sie kommt bestimmt bald. Tamtam, ich meine Johannes, wird sie mitbringen.»

«Den habe ich auch schon lange nicht mehr gesehen. Hat er wieder Mist in der Schule gebaut?»

«Nein, Mama, da kannst du beruhigt sein. Mit der Schule ist alles okay.»

Sie schaut wieder hinaus. Ich frage sie nicht, ob sie spazieren will. Meine Gedanken kreisen um Till. Was, wenn er sich das Rückenmark verletzt hat? Wenn er nicht mehr laufen kann? Hier eine alte, müde Frau – dort ein junger Mann voller Lebensenergie. Würde ich Mama für Till opfern? Ein gesunder Till gegen eine tote Mutter? Das würde ich! Und Mama Vroni?

Und dann kommt dieser Augenblick, ein Gefühl, in der Luft zu hängen, frei baumelnd. Keine Wurzeln mehr zu haben, keine Triebe, abgesägt.

Ich verabschiede mich.

«Schön, dass du mich besucht hast, Sofia», sagt sie mit einer hohen Stimme.

Draussen schnäuze ich meine Nase. Die Luft ist warm. Ich schaue auf das Display meines Telefons.

Keine neuen Anrufe, keine Nachrichten.

Hoffe: «No news are good news.»

Esther rief mich von der Schule an. Das tat sie nie, also musste etwas vorgefallen sein. Zwar kam mir etwas ungelegen, dass sie nach Feierabend vorbeikommen wollte, aber Nein sagen konnte ich nicht. Als ich weiter Wäsche zusammenlegte, stellte ich mir Esther im Klassenzimmer vor. Wie sie mit geradem Rücken vor der Wandtafel steht. Nein, wahrscheinlicher beugt sie sich über den Beamer. Rückt eine Buchseite mit ihrer schmalen Hand so zurecht, dass man sie an der Wand projiziert sehen kann.

Ist «Sansibar oder der letzte Grund» noch aktuell? «Die Deutschstunde», «Effie Briest»?

«Sie interessieren sich nicht für die Lektüre, die ich ihnen vorschlage. Sie scannen meine Kleidung», meinte Esther letzthin. «Eine Schülerin antwortete mir, als ich sie fragte, was es denn zu tuscheln gäbe: ‹Die Stiefel, die Sie tragen, sind out, aber Ihr Rock ist geil.› Ich hätte ihr am liebsten ins Gesicht geschlagen.»

«Du glaubst nicht, was heute passiert ist.» Esther sass auf dem Oma-Sessel, die Beine übereinandergeschlagen. «Zwei meiner Schülerinnen haben einen Kollegen bei der Schulleitung angezeigt. Er habe ihnen dauernd in den Ausschnitt ihres T-Shirts geguckt und in der Klasse schlüpfrige Witze erzählt.»

«Ist das so einer?»

«Thomas? Bestimmt nicht. Er hat einen speziellen Humor, ja. Aber er ist in einer stabilen Beziehung. Ich kenne seine Frau.»

«Eine Ehe ist doch kein Garant dafür!»

«Wofür?»

«Ich meine, man liest und hört so viel über verheiratete

Männer, die sich an Mädchen oder Jungs vergehen.»

«Jetzt will ich dir mal was sagen! Diese zwei Mädchen sind die infamsten Intrigantinnen, die ich je kennengelernt habe. Für die ist das alles nur ein Spiel. Ein Spiel, bei dem sie sich als Weibchen aufwerten wollen. Sexhungrig und machtgierig sind die.»

Esthers Worte, mehr noch ihr Ton, erschreckten mich.

Sie setzte sich auf die Kante des Sessels und fuhr fort.

«Neulich hatten wir ein Gespräch über dieses Thema im Lehrpersonenzimmer. Leandro, einer unserer Sportlehrer, sagte, er würde beim Geräteturnen nicht mehr Hilfe stehen. Man könne sein Anfassen der Schüler und Schülerinnen missinterpretieren. Er würde die Sicherheit durch Mitschüler gewährleisten. Gewisse Mädchen versuchten, ihn mit tiefausgeschnittenen und schulterfreien Leibchen zu provozieren. Er würde keine Kommentare mehr dazu abgeben. Allein schon der Umstand, dass er die Kleiderordnung anschneide, genüge, um ihn des Voyeurismus zu bezichtigen. Wie soll er Sport unterrichten, ohne sich nicht dauernd zu hinterfragen, welche Aussagen ihn in die Bredouille bringen könnten? Schlimmer noch seien aber die Eltern. Die würden massives Geschütz auffahren. Die wollen alle ihre Kids an die Uni spedieren, zahlen ihnen Nachhilfe, zählen bei jedem Test die Punkte nach und rekurrieren, wenn das Zeugnis ihrer Sprösslinge sie nicht weiterbefördert.»

«Und dieser Thomas? Was passiert jetzt mit ihm?»

«Die Schulleitung muss dem Vorwurf nachgehen. Die Schulsozialarbeit wird eingeschaltet. Wie ich Thomas kenne, wird er einige schlaflose Nächte haben. Dazu kommt, dass sein Vater im Sterben liegt. Er sieht schlecht aus. An seiner Stelle würde ich mich krankschreiben lassen.»

«Das würdest du bestimmt nicht tun», entgegnete ich, «du würdest durchhalten und kämpfen!»

Sie lachte, aber es war ein bitteres Lachen.

«Die Schulleitung ist schwach. Sie traut sich nicht, für uns Lehrpersonen einzustehen. Du erhältst keine Rückendeckung. Sie hat Angst vor den Eltern, vor der Volksschulleitung, vor der Öffentlichkeit. Eine schwache Schulleitung fördert ein Klima der Unsicherheit. Jeder und jede schaut für sich. Es gibt keine Solidarität.»

Ich schlug ihr vor, an der Uni eine Stelle zu suchen. Philologie, Literaturwissenschaften. Studenten und Studentinnen seien doch motivierter. Das glaube sie nicht und ausserdem sei es dafür zu spät. Dieser Zug sei schon lange abgefahren.

Dann änderte sie abrupt das Thema und meinte beinahe im gleichen Tonfall, Toni würde Paula zu fest verwöhnen. Es nerve sie, dass er ihr regelmässig Geld zustecke. Für Kleider, Telefon, Ferien. Er würde sie als Mutter unterlaufen. Sie könne in diesen Dingen kein Einsehen von ihm erwarten, obwohl sie diesen Umstand schon einige Male zum Thema gemacht habe. Er habe sie nachträglich für Paulas Krankheit verantwortlich gemacht. Die Beziehung zwischen ihr und Paula sei durch seine Machenschaften schlecht geworden.

Welche Art von Machenschaften sie denn meine, wollte ich wissen.

Er würde erzählen, dass ihre Mutter krank sei, unzurechnungsfähig. Dass sie eines Tages in der Klapsmühle lande.

«Ich sage dir, er ist gegen mich. Er will mir Paula wegnehmen!»

«Das glaube ich nicht. Toni meint es bestimmt nicht so!»

«Doch, genau so meint er es.» Sie stand auf. «Eines Tages muss ich noch unterschreiben, dass ich verrückt bin!»

«Jetzt komm mal wieder runter, du übertreibst masslos.» Mir behagte diese Art von Gespräch überhaupt nicht.

«Masslos? Was meinst du damit? Auf welcher Seite stehst du?»

«Auf deiner, natürlich auf deiner», sagte ich beschwichtigend. Ich entschärfte die Sache halbwegs, als ich anfügte, dass Paula sich zu einer gesunden Frau mit Vorzügen entwickelte, um die Gleichaltrige sie beneiden würden.

Nachdem wir noch einen Tee getrunken und über harmlose Themen geredet hatten, wollte sie gehen. Sie müsse noch einige Aufsätze korrigieren.

Zum Thema vom Anfang müsse sie noch beifügen, sie würde sich für Thomas stark machen. Und als ich fragte, wie sie das tun wolle, sagte sie: «Ich werde meinen Schülerinnen die Leviten lesen und den Eltern dazu.»

Ich dachte mir meinen Teil und sagte nichts dazu.

Zwei Wochen später erfuhr ich, dass Esther sich gegenüber den Mädchen und ihren Eltern wie eine Furie benommen hatte. So, dass die Schulleitung und der Elternrat einschreiten mussten, um die Fronten wieder aufzuweichen. Das Kollegium war schockiert über das, was bis zu ihm durchdrang. Esther erhielt von der Schulleitung einen Verweis. Seither mied sie das Lehrpersonenzimmer, ging allen Kollegen aus dem Weg. Da sie mit ihrer Aktion auch Thomas geschadet hatte, konnte nicht einmal er ihr die Stange halten. Esther wurde zunehmend isolierter. Und ihre Joggingrunden länger und länger.

Martin fährt sicher und zügig. Wenn aber einer vor ihm die Höchstgeschwindigkeit nicht ausnützt, setzt er die Lichthupe ein. Er fährt ihm beinahe ins Heck. Er beschimpft ihn, zeigt ihm den Vogel. Ich mag das nicht. Am liebsten möchte ich aussteigen.

Heute Nachmittag geht es mit dem Verkehr. Wir kommen gut voran. Ich will mehr über Tills Unfall wissen. Er kann nichts sagen. Aber er beginnt, mir Vorwürfe zu machen. Ich hätte Till in dieser Motorradidee unterstützt. Er sei dagegen gewesen. Will er damit sagen, dass ich die Schuld trage? Ich entgegne nichts darauf, antworte auf einen Anruf meines Telefons. Angie sucht Timo. Ob ich wisse, wo er sei. Leider nein. Ich will noch erwähnen, dass ich andere Sorgen habe. Sie hat schon aufgehängt.

Till liegt nicht mehr auf der Intensivstation. Er ist in einem Dreibettzimmer und Max sitzt an seinem Bett.

«Beckenbruch und schwere Prellung am Arm», ruft er uns fröhlich entgegen.

Max sagt dazu: «Der hat doch immer Glück» und boxt seinem Zwillingsbruder spielerisch an die Brust.

«Ist das eine Familienzusammenführung?», fragt Till und schneidet eine Grimasse. Dann erzählt er vom Unfall. Wie er auf einer Öllache ausgerutscht ist. Ich frage ihn, ob er Schmerzen habe. Es sei erträglich, meint er.

«Ich bin ja volle Kanne gedopt.»

Martin will noch mit dem Arzt reden. Er macht sich auf die Suche nach ihm. Max hat noch eine Verabredung.

«Tilly, halt die Ohren steif», so seine Worte. Dann ist er weg. Ich sitze allein bei Till und streichle seine Hand. Wie lange ist es her, als sie noch klein und rund war. Mein kleiner Pascha rudert mit den Ärmchen. Er klatscht in seine Patschhändchen, robbt über den Teppich, zieht sich am Beistelltisch hoch. Jetzt ist er ein grosser Schlaks!

Es klopft. Die Tür geht auf und eine junge Frau mit einer langstieligen Rose kommt herein. Sie ist dunkel, sehr dunkel und ihr Haar ist raspelkurz.

«Charlie!» Till strahlt.

Ich lasse seine Hand los. Die junge Frau lächelt. Ihre weissen Zähne glänzen. Sie trägt eine weite Hose, beugt sich zu Till und küsst ihn zärtlich auf den Mund. Dann gibt sie mir die Hand.

«Charlotte.» Ihren Namen spricht sie Englisch aus.

Ich begrüsse sie und verabschiede mich gleichzeitig. Till streiche ich übers Haar, flüchtig, beinahe verlegen. Draussen auf dem Flur schreibe ich Martin eine Nachricht.

«Warte in der Cafeteria.»

Sie hat eine Terrasse. Mit Blick über die Dächer der Stadt. Sie ist mir fremd. Vieles ist mir fremd geworden. Meine Kinder, mein Mann. Ich bin mir selber fremd geworden. Das macht mir Angst. Was soll aus meinem Robbenleben werden? Ich weiss es nicht.

Martin möchte Till noch auf Wiedersehen sagen. Ich warte beim Auto.

Ob er Charlotte gesehen habe, frage ich. Hat er und er ist sehr angetan von ihr. Habe ich mir denken können.

Auf dem Nachhauseweg redet Martin. Er erzählt, was ihm der Arzt mitgeteilt hat. Ich höre nur «kein bleibender Schaden». Alle weiteren Sätze werden wie weggeschwemmt.

Ich weiss, dass da mehr ist mit dieser Charlotte. Ich weiss, auch Till habe ich jetzt verloren. Martin sage ich nichts davon. Er würde es nicht verstehen.

Martin fährt mich nach Hause. Die Haustür steht weit offen. Man hört Kindergebrüll. Martin verdreht die Augen.

«Was ist denn hier los?»

Angie erscheint in der Haustür. Als sie uns sieht, kommt sie neugierig näher. Sie will Martin vorgestellt werden. Dann erzählt sie in einem ärgerlichen Ton, dass Timo in der Stadt herumgestreunt sei. Er wolle nicht sagen, was er getan habe. Ich beruhige sie. Das könne es schon mal geben.

«Nicht bei mir», sagt sie und macht ein strenges Gesicht.

Als wir zu dritt etwas trinken, kommt Timo angeschlichen. Er hat ein verweintes, mürrisches Gesicht.

«Ich will meine Serie schauen», quengelt er.

«Heute nicht.»

«Mama, bitte – ich mach es nicht mehr, versprochen.»

«Nein, Strafe muss sein.»

«Maaama!»

«Zisch ab!» Nach Anerkennung heischend, schaut sie uns an. Dann geht sie in ihr Zimmer, um sich aufzubrezeln, wie sie es nennt. Sie habe noch ein Date. Das leere Cola-Glas lässt sie stehen.

Ich begleite Martin zur Tür. Wir küssen einander.

«Wenn ich einziehe, sind die aber weg.» Er lacht. Aber nur kurz.

Angie ist immer noch im Bad, Timo vor dem Fernseher.

«Weiss das deine Mutter?» Ich grinse ihn dabei verschwörerisch an.

«Die sagt nichts mehr. Sie geht aus.»

«Und wie findest du es, wenn sie ausgeht?»

«Gut, dann kann ich gucken, was ich will.»

«Das ist aber mein Haus und mein Fernseher.»

Er schaut mich verblüfft an. Ich setze ein Pokerface auf.

Angie kommt aus dem Bad. Sie geht vorbei in ihr Zimmer, kommt zurück. Ob ich ihr einen Hunderter ausleihen könne.

Nur bis morgen. Und zu Timo sagt sie, er solle den Fernseher leiser drehen. Er tut es nicht.

Ich rufe Paula an und frage nach, wie es ihr geht.

«So la la. Serge meldet sich immer weniger.»

Sie solle doch vorbeikommen, schlage ich vor.

Sie hätte viel zu tun. Für die Uni müsse sie noch zwei Arbeiten schreiben. Sie melde sich in einer Woche. Dann habe sie mehr Luft.

Timo mag meine Spaghetti. Er schaufelt eine Menge in seinen Mund. Zwischen zwei Bissen fragt er mich, weshalb er keine Cola bekäme. «Ich habe keine mehr», antworte ich ihm. Er schaut mich argwöhnisch an.

«Stimmt nicht. Im Keller hast du noch sechs Flaschen.»

Der kleine Kerl spioniert also herum. Hätte ich ihm nicht gegeben. «Ich will nicht, dass du nur Cola trinkst. Du weisst, dass es ungesund ist.»

«Warum trinkst du Wein? Der ist doch auch nicht gesund!»

«Gut, ein Glas Cola für dich, ein Glas Wein für mich.»

«Deal», sagt er und strahlt.

«Du holst die Flasche.»

«Warum ich? Ich habe Angst, in den Keller zu …» Er hält inne, merkt, dass seine Geschichte nicht aufgeht.

«Ich habe die Cola bezahlt, du holst es.»

Murrend steht er auf.

Nachdem er ein erstes Glas geleert hat, meint er: «Magst du noch ein Glas Wein? Ich schenke dir ein.»

Wirklich ein schlaues Bürschlein.

«Du legst mich nicht rein!»

Er seufzt. «Nur noch ein Glas, bitte.»

Ich schüttle den Kopf.

Als ich die Teller in die Küche zur Spüle trage, höre ich ein verdächtiges Geräusch. Er rülpst. Ich trete ins Zimmer und sehe, wie er die Flasche wieder hinstellt.

«Bandit!», zische ich und nähere mich ihm. Er zieht ängstlich den Kopf ein. Ich streiche ihm übers Haar.

Timo ist im Bett. Das Telefon habe ich ihm abgenommen. Er hat geflucht, gedroht und mich schliesslich angefleht. Ich blieb hart. Jetzt fasse ich mir ein Herz. Ich rufe Kaspar an. Er meldet sich nicht. Ich schreibe ihm: «Tut mir leid! Ruf mich bitte an.»

Dann lege ich mich ins Bett. Wie fühlt es sich an, wenn Martin wieder da ist. Warum vermisse ich ihn nicht? Noch einmal schaue ich nach Timo. Er schläft, mit seinem Teddy im Arm. Jetzt schaut er richtig süss aus.

Ich hatte auch einen Teddy. Einen Teddyhasen. Mama Vroni hat ihn mir geschenkt. Er roch nach Nelken. Da war noch ein anderer Duft, den ich nicht beschreiben kann. Er verlor ein Knopfauge, schaute mich traurig an. Später verlor er auch ein Bein. Mama wollte es mir erst nicht annähen. Ich habe so geschrien. Da hat sie es doch getan.

Ein paar Seiten lese ich. Dann erscheint auf meinem Display eine Nachricht: «schön von dir zu lesen. bin müde. morgen meld ich mich. schlaf schön. KaPo»

Esther weigerte sich jahrelang, therapeutische Hilfe für sich zu beanspruchen. Als sie endlich dazu bereit war, fand ich für sie eine ältere, erfahrene Psychiaterin. Dreimal ging Esther hin. Nach dem ersten Mal war sie von ihr angetan. Nach dem zweiten Termin klang sie schon sehr skeptisch und die dritte Stunde erwähnte sie nicht mehr.

Als ich nachfragte, sagte sie: «Abgehakt.»

Ich wollte die Gründe wissen. Als sie nicht darüber reden wollte, wurde ich sauer. Später erfuhr ich, dass ihr die Therapeutin Medikamente gegen Angststörungen verschrieb, ihr zusätzlich aber zu einem stationären Aufenthalt riet. Dringend.

Anfänglich nahm Esther die Medikamente, schmiss aber nach ein paar Tagen die Tabletten vor meinen Augen in den Müll. Erst dachte ich, die Nebenwirkungen, die auf dem Beipackzettel des Medikamentes standen, hätten sie abgeschreckt. Nein, sie fürchtete, sich damit zu vergiften! Das Wort «Klinikaufenthalt» durfte ich in ihrer Gegenwart nicht mehr in den Mund nehmen.

«Wenn man da mal drin ist, kommt man nicht mehr raus. Ich schaffe es aus eigener Kraft. In zwei Monaten habe ich diese neue Stelle. Dann geht es mir besser. Du wirst sehen!»

Ich glaubte nicht daran, schwieg jedoch.

«Schau mich nicht mit diesen Hundeaugen an. Weshalb bist du so pessimistisch?»

«Ich, pessimistisch?» Ich hatte nur ein trockenes Lachen übrig.

«Dein mangelnder Ehrgeiz zeigt, dass du denkst, man kann etwas nicht aus eigener Kraft erreichen!»

Das war mir zu viel. «Schau dich mal im Spiegel an», schrie ich, «du bist krank, so etwas von krank!»

Esther blieb ruhig. Wie ich das meine, fragte sie nach einer Weile. Wieder schwieg ich.

Ich sei ihr eine Antwort schuldig, insistierte sie. Nach einer Pause, in der ich fieberhaft überlegte, sagte ich, sie müsse selber wissen, ob und wie sie sich Hilfe hole. Mehr hätte ich zu diesem Thema nicht zu sagen.

Nach einem hörbaren Atemzug fuhr sie fort: «Noch bis

zum Sommer. Dann habe ich wieder Luft, dann beginnt eine neue Zeit.» Sie stockte. Einen Moment rang sie nach Worten. «Ich weiss, im Moment bin ich nicht zu ertragen. Ich glaube, es hilft mir, wenn du einfach für mich da bist.»

Ich legte meinen Arm um ihre Schulter. Einen Augenblick lehnte sie ihren Kopf an mich. Dann sagte sie: «Die beste Zeit meines Lebens war unsere Zeit.»

Ich schaute sie fragend an.

«Die Zeit, als ich deine Freundin werden durfte. Du kamst gerade zur richtigen Zeit. Durch dich wurde mein Leben leichter. Plötzlich gab es noch etwas anderes ausser Schule und all dem, was daheim war.»

Ich wollte nachhaken wegen dem Daheim, aber sie fuhr fort: «Ohne dich wäre ich innerlich abgestorben. Du hast meinem Leben wieder einen Sinn gegeben. Ich durfte an deinem Leben teilnehmen. Du hörtest zu, du warst offen für meine Worte, für Bücher und Texte. Mit dir zusammen konnte ich alles Hässliche, Verabscheuenswürdige an mir für einen Moment vergessen. Du hast mir das Gefühl gegeben, ein normales Mädchen aus einer normalen Familie zu sein.»

Ihre Stimme hatte einen warmen Ton bekommen. In diesem Augenblick war mir, als öffne sich etwas in ihrer Seele.

«Endlich hatte ich eine Freundin. Eine beste Freundin. Ich hatte die Hoffnung, dass mein Leben noch eine andere Wendung nehmen könnte, dass ich aus meiner Bahn, die mir bis jetzt vorgegeben schien, ausbrechen könnte.»

«Du bist doch deinen eigenen Weg gegangen», wollte ich einwerfen, aber sie liess mich nicht zu Wort kommen.

«Ich habe dafür gekämpft, einen neuen Weg zu gehen, mit dieser Zuversicht, die ich damals durch dich bekommen habe. Aber seither ist mein Leben ein Kampf und die Kosten sind hoch.» Sie stand jetzt vor mir, blickte aber an mir vorbei. «Manchmal bin ich müde und mag nicht mehr kämpfen, mag mich nicht mehr der Welt und den Menschen stellen, die mir feindlich gesinnt scheinen, die sich mir immer wieder entgegenstellen, mich nicht verstehen, mich wegdrängen, bis ich mich schliesslich wieder in diesem Raum der Angst ...»

Sie brach ab. Das Weiche an ihr war wie weggefegt. Sie blickte mich mit weit geöffneten Augen an und sagte dann: «Ich bin nicht bereit, die ganze Rechnung zu bezahlen. Bezahlen mit diesem elenden Leben, mit meinem geschundenen Körper und meinem Ich, das irgendwo verkrüppelt in mir siecht. Er wird seinen Teil übernehmen müssen. Irgendwann.»

Sie sagte nicht, wen sie mit «Er» meinte. Und ich fragte nicht danach. Wahrscheinlich fürchtete ich mich vor der Antwort.

Um zwei Uhr nachts reisst mich die Türklingel aus dem Schlaf. Ich schleiche mit angstvoll klopfendem Herzen durchs Haus. Aus Angie und Timos Zimmer dringt kein Laut. Durch das Küchenfenster kann ich Tamtams Gestalt erkennen. Als ich öffne, fällt er mir in die Arme. Er ist sturzbetrunken, blutet aus der Nase. Um das eine Auge blüht ein frisches Veilchen.

«Scheisstürken», brabbelt er.

Ich hole Eisbeutel und Watte. Er heult auf, redet etwas von «Denen zahle ich es heim». Ich helfe ihm die Treppe hinauf in Martins Büro. Aus dem Schrank ziehe ich einen Schlafsack und lege ihn auf die Couch. Ich muss ihm aus den Kleidern helfen. Er grunzt noch zwei-, dreimal, dann ist er weg.

Laute Stimmen wecken mich. Acht Uhr. Ich stürze ins Bad. Aus dem Büro höre ich Angies Stimme. Sie schimpft.

Die Tür geht auf und sie geht mit funkelnden Augen in einem Spitzennegligé in ihr Zimmer und lässt die Tür zuschlagen.

In der Küche sitzt Timo und löffelt Nutella direkt aus dem Glas. Wortlos nehme ich es ihm aus der Hand, schicke ihn ins Bad, um sich die Zähne zu putzen. Dann lasse ich die Kaffeemaschine arbeiten.

Ich rufe nach Angie. Keine Antwort. Also schreibe ich Timo eine Entschuldigung für seine Verspätung und schicke ihn zur Schule. Zur Arbeit komme ich erneut zu spät.

Am Nachmittag ist das Haus leer. Alle sind ausgeflogen. Auf dem Küchentisch liegen Cola-Büchsen, aufgerissene Papiertüten, Teller mit Nudelresten.

Ich setze mich in den Garten. Mein Haus ist nicht mehr mein Haus. Es ist von anderen Menschen besetzt. Ein trauriges Gefühl beschleicht mich und die Erkenntnis: Mein Haus war nie mein Haus. Fremde haben es bewohnt. Ich besass noch nie ein eigenes. Nur Zimmer, die andere Menschen ausgefüllt haben: Esther, Martin, meine Kinder. Und doch ein tröstlicher Gedanke hält mich fest. Endlich bin ich zur Suchenden geworden, endlich habe ich mich aufgemacht, wenn auch noch zögerlich. Die Einsamkeit kommt wie der Schatten eines Vogels mit weiten Schwingen über mich. Die Robbe hat die Insel verlassen. Wo die Reise hingehen soll, weiss sie nicht. Noch ist alles ungewiss.

Ich unterdrücke das Bedürfnis, meine Reisetasche zu packen und zu Kaspar zu fliehen. Stattdessen nehme ich Farbe und Pinsel. Da bin ich zuhause.

Nach zwei Stunden lege ich den Pinsel weg. In der Gewissheit, ein Ziel zu haben. Und damit einen Plan. Noch weiss ich nicht, wie ich ihn umsetzen will. Aber es ist ein Anfang.

Die Tür geht auf und meine beiden Mitbewohner stehen da. Angie trägt eine riesige Tüte mit Lebensmitteln in die Küche.

«Ich koch uns was.»

Timo verschwindet im Zimmer, knallt die Tür zu.

«Der hat schlechte Laune», sagt sie.

Was es denn geben soll, frage ich hungrig. Sie lacht verschmitzt und zieht die Schultern hoch. Ich solle jetzt verschwinden. Lesen oder malen. Sie würde für mich ein sogenanntes «Menu surprise» zubereiten.

Ich versuche, Kaspar anzurufen, und habe Glück.

«Nur kurz, ich muss an eine Besprechung», sagt er ohne Gruss.

«Ich wollte mich mal melden.»

«Wozu?»

«Na ja – hast du mal Zeit zum Reden?» Stille. Ich will, dass er Ja sagt.

«Wann?»

«Morgen Abend?»

Wieder Stille. Habe ich gehofft, er würde in Jubel ausbrechen?

«Okay.»

Ich schlage ein Lokal vor. Ein trendiges. Dummer Vorschlag. Weder er noch ich passen dorthin. «Besser bei mir», hänge ich an.

Sofort ist er einverstanden. Ob ich den Artikel von Paul Fischer in der Zeitung gelesen habe. Ich weiss nicht, wovon er spricht. Er nennt mir die Rubrik und das Datum des Erscheinens. Dann legt er auf.

Was, wenn er Nein gesagt hätte?

Ich suche den Artikel im Internet. Tatsächlich: Fahrlässigkeit in der Klinik Sonnenberg. Paul schreibt von nicht haltbaren Zuständen, von Versäumnissen des Personals. Er klagt die Klinikleitung an. Sein Ton ist scharf und bissig. Er gibt ihr die Schuld am Tod seiner Tochter. Zu guter Letzt ufert sein Leserbrief in einen Rundumschlag gegen die Psychiatrie aus. Ich kann in sein Lied nicht einstimmen. Es tönt falsch.

Schon seit einiger Zeit duftet es verlockend aus der Küche. Angies Stimme ruft zum Essen. Timo taucht auch auf. Seine Laune ist nicht besser, aber er scheint Hunger zu haben.

Wir setzen uns an den gedeckten Tisch. Angie hat Kerzen angezündet und Margeriten-Blütenköpfchen aufs Tischtuch gestreut. Wie in einer Kochsendung verkündet sie: «Zur Vorspeise gibt es Garnelen auf Eichblattsalat (Timo: ‹Igitt!›), zum Hauptgang Lammkoteletten mit Safranreis und glasierte Möhren (Timo: ‹Hä?›) und zum Dessert Eis mit heissen Himbeeren (Timo: ‹Ich will nur Eis!›).» Stolz steht sie da in ihrem Kleidchen, darüber meine Kochschürze. Ihr Gesicht ist rot und ihre Haare sind feucht vom Dampf. Ich nicke anerkennend.

Wir essen. Die Koteletten sind gut durchgebraten. Die Sauce an den Garnelen ist sehr üppig – wie ich es mag. Nur der Reis ist etwas salzig geraten. Ich lobe sie, Timo hingegen mault.

«Kann ich ein Nutellabrot haben?»

Angie ignoriert ihn. Sie erzählt, dass sie vielleicht eine Wohnung hat, vielleicht. Timo will wissen wo.

«Sag ich dir nicht.»

Er schiebt die Möhren an den Rand seines Tellers.

Nach dem Dessert – Timo hat sich dreimal geschöpft – bedanke ich mich bei Angie. Ich lobe sie noch einmal. Ihr Strahlen ist bezaubernd.

«Du machst die Küche!» Sie zeigt mit dem Finger auf Timo. Sein Gesicht verzieht sich zu einer Grimasse. Mit einem «Mann, bin ich fertig!» steht sie vom Tisch auf und geht. Bevor Timo ihr folgen kann, packe ich ihn am Arm.

«So, wir zwei sind jetzt an der Reihe. Auf geht's!»

«Weshalb hat Paul diesen Artikel publiziert?», frage ich Kaspar. Hinter seinem Kopf dreht emsig das Windrad.

«Weil er vermutlich Dreck am Stecken hat», erwidert er.

Wie er das meine, frage ich nach.

Ach, er kenne solche Typen. «Mein Onkel war so einer. Sein ganzes Leben lang manipulierte er die Menschen um ihn herum. Seine Frau, seine Kinder. Und als er noch ein kleiner Junge war, seinen jüngeren Bruder – meinen Vater. Solche Typen suchen die Schuld immer bei anderen. Sie selber sind frei von allen Fehlern, haben immer recht. Sie sind das Recht schlechthin! Aber du kennst Paul – du hast dir bestimmt schon Gedanken gemacht», forderte er mich heraus.

Ich nehme einen Schluck Rotwein und überlege. Ich mag ihn. Das gewinnende Lächeln, die selbstsichere Ausstrahlung. Wortgewaltig ... das kam mir noch in den Sinn.

«Esther ist eine Vatertochter», wirft Kaspar ein.

Ich bin überrascht. Was weiss er? Kaspar war nie eng mit Esther. Er hat sich immer ein wenig lustig über sie gemacht.

«Und wer war sie noch?», will ich wissen.

Jetzt überlegt er. Dabei streicht er die Innenflächen seiner Hände aus. «Ich glaube, ich habe mich ein wenig vor ihr gefürchtet.»

Er verblüfft mich.

«Sie zog uns Jungs an. Wir wollten sie alle. Sie war schön, aber unnahbar. Keiner hat sich getraut, sich ihr zu nähern.»

«Aber du – du warst doch so cool!»

«Ja, ich habe mich immer cool gegeben. In meinem Innersten war ich sehr unsicher. Vor allem in Sachen Mädchen. Ich habe von ihr geträumt. Das war schon alles. Ich glaube, wenn ich mich mit Esther eingelassen hätte, wäre ich verbrannt. An ihrem kalten Feuer. Sie hatte etwas Fremdes, Gefährliches an sich.»

Seine Worte rauschen in meinen Ohren.

«Einmal hatte ich ein Date mit ihr.» Seine Augen werden dunkel. «Das war kurz vor der Matura. Wie es dazu kam, weiss ich nicht mehr. Wir trafen uns irgendwo bei einer Bank am Waldrand. Sie kam mit ihrem Rad und trug knappe Shorts. Ihre Beine waren so lang, dass mir ganz schwindlig wurde. Ich hoffte auf einen Kuss. Nein, eigentlich auf mehr. Ich hatte so eine romantische Vorstellung – sich lieben im Kornfeld oder so. Es kam ganz anders. Ich hätte es wissen müssen.»

Er bricht ab. Ich stehe auf, will Zigaretten holen. Ich weiss nicht, ob ich zuhören will. Warum geht es immer um Esther und nie um mich? Ich wollte über uns reden und jetzt reden wir über sie.

Er fasst mich an der Schulter, zieht mich an sich.

«Hey, ich war an einer Buchmesse.»

«Zwei Wochen lang?»

«Nein, ich habe noch ein paar Tage angehängt. Bin ans Meer gefahren.»

«Ich nehme an, nicht allein.»

«Es ging mir nicht gut. Ich musste mal von allem weg.»

«Ohne Nachricht, ohne …?»

«So bin ich.» Er schweigt, schaut auf das Windrad, streichelt in Gedanken versunken meinen Arm. Und das soll ich einfach schlucken? So bin ich. Mich kann man füttern, womit man will. Ich schlucke alles. Aus dem Haus dringen Geräusche. Timo streckt seinen Kopf heraus. Als er Kaspar sieht, verzieht er sich wieder. Dann taucht Angies Gesicht in der Tür auf.

«Kann ich deinen Laptop ausleihen?» Als sie Kaspar erblickt, fügt sie ein «Bitte» bei. Ihr Blick hängt an Kaspar. Siehst du, wie hübsch ich bin?

Rasch nicke ich, sehe, dass sie meinen Laptop bereits unter dem Arm hält.

«Wohnungssuche?»

Verwirrt stottert sie «Zalando» und verschwindet.

«Vorübergehende Gäste», sage ich zu Kaspar.

«Menschen ohne Bleibe?» Er grinst.

«Sozusagen.»

Stimmen ertönen im Innern des Hauses. «Bin gleich wieder da», sage ich zu Kaspar. Da steht Martin mitten im Flur. Vor ihm Angie. Sie fragt ihn, was er wolle. Gleichzeitig quengelt es aus dem Gästezimmer. Timo will endlich PlayStation spielen. Ich gehe einfach an den beiden vorbei in die Küche, beginne Snacks vorzubereiten. Da schreit Angie: «Halt die Klappe!» Sie meint Timo, wirft aber Martin einen Blick zu.

«Verdammt, was ist hier los?» Martin steht fassungslos vor mir. Ich atme tief ein. Im Fenster spiegelt sich Kaspar, der im Türrahmen lehnt und sich amüsiert. Ich spüre das weiche Fell der Katze, die zärtlich um meine Beine streicht.

Endlich konnte Esther die Stelle wechseln. Endlich schien die Lösung – und damit auch die Erlösung – greifbar zu sein. Gewissenhaft wie sie war, hatte sie das Schuljahr durchgehalten und dabei bloss zwei Tage gefehlt. Früher hatte sie sich noch bei mir über Kollegen oder die Leitung beklagt, in letzter Zeit wurde es immer seltener. Wenn ich nachfragte, winkte sie ab. Sie wolle nicht darüber sprechen.

«Stell dir vor, ich kann mich um eine Stelle am Dürrenmatt-Gymnasium bewerben.»

Es war der Ort, an dem wir viele Jahre gemeinsam gelernt hatten. Sie müsse zu den Deutsch- auch Englisch-Lektionen übernehmen. Das sei kein Problem. Sie plane, ihre Sommerferien in England zu verbringen, einen Sommerkurs in Brighton oder Liverpool. Da habe sie schon seit Jahren hin wollen.

Die Stelle bekam sie und verbrachte den Sommer in Brighton. Sie schrieb mir lange, euphorische E-Mails. Als sie zurückkehrte, war sie noch immer in dieser Hochstimmung, die keinen Widerspruch zuliess.

Doch die neue Stelle entpuppte sich als Falle. Gleichzeitig mit ihr kam nämlich die Ex-Freundin ihres Vaters ans Gymnasium. Sie war eine äusserst liebenswürdige Person, die schnell die Sympathie ihrer Kolleginnen und Kollegen gewann. Esther tat so, als wäre dies kein Problem. Weder die Sache mit ihrem Vater, noch die Beliebtheit dieser Adriana. Die Sache sei verjährt, sie sei längst darüber hinweg, behauptete sie.

Nun wollte es der Zufall, dass Adriana ebenfalls Sprachen unterrichtete und sie mit Esther in derselben Fachgruppe arbeitete. Sie traue dieser Frau nicht, sagte Esther immer wieder. Sie rede viel, aber etwas umzusetzen, sei nicht ihre Stärke. Esther wurde ihr gegenüber immer argwöhnischer. Bei einer Fachgruppensitzung geisselte sie Adrianas Vorgehen und stellte sie als Drückebergerin hin, die nur heisse Luft von sich gebe. Die Geschichte wiederholte sich: Esther fiel in Ungnade. Sie zog sich zurück. Das Kollegium begann, ihr aus dem Weg zu gehen. Ausser der Schulsozialarbeiter, der sich wahrscheinlich ein wenig in sie verliebt hatte. «Der ist ein Weichei, wenn du mich fragst, aber ein nettes», meinte sie.

Wir verbrachten ein paar Tage in seinem Wochenendhaus an einem See, ohne ihn. Er kam erst dazu, als ich schon wieder abgereist war. Esther ging frühmorgens joggen, wenn ich noch schlief. Dann richtete sie das Frühstück für uns unter den Bäumen. Ich genoss es. Auch das Baden im See, das stundenlange Lesen. Nur die Mücken, die abends über uns herfielen, waren lästig. Wir vertrieben sie, so gut es ging, mit Zigarettenrauch und Mückenspray.

Am letzten Abend jedoch geschah das, wovor ich mich lange schon unbewusst gefürchtet hatte. Das Wetter hatte umgeschlagen und wir mussten mit dem Haus Vorlieb nehmen. Aber auch vor dem Kamin war es äusserst gemütlich. Wir lasen beide in Korbstühlen versunken. Plötzlich hielt Esther inne und legte das Buch auf ihren Schoss.

«Weisst du, dass du die Einzige bist, die noch zu mir hält?»

«Deine Eltern. Paula», wehrte ich mich.

Sie höhnte: «Paula zählt nicht – sie ist meine Tochter. Sie muss zu mir halten. Und meine Eltern sind froh, mich losgeworden zu sein.»

Ich wollte sie verteidigen, aber sie fiel mir ins Wort.

«Weisst du, wie einsam ich als kleines Mädchen war? Nachdem ich dich kennengelernt hatte, wurde ich eine andere.»

«Wie – eine andere?»

«Ich war eine kleine Tyrannin, schon als Baby.»

Sie erzählte, wie sie die Nächte durchgeschrien haben soll und dass ihre Mutter alles dafür getan habe, sie zufrieden zu stellen. Mit drei hätte sie sich im Laden auf den Boden geworfen. Weder Bitten noch Versprechungen, nicht einmal Drohungen oder Erpressungsversuche, hätten sie erweicht.

«Noch heute sehe ich Mutters Gesicht, mal weinend, mal vor Wut schäumend. Das war ein irrsinniges Gefühl.»

«So weit kann man sich nicht zurückerinnern», meinte ich.

Sie nickte heftig. «Doch, ich kann es.»

Später habe sie sich in den Griff gekriegt. Sie habe alles an sich kontrollieren können. Heimlich habe sie ihren Puppen die Nasen abgeschnitten und die Augen ausgestochen. Immer habe sie andere dafür verantwortlich gemacht. Und ihre Eltern hätten ihr geglaubt. Sie hätten ihr immer geglaubt.

«Aber weisst du, ich habe einen hohen Preis dafür bezahlt.»

Ich blickte sie fragend an.

«Den Preis der Einsamkeit.» Sie schwieg eine Weile, dann fügte sie an: «Ich weiss, was du jetzt denkst. Du denkst, dass ich verrückt bin. Vielleicht bin ich es auch.»

Sie stand auf und ging zum Fenster. «Ich wollte Toni lieben. Ich wollte es so fest. Er hätte mich retten können, wenn ich es zugelassen hätte, wenn ich seine Liebe hätte annehmen können. Mich kann man nicht lieben. Ich bin ein Monster!» Ihre Stimme brach ab.

Ich wollte zu ihr gehen. Aber ich sass wie gelähmt in meinem Stuhl. Minutenlang stand sie da und als sie sich umdrehte, war ihr Gesicht von Tränen aufgeweicht. Endlich konnte ich mich aufraffen, aber es war zu spät. Sie hatte schon ihren Regenmantel genommen und ging hinaus.

Am nächsten Morgen in der Frühe musste ich abreisen. Esther war noch nicht oder schon weg. Ich nahm den Bus. Als er abfuhr, plagten mich Schuldgefühle. Durfte ich einfach gehen? Was, wenn ihr etwas passiert war, sie sich etwas angetan hatte? Und der Gedanke, dass Esther nun glauben würde, ich halte nicht mehr zu ihr, verfolgte mich von diesem Moment an und liess mich nicht mehr los.

«In letzter Zeit habe ich viele Träume», sage ich zu Kaspar. «Wenn ich aufwache, finde ich schwer in die Tagwelt zurück. Es ist, als wolle mich eine andere Welt gefangen nehmen. Kennst du das?»

«Nur zu gut.» Er schaut mich aufmerksam an.

Ich erzähle ihm von Mama Vroni. Alles, was ich von ihr weiss. Er will meine Bilder sehen. Auch die Zeichnung mit dem transparenten Mutterbauch. Da, wo ein Kind sitzt. Er betrachtet sie gründlich.

«Wirst du dich auf die Suche nach deiner Mutter machen?»

«Ich muss.»

Ich liege lange wach. Kaspar ist weg. Ich wollte ihm so viele Fragen stellen. Ich habe es nicht getan. Er ist gegangen und ich weiss nicht, wann ich ihn wiedersehen werde.

Sonntagmorgen. Der Regen klopft an die Fensterscheibe. Klopfzeichen. Ich stehe auf, obwohl es noch früh ist. Alles ist ruhig im Haus. Als wäre ich allein.

Ich gehe durch den Regen, unter einem alten Regenschirm. Er hat winzige Löcher. Beim Sonntagsbäcker vorne an der Brücke trinke ich einen Kaffee. Ein alter Mann in Trainerhose sitzt unrasiert unter dem Vordach an einem Bistrotischchen und raucht. Zwei junge Typen trinken Cola. Vielleicht kommen sie von einer Party. Ein Mann in Joggingoutfit holt Croissants. Vielleicht wartet zuhause seine Partnerin. Müde von der Nacht, mit dem Baby auf dem Arm. Als ich gehe, brummt mir der Alte vor der Tür etwas zu. Ich kann es nicht verstehen. Ich nicke nur.

Dann stehe ich vor diesem Haus. So viele Jahre gehe ich hier ein und aus. In diesem Haus lebt eine Frau, die behauptet, meine Mutter zu sein. Die mich lieben musste, wie auch ich sie lieben musste. Ich steige die Treppe hoch. Mit jedem Tritt ist mir, als verlöre ich sie ein wenig mehr. Als hätte ich nie gewusst, wer sie in Wirklichkeit ist.

Im Gemeinschaftsraum kommt mir Mama entgegen. In Begleitung eines jungen Pflegers. Er muss hier neu sein. Freundlich grüsst er mich.

«Das ist meine Tochter. Sie weiss viel über Bücher und sie ist eine Künstlerin», informiert Mama ihn. Der Pfleger lächelt und streckt mir die Hand entgegen. Ob ich male, fragt er. Mama bejaht.

«Schöne Bilder. Schon als Kind hat sie gemalt. Das hat sie von ihrem Vater geerbt. Wissen Sie, ich kann nicht zeichnen. Lehrer Schneider hat zu mir gesagt: ‹Macht nichts. Du kannst zwar nicht zeichnen, aber rechnen kannst du.›»

«Dann müssen Sie aber ein Bild von Ihrer Tochter aufhängen, Frau Vetsch.» Er redet laut und langsam mit ihr.

Vor Mamas Tür verabschiedet er sich von uns. Er werde sie zum Mittagessen wieder abholen. «Damit Sie nicht mit den Ziegen Heu fressen müssen!» Und zur Erklärung fügt er lachend bei: «Ihre Mutter ist gestern statt in den Esssaal zum Ziegengehege gegangen.»

Mama lächelt.

In ihrem Zimmer legt sie sich aufs Bett. Dieser Bernd sei immer zu Witzen aufgelegt, meint sie. Ob er Deutscher sei, frage ich nach, er sähe eher slawisch aus.

«Weiss nicht.»

Ich habe sie verärgert.

«Du kannst mir eine Sonnenbrille besorgen.» Sie wartet ab, ob ich nachfrage weshalb. Dann sagt sie mit triumphierender Stimme: «Sie ist weg. Man hat sie mir gestohlen. Ich weiss auch, wer es war.» Sie wartet wieder einen Moment. «Rate mal?» Ich zucke mit den Achseln.

«Die Hexe! Sie denkt, ich weiss es nicht. Sie täuscht sich.» Ich frage nach, welches Modell sie den wolle, Farbe, Form.

«Egal, eine Brille ist eine Brille.»

Ich erzähle ihr von meinen neuen Mitbewohnern. Offenbar erinnert sie sich an Angie. Sie scheint sie nicht mehr mit Mama Vroni zu verwechseln.

«Mama», sage ich und halte dabei ihre Hand, «ich werde Mama Vroni suchen. Es kann gut sein, dass sie noch lebt.» Ich warte auf ihre Reaktion. Keine Regung. «Mama Vroni, du weisst doch ...»

«Zu spät, sie ist tot. Du hast zu lange gewartet.»

Ich schlucke. Alles habe ich erwartet – nur das nicht.

Sie entzieht mir ihre Hand. Sie steht auf und setzt sich in den Sessel am Fenster. Ich setze mich ihr gegenüber.

«Mama, erzähl mir – was weisst du über Mama Vroni?»

«Nichts – sie war krank, sehr krank. Sie ist gestorben.»

«Wo und wann?»

«Das weiss ich alles nicht mehr. Es ist schon lange her.»

«Mama – erinnere dich!» Mein Magen zieht sich schmerzhaft zusammen.

«Ich weiss es nicht mehr, lass mich in Ruhe.» Sie schliesst die Augen. Ich könnte sie schütteln.

Auf dem Gang begegne ich wieder dem netten Pfleger.

«Ihre Mutter bräuchte eine neue Sonnenbrille. Sie hat sich auf die alte gesetzt. Wir mussten sie wegwerfen.»

Ich nicke nur und renne die Treppe hinunter. Unten in der Eingangshalle hängen die Fotos des Personals. Ich suche diejenige des jungen Pflegers. «Zoran Markovic». Die Sonne drückt durch die Wolken. Den Schirm lasse ich im Schirmständer stehen.

Ich mache noch einen Umweg über die Brücke. Unter mir fliesst das Wasser braun und schnell. Hochwasser. Wir hatten mal einen jungen Vikar, der uns zuhause besuchte. Mama mochte ihn sehr. Er hatte lustige Sprüche drauf. Er hiess Bernd. Ich spucke. Drei Sekunden, bis die Spucke die Wasseroberfläche erreicht.

Angie hat Timo zum Lesen verknurrt. Lustlos sitzt er am Küchentisch. Ich habe Mitleid mit ihm, setze mich zu ihm hin. Wir lesen abwechselnd im ersten Band von Harry Potter. Wenn ich lese, hängt er mir an den Lippen.

«Ich will auch eine Eule», meint er, «eine weisse.»

Ob er sie in einem Käfig halten wolle. Er ist empört. Er würde mit ihr das Zimmer teilen. Oben am Bett würde er ihr eine Stange aufhängen. Dort würde sie sitzen.

«Und dich bewachen, wenn du schläfst?»

«Klar – nicht nur, wenn ich schlafe.»

Er hat keine Lust mehr zu lesen.

«Ich bin ‹Lesastheniker›. Weisst du, was das ist?»

«Ich denke schon, so ungefähr. Ich stelle mir vor, dass das nicht einfach ist für dich.»

«Das ist richtig scheisse. Alle in der Klasse lesen besser als ich. Sogar Cengis, der erst seit Weihnachten hier ist.»

«Hilft dir niemand?»

«Doch, ich gehe immer am Freitag zu Frau Sieber. Es ist mega langweilig dort, ausser wenn wir jonglieren oder Suchbilder spielen.» Er legt den Kopf auf den Tisch. «Mama hat mir versprochen, wenn ich besser in der Schule werde, darf ich in einen Fussballclub. Bei uns kicken fast alle Jungs.»

«Du willst auch dabei sein, nicht wahr?»

Er hebt den Kopf und schaut mich prüfend an.

«Soll ich dir ein Geheimnis verraten? Du musst aber schwören, dass du es niemandem erzählst. Nicht Mami, nicht einmal Jo.»

Ich nicke.

«So musst du machen», er hebt die Schwurfinger, «schwör auf deine Mutter.»

«Ich habe zwei.»

«Dann schwöre doppelt.»

Ich erhebe die Schwurfinger beider Hände.

Er scheint von diesem Doppelschwur begeistert zu sein.

«Ich kriege ein original Barca-Trikot mit Messi drauf.» Er schaut gespannt auf meine Reaktion.

«Wow, das ist ja super! Gimme five!»

Er strahlt und schlägt ein.

«Aber woher kriegst du es?»

Er verzieht das Gesicht und flüstert: «Von Daddy.»

Dann blickt er um sich.

«Ich darf keinen Kontakt zu ihm haben. Mama hat es verboten.»

«Da wird sie ja einen Grund dafür haben.»

Er zuckt mit den Schultern. «Daddy ist Musiker. Er spielt in einer Band. Und weisst du ...»

Die Tür des Gästezimmers geht auf und Timo verstummt. Angie kommt herein. Mit verstrubbelten Haaren und verschlafenem Gesicht. Sie nimmt sich eine Cola aus dem Eisschrank. Dann streicht sie Timo übers Haar. Ihr Blick sagt: «Braver Sohnemann.» Aber sie sagt nichts. Sie setzt sich hin, trinkt und starrt ins leere Glas.

Ich telefoniere mit Martin. Ich könne nicht irgendwelche Leute einquartieren. Ich hätte ihn fragen müssen. Es sei auch sein Haus, meint er.

Ja, hätte ich tun sollen.

Und überhaupt, ob ich nachvollziehen könne, wie das für ihn sei, wenn er in sein Heim käme und diese Person frage ihn, was er hier tue. Verrückt sei das.

Ja, finde ich auch. Aber beim Thema verrückt, gäbe es noch viel verrücktere Geschichten.

Er schweigt.

Ich hänge auf. Da ist sie wieder – diese Wut.

Angie streckt den Kopf in mein Schlafzimmer. Ich raunze sie an: «Klopf gefälligst an.»

Tatsächlich schliesst sie die Tür wieder und klopft. Zaghaft. Ein Grinsen verkneife ich mir. Ich weiss, was sie mich fragen wird. Ich frage nicht, wohin sie geht. Mit wem sie sich trifft. Wann sie zurückkommt.

Tamtam kommt vorbei. Timo und ich sitzen vor dem Fernseher, schauen seine Lieblings-Sitcom. Er begrüsst Timo mit einem verschwörerischen Lächeln und mich mit einem Kuss.

«Wo treibt sich Angie rum, weiss man das?»

«Keine Ahnung.»

Timo sagt nichts.

«Sag schon.» Tamtam boxt ihn in den Oberarm.

«Bei irgendeinem Mongo», presst er heraus.

Tamtam fläzt sich auf den leeren Sessel.

«Was ist mit dir und Angie?», frage ich ihn.

Timo blickt konzentriert auf den Bildschirm. Ich wette aber, er hat die Ohren gespitzt.

«Kleine Krise. Gibt sich wieder.» Er sagt es so, als wäre es nicht das erste Mal.

Mir wird klar, weshalb Angie und Timo bei mir wohnen.

«Und wie lange geht so eine Krise?»

Und bevor Tamtam antworten kann, fragt Timo mit gequälter Stimme: «Dürfen wir wieder zu dir zurück?»

«Klar doch.» Tamtam gibt dem Jungen einen Klaps. Und zu mir sagt er: «So, und jetzt mal Bier her. Ich verdurste ja.»

Er springt hoch. Ab in die Küche. Mit einer Dose in der Hand kommt er zurück und meint: «Na, dann wollen wir mal Fussball gucken, nicht wahr Timo?»

Traum Nr. 54
Ich befinde mich im Inneren eines Kirchturmes. Drei Kirchenmänner stehen oben. Einer ist ranghöher als die anderen beiden. Der zweite ist wegen einer Tat verurteilt und der dritte ist der Vollstrecker. Der Verurteilte muss in die Tiefe springen, im Inneren der Kirche. Der Vollstrecker muss ihn stossen. Der Verurteilte versucht, sich zu retten. Es gibt ein kleines Gerangel. Am Ende fliegen der Verurteilte und der Vollstrecker in die Tiefe. Ich fliege als einer der beiden. Unten angekommen, liege ich am Boden des Kirchenschiffs in einer Rumpelkammer. Überraschenderweise bin ich nicht tot. Aus meinem Mund fliesst viel Flüssigkeit. Es gibt davon eine Pfütze. Ich weiss, dass ich nicht aufstehen darf. Ich muss warten, bis die Menschen weg sind, weil sie nicht wissen dürfen, dass ich noch lebe.
E. F.

Mit Paula traf ich mich in einem Café. Sie sass an einem kleinen Tisch, auf dem Schoss den Laptop. Als sie mich sah, klappte sie sofort den Deckel runter und winkte mir zu. Wir umarmten uns. Unter dem Wollpulli spürte ich ihren kantigen Rücken. Sie roch gut. Nicht übermässig nach Parfüm, einfach jung und frisch.

«Schön, dass du Zeit hast», sagte sie und ihre dunklen Augen leuchteten. Zum ersten Mal erkannte ich Tonis Augen in den ihren. Dieser samtige Schimmer. Ich staunte. Sie lachte.

«Ist was mit mir?»

«Du bist eine schöne Frau.»

Sie errötete leicht. «Ich hol uns was. Was magst du?»

Als sie aufstand und zur Theke ging, sah ich, wie ein Mann am Nebentisch den Kopf von seiner Zeitung hob und ihr nachschaute. Früher hatten die Männer Esther nachgeschaut. Nicht mir. Aber mit mir hatten sie geschäkert, mich hatten sie angebaggert. Der Mann schaute zu mir rüber.

«Ihre Tochter? Sehr hübsch – wie die Mama.» Er zeigte seine weissen Zähne.

«Die Tochter meiner Freundin.»

Er hob die Brauen. «Darf ich Sie zu einem Kaffee einladen?»

«Danke, ich bekomme schon einen», antwortete ich und wandte mich Paula zu, die auf einem silbrigen Oval zwei Tassen mit riesigen Milchschaumbergen brachte.

«Was macht die Uni?»

«Ich schlage mich durch. War gerade an einer interessanten Vorlesung von Daniele Ganser. Kennst du ihn?»

«Nein, müsste ich?»

«Der würde dir bestimmt gefallen. Er ist Historiker und Friedensforscher, hat Publikationen zum Thema ‹Globale

Konfliktlösungsstrategien» geschrieben. Seine Reden sind sehr strukturiert und verständlich, der Inhalt ist hoch brisant.» Wieder zeigte sich eine Röte auf ihren Wangen.

«Ist er attraktiv?»

«Rina», sie dehnte das A vorwurfsvoll, «ja ist er, aber leider verheiratet.» Sie lachte. Dann aber verdunkelten sich ihre Augen. «Weshalb ich dich unbedingt sprechen muss ... es ist wegen Mama.»

Ich spürte, wie der Mann mit den weissen Zähnen zu uns herüber guckte.

«In letzter Zeit – nein eigentlich schon länger – ist sie anders, findest du nicht?»

«Wie anders?» Ich versuchte, den Blicken des Nachbarn auszuweichen, rutschte auf dem Stuhl hin und her. Schliesslich drehte ich mich so, dass er nur noch meinen Rücken anschauen konnte.

«Sie hat sich übertriebene Gewohnheiten zugelegt. Zum Beispiel muss sie jeden Tag mindestens eine Stunde joggen gehen. Sie ist wie eine Getriebene. Ich habe sie vor ein paar Tagen mit dem Fahrrad gekreuzt. Sie kam mir so gehetzt vor, als ob sie sich verfolgt fühlte. Auf ihrem Nachttisch habe ich beim Putzen dreierlei Schachteln Medis gefunden. Ich habe sie gegoogelt. Schlaf-, Beruhigungs- und Schmerzmittel. Mama nimmt doch sonst nie irgendwelche Mittel.»

Ich nickte.

«Wenn sie nach Hause kommt und ich sie frage, wie ihr Tag war, schreit sie mich an, sie wolle jetzt ihre Ruhe haben und nicht über die Schule sprechen. Und dieses Zittern ihrer Hände. Das ist doch nicht normal?»

Ich schüttelte den Kopf. «Nein! Ich versuche, mit ihr zu reden.»

Sie starrte mich an. «Es muss etwas geschehen. So kann es nicht weitergehen. Mama braucht dringend Hilfe!»

Der Mann von nebenan stand vor uns. Wieder dieses Grinsen. «Entschuldigen Sie bitte, aber darf ich mich vorstellen? Mein Name ist Slobodan Cetkovic.»

«Sind Sie Arzt?», fragte ich ihn.

Kaspar schickt mir eine Nachricht. Kein Vorschlag für ein Treffen. Kein Wort über uns. Er schreibt, er habe jemanden kennengelernt. Jemanden, der zur gleichen Zeit wie Esther in der Klinik war. Ob ich diese Person sprechen wolle.

«Nein», schreibe ich trotzig.

Er antwortet: «du musst wollen – wird interessant! und wir zwei, wir müssen uns sehen!»

Das Gespräch mit Esther kommt mir in den Sinn. Nach dem Treffen mit Paula.

«Ich habe alles schnell wieder im Griff, nicht wahr?»

Wieder so ein Esther-Satz!

«Rina, denkst du doch auch, oder? Ich bin in einer Krise. Die geht vorbei.»

«Nein, denke ich nicht.»

«Du glaubst, ich sei verrückt?» Sie fixierte mich, wiederholte dann lauter: «Du glaubst, ich sei verrückt!» Diesmal mit Ausrufezeichen. Und als ich immer noch nichts sagte, schrie sie es ein drittes Mal. Dann sagte sie: «Ihr seid schuld, wenn ich verrückt werde.»

Ich wusste nicht, wen sie mit «ihr» meinte.

Und dann sagte sie noch: «Aus dieser Klinik komme ich nicht mehr raus.»

Hatte sie diesen Satz wirklich gesagt?

Paula und ich gehen dem Rhein entlang. Langsam kommt die Kühle des Abends. Es sei vorbei mit Roman. Sie könne nicht mehr. Diese einsamen Nächte. Sie würde das nicht mehr aushalten. Das Wissen, dass er jetzt mit seiner Frau im Garten ein Glas Wein trinke und sie gemeinsam den nächsten Urlaub planten. Die Zeitfenster, die er mit ihr verbringe, würden immer kleiner werden. Er habe Ausreden. Weshalb er früher gehen müsse. Er rechtfertige sich, entschuldige sich.

Noch sehne sie sich nach ihm. Noch warte sie, übe sich in Geduld. Aber auf Dauer mache es sie kaputt. Es gäbe einen Mitstudenten, der sich ernsthaft für sie interessiere. Einen netten, ehrlichen Kerl. Gut aussehend, sportlich. Warum könne sie sich nicht in ihn verlieben. Alles wäre so unkompliziert. Aber nein, sie gerate immer an schwierige Typen, in Situationen, die sich nicht mehr steuern liessen.

«Ich fühle mich ausgeliefert.»

Ich sage ihr nicht, dass es mir ähnlich geht. Ich sage: «Ich verstehe dich. Es macht dich traurig.»

Sie beginnt zu weinen. Ich merke, dass meine Augen feucht werden.

Wir sitzen und schniefen. Nach einer Weile erzählt sie mir von ihrem Studium. Sie gehe gerne zur Uni.

Dann will sie wissen, wie ich zurechtkomme. Mit meinen Mitbewohnern. Ich muss einen Moment überlegen.

«Ganz gut. Timo ist eine Nervensäge. Ich habe ihn in mein Herz geschlossen. Mit Angie komme ich zurecht. Nur wäre ich gerne mal allein.»

Sie lacht. «Im Moment wollen wir beide das Gegenteil.»

Sie ist sehr jung, könnte meine Tochter sein. Ihr Haar ist orange gefärbt. Auf ihrem Hals hat sie einen Schmetterling tätowiert. Ich will wissen, weshalb sie in der Klinik gewesen ist.

Sie sagt: «Borderline.»

Das ist ein schönes Wort für ein Krankheitsbild: Grenzlinie. Um welche Grenzen geht es?

«Um meine eigenen. Immer wieder übertrete ich sie.»

«Gehen wir nicht alle über Grenzen?»

«Meine sind übermässiger Alkoholgenuss, Drogen, Selbstverletzungen, Suizidversuche.» Sie redet wie eine Ärztin.

«Mein Selbstwertgefühl ist in gewissen Momenten gleich Null. Meine Ängste wachsen ins Unermessliche. Ich breche alle Beziehungen ab. Sogar zu meinen nächsten, liebsten Menschen. Ich fühle mich von allen abgeschnitten.»

«Und Esther? Welche Diagnose gaben ihr die Ärzte?»

«Angststörung, Depression, denke ich.»

«Sie haben engen Kontakt zu Esther gehabt?»

«Unsere Zimmer lagen nebeneinander. Wir haben dieselben Bewegungskurse belegt: Eskrima, Stockkampf. Manchmal haben wir gemeinsam einen Spaziergang gemacht.»

«Wann haben Sie Esther zuletzt gesehen?»

«Am Abend, bevor sie starb.»

«Haben Sie sich noch mit ihr unterhalten?»

«Wir haben einen kurzen Spaziergang im Park gemacht. Sie hat mich gefragt, ob ich das Leben nicht leid sei. Ich habe zurückgefragt. Sie gab mir keine direkte Antwort. Sie fragte mich, ob ich wisse, wie Indianer die Erde verlassen, wenn sie alt seien und bereit zu sterben. Sie erzählte, dass sie sich vom Clan absonderten und in die Wildnis begäben. Der Natur ausgesetzt, würden sie auf den Tod warten. Ob der so einfach eintreten würde, wollte ich wissen. Sie glaube nicht, meinte sie. Das Leiden gehöre dazu, aber wahrscheinlich sei es ein bewusstes Leiden und endlich auch das letzte.»

Sie will aufstehen. Ich halte sie zurück.

«Erzählen Sie mehr. Ich muss alles wissen.»

Sie zögert. Mit einem langen Blick in meine Augen fährt sie fort:

«Wir redeten über wichtige Menschen in unserem Leben. Esther nannte drei: ihre Tochter, ihren Ex-Mann und eine Freundin. Ich nehme an, das sind Sie. Diese drei Menschen hätten ihr viel bedeutet, meinte sie. Sie seien ihre Hoffnungsträger gewesen.»

«Hat Esther etwas von der geplanten Joggingrunde gesagt?»

«Nein. Ich habe ihr dies auch niemals zugetraut. So dünn und schwächlich wie sie gewesen ist. Es ist mir ein Rätsel, dass sie überhaupt so weit laufen konnte.»

Ein freies Wochenende. Keine Termine. Mit niemandem etwas abgemacht. Zeit für mich. Zeit innezuhalten. Bilanz zu ziehen.

Frühmorgens mache ich mich auf den Weg. Mit Papas Rucksack am Rücken. Esthers Tagebuch ist mit dabei. Ich laufe ohne Ziel. Durch die Stadt, aus der Stadt heraus. Auf einem Feldweg stöpsle ich die Hörer in die Ohren, lausche Avishai Cohen. Das Kornfeld wiegt sich in Wellen. Mama wartet jetzt auf mich. Vielleicht auch nicht.

Kaspars Worte schwirren noch in meinem Kopf: «Die Geschichte mit dem Kornfeld? Ich habe Hemmungen, sie zu erzählen. Aber wenn du sie unbedingt hören willst …

Esther und ich spazierten diesem Kornfeld entlang. Wir

redeten über dies und das. Ich erzählte ein paar Anekdoten. Sie lachte. Sie war sehr entspannt. So, wie ich sie nie erlebt hatte. Das gab mir Mut, die Sache voranzutreiben. Ich machte ihr Komplimente. Dass ich ihre Beine heiss fände, dass sie wirklich sehr sexy sei. Ich dachte, sie so für mich zu kapern. Ich irrte mich. Sie begann zu lachen. Immer lauter. Es wurde beinahe zu einem Schreien. Dann sagte sie etwas wie: ‹Sexy, heiss, wenn es nur das ist – kannst du haben!› Bevor ich reagieren konnte, zog sie sich T-Shirt und Shorts aus. Sie sprang ins Kornfeld. ‹Komm›, rief sie mir zu. Nimm mich. Sie warf ihren BH auf den Weg. Ich blieb stehen, wie gelähmt. Sie rief: ‹Du willst nicht – Feigling!› Sie begann zu tanzen. Wild und unkontrolliert. Ich stand nur da. Wie ein Obertrottel. Wusste nicht, wohin ich schauen sollte. Hoffte, niemand käme vorbei. Mir war übel.

Irgendwann hob ich ihre Kleider auf. Irgendwann kam sie aus dem verdammten Feld heraus. Ihre Haare waren voller Ähren. Sie war völlig verschwitzt. Ohne Worte riss sie mir den BH aus der Hand. Sie zog sich an. Wir gingen schweigend zurück zu unseren Fahrrädern. Endlich fand ich meine Sprache wieder. Ich sagte: ‹Tut mir leid.›

Sie blickte mich an. Ich kann diesen Blick nicht beschreiben. Es war tiefes Leid in ihm. Sie liess mich stehen, nahm ihr Rad und fuhr davon. Ich war so durcheinander. Zitternd setzte ich mich an den Wegrand. Wohl eine Stunde lang liess ich Steinkörner durch meine Hand rieseln. Ich hätte viel gegeben, um diesen Nachmittag ungeschehen zu machen.

Esther und ich haben nie über diesen Vorfall geredet. Wir gingen uns aus dem Weg. Monate später wollte sie plötzlich darüber sprechen. Ich aber wollte oder konnte nicht. Sie beharrte nicht darauf. Vielleicht hätte das Reden Erleichterung gebracht. Für uns beide. Ich weiss es nicht.

Jetzt habe ich dir die Geschichte erzählt. Eine Geschichte, für die ich mich schäme. Wieso ich sie dir erzählt habe? Vielleicht hätte ich besser nicht.»

Ein Gruppe Radfahrer kommt mir entgegen, grüsst mich freundlich. Ich grüsse nicht. Ich laufe, als müsste ich jemanden einholen.

Der Park war vom Feinsten, üppig grün und sonnengeflutet. In der Mitte ein kleines, hellblaues Schwimmbad, daneben elegante Sessel um kleine Holztische herum. Hotel, Kurhaus oder Klinik? Ich hätte hier meinen Urlaub verbringen können. An der Seitenfront der Villa gingen Arbeiter auf einem Gerüst auf und ab. Einer krempelte seine Ärmel hoch, winkte mir zu.

Ich setzte mich unter einen Baum und bestellte Kaffee. Einer der Balkone über mir müsste zu Esthers Zimmer gehören, mit Blick auf die Bierbrauerei. Zwei Jahre war es her, seit wir bei einem Besucherrundgang trübes Amber-Bier getestet hatten.

Hinter dem Wäldchen brummte die Autobahn, über mir im Lindenbaum hing ein Holzfisch. Der Arbeiter liess ein Brett auf den Boden knallen, der Fisch bewegte sich sachte im Baum. Das alles hier war die perfekte Tarnung menschlicher Ängste und Schmerzen, ein Königreich für die Geplagten, eine Welt aus Wellness im Kampf gegen selbstzerstörerische Kräfte. Ich trank meinen Kaffee in kleinen Schlucken, vielleicht wollte mich Esther gar nicht sehen. Sie hatte eine Agenda wie ein Manager: Psychotherapie, Yoga, Massage, Gruppentraining. Eines wusste ich: Auch wenn von Esther nicht mehr viel übrig war, der letzte Rest ihres Wesens würde sie dazu treiben, keine Aktivität auszulassen.

Beim Händewaschen auf der Toilette blickte ich in den Spiegel. Was sagte mir mein Spiegelbild? Du schaust gut aus, du bist gesund, du bist nur Gast hier. Wie würde mein Gesicht aussehen, wenn es hier wohnte? Mehr Falten, fettige Haare, bleiche Haut? Ich malte meine Lippen nach.

Mit einem Aussenaufzug fuhr der Arbeiter die Hausmauer hoch, an den Balkonen vorbei. Er trug nur eine Arbeitshose, sein Oberkörper war jetzt nackt. Ich beglich die Rechnung beim lächelnden Kellner. Auf einem der Balkone erschien ein Mann in weissem Hemd und Krawatte. Er zündete sich eine Zigarette an und sagte zur offenen Terrassentür:

«Nein, du kannst noch nicht nach Hause kommen – es geht nicht. Das musst du doch einsehen.»

Bei der Rezeption fragte ich nach Esther Fischer.

«Leider sind sie hier am falschen Ort. Wir haben eine Dependance. Im Dorf, gleich neben der Kirche.»

Der Weg führte mich wieder zum Bahnhof zurück, woher ich gekommen war, und einen Moment überlegte ich, ob ich nicht den nächsten Zug zurück nehmen sollte. Er fuhr in fünf Minuten. Ich hätte sagen können, ich war da gewesen.

Wieder ein nobles Gebäude, ein Park, etwas kleiner, strenger, kein Pool, dafür aber ein hübscher Teich. Am Empfang sagte man mir, Esther nehme an einer Gruppenaktivität teil. Sollte ich warten? Im Garten setzte ich mich wieder an ein Tischchen und bestellte einen Apfelsaft, was ich sofort bereute. Auf ein Bier hätte ich mehr Lust gehabt. Aber Lust haben, passte nicht hierher. Ich nahm den Saft und setzte mich unter den grossen Schirm, wo man rauchen durfte. Gleich nebenan war der Bewegungsraum, die Tür stand offen. Musik sollte die Leute in Gang bringen. «Earth, Wind and Fire». Eine Frau schlurfte aus dem Nebengebäude und setzte sich neben mich. Ihre Wangen hingen im mageren Gesicht, ich nickte ihr zu, rauchte meine Zigarette und schielte zur offenen Tür. Eine schneeweisse Katze kam den Weg entlang auf uns zu.

«Darf ich vorstellen: Egon», sagte die Frau und meinte die Katze. Hastig zog sie an ihrer Zigarette.

Dann sah ich eine Gestalt mit streng zurückgekämmtem Haar an der Tür des Bewegungsraumes stehen. Sie blickte zu mir herüber. Einen Moment blieb ich an ihren blauen Augen hängen, erschrak, weil ich sie nicht gleich erkannt hatte, weil sie mich nicht erkannte, weil wir uns wie Fremde ansahen.

Egon näherte sich ihr. Sie bückte sich, ganz langsam. Wie in Zeitlupe streckte sie ihre Hand aus. Ihr Arm war ganz dünn, zitterte. Die Katze legte sich auf den Boden, drehte sich auf den Rücken. Esther streichelte sie. Ihre Hand war jetzt ruhig. Sie blickte in meine Richtung. Ich wollte ihr zuwinken. Sie drehte sich um und verschwand in der Tür.

CARPE DIEM war aus bunten Mosaiksteinen an der Wand gleich neben Esthers Zimmertür angebracht. Ich klopfte, mein Herz klopfte auch. «Blöd», dachte ich. Ich kannte sie ja schon so lange. Erst war kein Ton zu hören, dann ein Schlurfen von Pantoffeln. Ich wartete. Wieder Stille. Ich hielt mein Ohr an die Tür, die plötzlich aufgerissen wurde.

«Endlich», sagte sie und schaute mich an, als hätte sie mir etwas Wichtiges zu sagen. Mehr sagte sie nicht, liess mich herein, wandte sich dann ab und blickte aus dem Fenster hinaus.

Ich fragte nach den Therapieangeboten, ich fragte nach dem Essen, ob sie schlafen könne und Medikamente nähme. Sie antwortete immer nur mit einem Satz, so als würden sie meine Fragen langweilen. Auf ihrem Balkon zündete ich mir nochmals eine Zigarette an. Esther schaute in den Park.

Plötzlich drehte sie sich zu mir um und sagte: «Ich habe hier jemanden kennengelernt. Eine Seelenverwandte ...»

Sie brach ab, als wäre alles Weitere nicht für meine Ohren bestimmt. Ich wartete, aber sie schwieg. Ich fragte nicht nach, stattdessen sagte ich: «Ich werde nächsten Montag nach Madeira fliegen. Für zehn Tage.»

Sie wollte nicht wissen, mit wem. Sie sagte: «Madeira – Insel der tausend Gesichter.»

Dann umarmte sie mich abrupt. Das Zeichen zu gehen? Ich blickte sie fragend an.

«Ich bin müde.»

Ich drückte sie nochmals, versprach, ihr zu schreiben.

Auf dem Rückweg blieb ich beim Teich stehen. Zwei Karpfen hingen bewegungslos im Schilf. Ich musste weiter. Noch sieben Minuten, dann fuhr mein Zug.

Ich erwischte ihn gerade noch, setzte mich ans Fenster, in Gegenfahrtrichtung. Die Dämmerung hatte schon eingesetzt und im Fenster sah ich Esthers Gesicht.

Traum Nr. 78
Ich gehe eine Strasse entlang. Sie ist schnurgerade. Es gibt keine Fahrzeuge, keine Menschen. Ich bin allein und weiss nicht mehr, wohin ich will. Dann blicke ich auf meine Armbanduhr. Sie ist stehen geblieben. Ich halte sie an mein Ohr. Kein Ticken mehr.
E. F.

Ich wandere einen Hügel hoch. Esthers Traum treibt mich an. Plötzlich habe ich erneut dieses Gefühl, jemand gehe neben mir. Eine unsichtbare Person. Sie hat den gleichen Schritt. Sie hält mein Tempo. Sie atmet mit mir.

Auf dem Hügel angekommen, breitet sich eine sattgrüne Landschaft vor mir aus. Weit hinten am Horizont ist die Stadt. Den Fluss kann man nicht sehen. Und doch ist er da.

Der kleine Ehrensperger, ein Klassenkollege, den ein paar Jungs in der Achten im Treppenhaus an einem Seil baumeln liessen, sagte einmal, wenn man denke, man sei tot, sei man es mit Sicherheit nicht, denn wenn man tot sei, denke man nicht mehr. Ich habe diese Worte wieder vergessen. Esther hat darüber nachgedacht.

«Ich will niemals tot sein», sagte sie, «sterben möchte ich.»

Weil es ihm an der Buchmesse schlecht gegangen sei, habe er ans Meer fahren müssen, hat Kaspar gesagt. Weg von allem.

«Mein Leben ist nicht stabil. War es nie. Seit ich denken kann. Mehrere Male war ich am Punkt, einfach Schluss zu machen. Alles war mir egal. Ich habe mich Abend für Abend besinnungslos betrunken. Es hat nie für das Nirwana gereicht. Mittlerweile habe ich gelernt, mit solchen Situationen umzugehen.»

Das Wort stabil bleibt in meinem Kopf hängen.

In einer Waldlichtung packe ich meinen Lunch aus. Dazu gönne ich mir eine Zigarette. Wie oft war ich als kleines Mädchen mit Papa unterwegs. Mich nahm er gerne mit auf seine Wanderungen. Ich konnte still ausharren, wenn er Vögel beobachtete. Nur einmal waren wir zu dritt. Papa, Tamtam und ich. Papa suchte mit dem Feldstecher nach Waldtieren. Tamtam wurde ungeduldig, wollte weitergehen. Gingen wir weiter, wollte er nicht mehr. Maulend blieb er am Boden hocken. Papa trug ihn eine Weile. Das gefiel Tamtam. Meist aber war er zappelig. So, dass Papa ihn hinstellen musste. Mama war nie dabei.

Ich spaziere über eine Wiese. Sie ist noch feucht. Es ist gut, unterwegs zu sein. Unterwegs mit mir.

Martin – mein Fixstern. Mein treuer, untreu gewordener Begleiter all diese Jahre. Hast du noch einen Platz in meinem Chaos? Oder wird Esther immer zwischen uns bleiben? Und du gehörst nicht mehr zu mir?

Bei einem Bauernhof gibt es Most und selbst gemachtes Eis. Die Bäuerin hat Zeit zum Schwatzen. Sie hätten einen schlechten Frühling gehabt, hofften auf den Sommer. Ob sie Gästezimmer habe, frage ich. Sie könne ein Zimmer herrichten. Ich müsse einfach essen, was es gäbe. Ich bin einverstanden. Es gefällt mir hier.

Ich kühle meine Arme und meinen Hals am Brunnen. Der Hund begrüsst mich mit feuchter Zunge. Ich streichle sein dickes, zottiges Fell. Pflanzenteile haben sich darin verwickelt. Kleine Haarknäuel kitzeln meine Finger.

Wir sitzen zu sechst um den Tisch. Die Bäuerin, ihre beiden Kinder und ihr Bruder. Und da ist noch eine Freundin der Bäuerin. Sie braucht eine Auszeit, hilft im Gemüsegarten mit. Es gibt Würste, Kartoffeln und Salat.

Nach dem Abendessen steige ich auf den Hügel hinter dem Haus. Die Sonne geht unter. Stück für Stück und doch unglaublich schnell. So wie mein Leben. Alles geht so rasch und macht mir Bange. Nicht das Altwerden, sondern die Vergänglichkeit. Dass man nichts und niemanden festhalten kann.

Die Nacht ist klar. Der Himmel leuchtet. Die Ordnung der Sterne. Mein Kosmos ist noch Chaos! Was wäre, wenn Kaspar neben mir sitzen würde? Ein kleines, prickelndes

Gefühl! Schweigen und seine Hand in meiner. Bin ich bereit, Neues zu wagen? Unstetes als gegeben hinnehmen?

Ich steige in meine Kammer hoch. Früher war dies das Zimmer der Magd. Die Bettdecke ist rot kariert und schwer. Die Matratze hängt durch. Trotzdem ist es gemütlich im Bett. Es duftete nach Heu und altem Holz. Der Vorhang bewegt sich sachte in der Nachtluft.

Esthers Tagebuch hat mich Wochen begleitet. Ich lese die letzten Seiten, den letzten Brief, den sie an mich geschrieben hat. Er ist nie bei mir angekommen. Er ist sehr kurz:

Liebe Rina
Danke für deine Freundschaft. Lebe wohl.
E. F.

Ich liege da, betrachte die Mondsichel. Schmal ist sie. Kurz vor meiner Reise auf die Insel rief mich Esther an. Das Taxi wartete schon. Sie müsse mir noch etwas sagen.

«Sorry, ich muss», sagte ich.

«In zwei Wochen ...» Sie beendete den Satz nicht.

«Wie meinst du?»

Es kam nichts mehr von ihr.

Ich sagte: «Bis dann» und hängte auf. Oder sie hängte auf. Ich hoffe für mich, dass sie es war. Grillen zirpen. Ich liege wach. Der Mond ist gewandert.

«Au clair de la lune» – dieses Lied! Mama Vroni muss es mir vorgesungen haben. Wenn sie noch lebt, werde ich sie finden. Meine nach Nelken duftende Mutter. Mit dieser Gewissheit schlafe ich ein.

Ein fremdes Geräusch weckt mich. Unter der Trauerweide im Hof rattert ein Traktor. Die Bäuerin fährt Heu ein. Ich stehe auf.

In der Küche ist für mich am langen Tisch zum Frühstück gedeckt. Ein kleiner, bunter Wiesenstrauss steht neben meinem Teller. Brigitta wünscht mir einen guten Morgen. Die Tochter der Bäuerin. Sie ist in Timos Alter. Sie fragt mich, ob ich gut geschlafen habe. Sie schenkt Kaffee ein, schneidet Brot, macht ein Holzbrett mit Käse und Schinken bereit. Dann setzt sie sich zu mir hin. Sie fragt mich, woher ich käme, was ich von Beruf sei, ob ich Kinder habe. Sie nennt mir die Namen ihrer Kühe. Mara sei ihre Lieblingskuh. Mara mit einem Stern auf der Stirn. Er bringe Glück. Sie giesst mir Kaffee nach. Plötzlich springt sie auf. Sie habe das Spiegelei vergessen, wie ich es denn haben wolle. Eigentlich bin ich satt.

«Auf beiden Seiten angebraten.»

«Wie mein Papa», sagt sie, schlägt das Ei in eine schwere Bratpfanne. Wo denn ihr Papa sei, frage ich.

«Er hat eine neue Frau. Ich habe einen Baby-Bruder bekommen. Er ist sehr süss.»

Ich lege das Geld für die Übernachtung und die Mahlzeiten auf den Küchentisch. Dann verabschiede ich mich von Brigitta, bekomme noch eine Tüte mit Sandwiches in die Hand gedrückt. In der Haustür begegne ich der Bäuerin. Ob es in Ordnung gewesen sei.

«Alles bestens.» Ich bedanke mich und lobe ihre Tochter. Sie schlingt ihre Arme um Brigitta und erklärt: «Der Herrgott hat es besonders gut mit mir gemeint. Sie ist ein Geschenk!» Brigitta lächelt, ohne rot zu werden.

Vom Hofhund werde ich bis zum Wander-Wegweiser begleitet. Dort angekommen, lässt er sich nieder. Ich gehe weiter bergwärts.

Das nächste Dorf ist nur ein kleines Nest. Ein paar Häuser mit Gemüse-Gärten. Beim Brunnen steht ein nächster Wegweiser. Ich entscheide mich für den schmalen Pfad den Berg hoch.

Das Wetter wird umschlagen, hat die Bäuerin gesagt. Noch ist der Himmel hell. Im Zick-Zack-Kurs geht es durch einen Wald. Ist das nicht ein Reh, aufgescheucht durch meine Tritte? Ich sehe nur mehr seine Hinterläufe.

Der Wind treibt die Wolken vor sich her. Sie werden dunkler. In den Wipfeln beginnt es zu rauschen. Ich werde meinen Kopf frei machen. Frei von Esther. Frei für mich.

An einer Feuerstelle bleibe ich stehen. Vor kurzem war hier jemand. Würste wurden gebraten. Noch ist die Glut heiss. Ein paar Holzscheite liegen herum. Ich lege sie in die Glut. Rasch entzündet sich ein Feuer. Ich setze mich hin und rauche. Eine Friedenspfeife? Einfach dasitzen und in die Flammen starren. Dann nehme ich aus dem Rucksack Esthers Tagebuch. Ich schlage die letzte Seite auf. Ich lese sie. Einmal, zweimal, dreimal. Dann schliesse ich das Buch und lege es ins Feuer. Vor meinen Augen fressen die Flammen die Seiten. Der Rauch wird vom Wind verblasen. Adieu, Sturmmöwe.

Traum Nr. 92
Ich sitze mitten in einem Sonnenstrahl. Er umhüllt mich wie ein weicher Mantel, dringt in mich hinein. Es wird ganz warm in mir. Ich werde leicht und fliege.
E. F.

Kein Blitzschlag und kein Donnergrollen folgen. Das Gewitter ist weitergezogen. Das Feuer ist nur noch Glut.

Ich nehme den Rucksack und wandere los. In der Krone einer Tanne kreist ein Vogel. Ich bin neidisch, dass er fliegen kann.

Ab jetzt will ich es mit Schwimmen und Tauchen versuchen. Robbe sein.

Über die Autorin

Beatrice Meyer, 1961 geboren, lebt am Rheinknie und arbeitet als Heilpädagogin an einer Sekundarschule. Die Mutter zweier erwachsener Kinder schreibt Prosa und Gedichte. Vor einem Jahr diplomierte sie an der SAL in Zürich in literarischem Schreiben.

2007 kam ihr Jugendroman «Razzo» im Horch!-Verlag heraus und 2013 präsentierte sie in Zusammenarbeit mit Regula Rappo den Lyrik-Band «Mit Augenstern und Fischmund».

«Ich Robbe – Du Möwe» ist ihr erster Roman für Erwachsene.